GUY DES CARS

L'officier sans nom

Éditions J'ai Lu

GUY DES CARS	ŒUVRES
L'OFFICIER SANS NOM	*J'ai Lu*
L'IMPURE	*J'ai Lu*
LA DEMOISELLE D'OPÉRA	*J'ai Lu*
LA DAME DU CIRQUE	*J'ai Lu*
CONTES BIZARRES	
LE CHATEAU DE LA JUIVE	*J'ai Lu*
LA BRUTE	*J'ai Lu*
LA CORRUPTRICE	*J'ai Lu*
LES FILLES DE JOIE	*J'ai Lu*
LA TRICHEUSE	*J'ai Lu*
AMOUR DE MA VIE	
L'AMOUR S'EN VA-T'EN-GUERRE	
CETTE ÉTRANGE TENDRESSE	*J'ai Lu*
LA MAUDITE	
LA CATHÉDRALE DE HAINE	*J'ai Lu*
LE BOULEVARD DES ILLUSIONS	
LES SEPT FEMMES	
LE GRAND MONDE	
SANG D'AFRIQUE	
DE CAPE ET DE PLUME	
DE TOUTES LES COULEURS	
L'HABITUDE D'AMOUR	
LA VIE SECRÈTE DE DOROTHÉE GYNDT	
LA RÉVOLTÉE	

En vente dans les meilleures librairies

J'AI LU

L'officier sans nom

GUY DES CARS

Il n'y a dans ces pages que la vérité... Une vérité qui pourra sembler un peu amère après quinze années de recul mais qui conserve cependant la force des événements vécus. Non que l'auteur ait voulu faire œuvre d'historien : il s'est contenté d'être l'observateur qui raconte ce qu'il a connu, vu et entendu.

Quand la première édition de cet ouvrage parut en 1941, elle portait — sous un titre imprimé en lettres rouges — la mention « roman »... Ce mot a disparu des éditions suivantes. Bien qu'il n'y ait rien là de romancé, cette appellation se justifiait en un certain sens. Albert Flament n'écrivait-il pas, quelques jours après la publication du livre : « Le feu qui anime l'*Officier sans nom* et qui laisse les lecteurs brûlants, porte le qualificatif de « roman »... Le roman d'amour et de mort de centaines de milliers de Français. L'héroïne n'est pas « sans nom » : la Guerre ! Mais elle est « sans visage », dans les brumes de l'aube où elle se dérobe comme au milieu des fumées que crachent les canons. » *Roman ou non, le récit ne pouvait changer malgré les éditions successives, malgré le temps qui parvient à donner une teinte classique à un ouvrage qui semblait, au départ de sa carrière, ne voir que l'actualité.*

Car il n'est pas possible de modifier un récit inspiré, dirigé, commandé par les faits : sa construction reste assujettie à l'ordre chronologique des événements. L'écriture seule appelait une révision. Certes L'Officier sans nom, *rédigé hâtivement en cinq semaines, avec la rage au cœur et dans l'humiliation d'une défaite, avait un style bien à lui : haché, heurté, immodéré... en somme, impossible. Il a fallu quinze années — et beaucoup d'autres ouvrages publiés dans cet intervalle — pour que l'auteur comprît enfin que ce récit méritait d'être récrit.*

Tel qu'il se présente sous sa nouvelle forme, L'Officier sans nom *parlera sans doute davantage aux lecteurs, et surtout aux « jeunes », pour qui la pitoyable campagne de 1939-1940 doit faire figure d'une histoire ancienne et peu glorieuse. Le souhait que forme un aîné est que la lecture de ces pages contribue à rectifier un jugement trop sommaire.*

Sans doute peut-on partager l'avis de Talleyrand disant au prince de Metternich, entre deux séances du Congrès de Vienne : « Il est permis de parler de ses victoires mais non pas de ses défaites ! » Il n'en reste pas moins que, sur cette campagne d'un genre nouveau, pour nous Français, bien des sentiments devaient s'exprimer. Le plus angoissant de tous était la crainte que le monde entier ne juge désormais notre pays sur une débâcle aussi totale. C'est dans ce livre au titre volontairement anonyme, paru peu après l'armistice de juin 1940, que, pour la première fois, une voix autre que celle d'un militaire de carrière ou d'un politicien, la voix d'un simple civil qui avait été mobilisé comme tant d'autres, une voix « sans nom et sans visage » répondit non ! *au sentiment d'abdication qui envahissait les âmes. Ce refus indigné fit le succès de ce livre. Il contribua à libérer les consciences opprimées...*

L'Officier sans nom était l'un de ces innombrables officiers subalternes de réserve appelés à vivre au contact de la masse transformée en troupe du jour au lendemain. Comme tant d'autres, il est parti un 2 septembre à la tête d'une compagnie d'infanterie, parce que le destin — par le moyen d'une fiche d'un centre mobilisateur — l'avait mis là. Il a terminé sa tranche de vie guerrière le 25 juin suivant parce qu'il en a reçu l'ordre, après avoir été bal-

lotté des Ardennes à la Sarre, de la Sarre au canal de l'Ailette, de l'Ailette à la Somme et à toutes les rivières de France, en reculant ainsi jusqu'à la Dordogne. En de si rapides pérégrinations il eût été difficile de se conduire en héros ! L'Officier sans nom ne fut qu'un être souffrant, ayant les réflexes de ses pareils devant des faits qui dépassaient son entendement. Il a pourtant essayé de comprendre ; il a, en tout cas, écouté ses compagnons — même les plus humbles — et enregistré dans sa mémoire enfiévrée leurs paroles ou leurs actes...

Quelques mots, maintenant, sur certaines locutions qu'on rencontrera dans ce livre.

Tout d'abord, le lecteur de la nouvelle génération trouvera au cours du récit des abréviations qui lui sembleront barbares. « Les abréviations, disait Clemenceau, sont si simples qu'on ne les comprend jamais ! » L'emploi des abréviations est d'usage courant dans toutes les armées du monde en temps de guerre. Tout le monde sait qu'un P. C. est un « Poste de Commandement » mais comment deviner, a priori, qu'un P. A. est l'un de ces « points d'appui » dont les journaux parlèrent avec tant de chaleur et de lyrisme quand les opérations terrestres se limitaient exclusivement aux escarmouches de patrouilles entre les lignes « Siegfried » et « Maginot », du 1er septembre 1939 au 10 mai 1940 ?... Et nul n'est obligé de savoir que le chiffre qui suit généralement les deux lettres P. et A., est l'indicatif propre à chaque poste. Indicatif que l'on trouve reporté sur les cartes d'état-major et utilisé dans les conversations téléphoniques. Celles-ci doivent être « secrètes et confidentielles ». L'ennemi possède des tables d'écoute. Il est donc nécessaire de se parler de P.A. en P.A. à coups de chiffres, en vertu d'un code secret qui ne quitte jamais la poche d'un commandant d'unité, lequel peut être général, colonel, chef de bataillon, commandant de compagnie, chef de section ou même, ce qui est plus rare, simple chef de groupe si ce groupe est isolé dans un petit poste. Quand ces différents personnages conversent entre eux, par fil téléphonique ou par sans-fil, ils ne donnent jamais leurs noms propres. Chacun d'eux porte un surnom, le plus souvent emprunté à l'antiquité gréco-romaine. Combien de Néron ont téléphoné, pendant cette « drôle de guerre », à des Jules César !

Quelques mots aussi sur certaines de nos armes.

Il n'y a guère en France de jeune fille qui ne sache que les lettres F. M. désignent le fusil-mitrailleur — quel est le gamin, saturé de films policiers, qui ignore le maniement de la mitraillette ? Mais il peut exister encore quelques personnes respectables qui n'ont jamais songé à se demander quelle était la différence entre une grenade O F et une grenade F-1 ? C'est à elles que nous confierons que la grenade O F est dite « offensive », parce qu'elle sert pour l'attaque ; au contraire, la grenade F-1, dite « défensive », sert à la défense des postes lorsque l'ennemi veut absolument régler un compte : cette grenade est, d'ailleurs, beaucoup plus meurtrière que la première.

Quant au V. B. — que l'on ne doit plus guère trouver aujourd'hui dans les unités motorisées — c'était un instrument bizarre, en forme de tromblon, que l'on fixait à l'extrémité du canon du seul fusil 86 et qui servait de lance-grenades d'un genre très particulier. Pourquoi ce seul fusil 86 ? Parce que son canon était beaucoup plus long et plus résistant que celui des autres fusils... Pourquoi ce lance-grenades d'un genre particulier ? Parce que l'effet de l'éclatement de la grenade qu'il lançait était terrible : celui qu'elle touchait avait généralement le corps déchiqueté. Les initiales V. B. devaient figurer à l'intérieur du chapeau de son inventeur : un monsieur très doux qui se nommait Vivan-Bessens.

Nous aurions mauvaise grâce à insister sur le calibre des munitions, mais il nous faut bien préciser que la cartouche du fusil-mitrailleur français d'alors, dit F. M., n'était pas la même que celle de nos mitrailleuses : cette dualité des munitions fut un terrible handicap pour l'infanterie française pendant toute la campagne. Beaucoup de situations désespérées pendant la retraite auraient pu être modifiées du tout au tout si les balles de fusils-mitrailleurs avaient pu s'adapter aux bandes d'alimentation des mitrailleuses.

L'artillerie française, qui appuyait normalement l'infanterie, à cette époque, était dite « divisionnaire » et comprenait deux canons de calibres différents : le vieux 75 — qui avait si bien fait ses preuves en 1914-1918, qu'on l'avait religieusement conservé — et le 155 court, infiniment plus puissant. Pour certains cas particuliers, tels que des coups de main rapides, effectués sur les arrières de l'ennemi, un commandant d'unité pouvait réclamer l'appui du G. P. F. ou artillerie lourde tractée, d'un calibre nettement plus fort et dont la motorisation complète permettait d'allier une certaine mobilité aux tirs en profondeurs.

Les Allemands utilisèrent, durant cette campagne, le 75 ou le 105 Skoda fabriqués en Tchécoslovaquie : deux armes redoutables. Ils essayèrent également, sur le front de Sarre, un canon d'un calibre 80, qui progressait avec le fantassin à raison d'une batterie de quatre pièces par régiment d'infanterie. Ce remarquable canon offrait la particularité d'avoir deux possibilités de tir : un tir direct d'une portée de six kilomètres et un tir courbe, rappelant celui des obusiers de tranchée, d'une portée de un kilomètre.

Dans le domaine des armes dites « de tranchée », chaque compagnie possédait un mortier de 60 d'une portée moyenne de 800 mètres et le bataillon se trouvait doté d'un groupe de mortiers de 81, d'une portée de 1 200 mètres : arme étonnante dont l'Officier sans nom s'est servi dans un cas désespéré.

Ces indications sommaires ont pour but d'éviter au lecteur des temps nouveaux, en cours de récit, de recourir à des notes en bas de page où il lui serait donné ces quelques notions. Il ne lui reste donc qu'à se plonger dans le feu de l'action.

La lectrice, elle, ne sera peut-être pas satisfaite. Ne reprochera-t-elle pas à l'Officier sans nom de n'avoir pas profité de la nouvelle rédaction de son livre pour y incorporer des passages où il aurait donné à l'amour la place qu'il mérite dans toute histoire ? Contrairement à ce que peut penser la lectrice, il y a beaucoup d'amour dans cette histoire. Un amour pur : celui que des hommes ont porté à leur pays en se repentant de l'avoir trop négligé.

Au moment où j'écris ces lignes, un groupe de jeunes gens et de jeunes filles passent sous ma fenêtre en chantant. Ils suivent un chemin de soleil sans chercher à savoir si, au bout de la route, ils trouveront d'autres joies. Le bon-

heur présent leur suffit. N'est-ce pas là une forme de sagesse ? Ces chants et ces rires ne semblent-ils pas dire que la France se tirera toujours des catastrophes grâce à l'âme des Français ! Au lendemain du 25 juin 1940, l'Officier sans nom, malgré la défaite, n'était pas loin de cet état d'esprit. Aurait-il, sans cela, pu écrire ce livre ? En fait, malgré son profond désarroi, il avait déjà retrouvé son optimisme. C'est dans la confiance qu'il gardait en un avenir meilleur qu'il a su puiser, à une pareille époque, la force de raconter avec calme une tranche d'existence qui fut la plus horrible des aventures...

MOBILISATION RÉFLÉCHIE

— Il faut que cela finisse !

Cette phrase lapidaire, creuse et lancinante était devenue le leitmotiv de toutes les conversations depuis une année, depuis le fameux accord de Munich. « Il faut que cela finisse », n'avaient cessé de clamer les Parlements, de répéter toute une finance internationale, de susurrer les élégantes entre deux cocktails à Londres ou à Paris, de penser même tout bas l'ouvrier d'usine dans son métro quotidien en espérant qu'il aurait peut-être la chance d'être « affecté spécial ». Il n'y en avait qu'un qui ne disait pas grand-chose : le paysan... Ils étaient quatre qui voulaient se battre mais le cinquième se taisait parce qu'il savait d'avance qu'on ne lui demanderait pas son avis et que, si l'on prenait une décision lourde de conséquences, ce serait lui qui se battrait et qui ferait — comme en 1914-1918 — tous les frais de l'opération.

« Il faut que cela finisse », croyait également ce garçon brun et heureux de vivre, au regard clair et au teint mat, qui discutait un peu de tout et de rien avec quelques jolies filles juchées sur les tabourets du bar du Carlton, à Cannes.

Cette fin d'août 1939 s'annonçait exceptionnellement brillante pour les habitués d'été de la Riviera et surtout pour un garçon de vingt-sept ans bien décidé à ne pas s'ennuyer dans la vie.

— Crois-tu qu'il y aura la guerre ? lui demanda une grande fille rousse.

— La guerre ? Tu es folle ! Il faut que cela finisse, bien sûr mais pas par une guerre ! Veux-tu mon impression ? Tout cela, c'est un bluff gigantesque ! Pourquoi se seraient-ils gênés jusqu'à présent puisqu'on les a laissé faire... Seulement la Pologne, ce n'est plus la Tchécoslovaquie ! Cette fois le monde entier serait immédiatement contre eux... Ils seraient encerclés par des millions de soldats, par toutes les armées du monde ! Mais ce ne sera même pas nécessaire : un simple blocus économique peut les étrangler en six mois...

Il continuait à parler vite, comme s'il cherchait à s'étourdir lui-même... Pour la centième fois, il répétait depuis des semaines les phrases-slogans qu'on lui avait serinées un peu partout : dans les journaux, dans les meetings ou réunions de partis politiques qui se dénigraient mutuellement, dans les parlotes radiophoniques, par affiches, même, pour d'hypothétiques bons d'armement. Et il rabâchait ce fatras à tous ceux qu'il rencontrait. Mais il y avait quand même, dans le tohu-bohu de la vie factice de la Côte, quelques rares instants — qu'il essayait de fuir le plus possible — où il se retrouvait seul avec son inquiétude.

Il se demandait alors si la belle armée qu'il avait vu défiler sur les Champs-Elysées n'était pas *toute* l'armée française comme on le lui avait dit à mots couverts ; si les neuf Curtiss américains qui avaient zébré le ciel de Paris dans un fracas de tonnerre au-dessus du défilé triomphal n'étaient pas *toute* l'aviation française ; si l'enthousiasme de la foule ne ressemblait pas au sien et n'était pas plutôt l'expression bruyante d'un besoin qu'avait la collectivité de reprendre confiance en voyant passer quelques blindés qui justifiaient des impôts écrasants ?... Questions angoissantes qui bourdonnaient dans sa tête et retiraient beaucoup de force à ses propres affirmations. Alors, comme pour des milliers de ses compatriotes, il ne lui restait qu'un refuge : l'attente...

D'ailleurs pourquoi se tracasser à l'avance ? S'il y avait la guerre, tout le monde serait dans le même pétrin ! Mais, heureusement, il y avait déjà eu un Munich ! Il y en aurait un second au besoin et même un troisième, s'il le fallait...

Pourquoi Jeanine, une fille qui avait la manie de se mêler toujours de ce qui ne la regardait pas, posa-t-elle brusquement une question stupide :

— Et toi, s'il y avait tout de même la guerre, dans quelle arme partirais-tu ?

— L'infanterie, fut-il obligé de répondre.

Cela tomba sur le petit groupe du bar comme une douche d'eau glacée. L'infanterie ! Un nom qui évoquait tout à coup de sinistres images.

Le malaise dura peu. Ce fut Jules, le barman, qui rattrapa tout :

— Vous n'êtes pas verni ! Moi, je suis dans la D.C.A.

— La D.C.A. ? répéta un grand garçon blond. Nous nous retrouverons peut-être. Je suis dans l'aviation... sans être téméraire ! Je ne suis que rampant...

— Je serai encore beaucoup plus tranquille que vous tous, affirma un troisième. Je me suis fait affecter à un parc automobile : j'ai toujours eu un grand faible pour la mécanique...

— Moi, je serai le roi ! proclama un quatrième. Organisateur du cinéma aux armées ! Pas mal, hein ?

Tous étaient jeunes, sportifs, bien bâtis, mais tous avaient été prévoyants en dénichant le bon « filon ». Il n'y avait que Lui à être dans l'infanterie, cette pitoyable reine des batailles... Et il faisait presque tache au milieu du lot.

— Pourtant, mon vieux, tu aurais pu te faire « pistonner »... Avec ton nom, ton métier de journaliste, tes relations ?

— Pourquoi ? Il faut bien qu'il y ait un peu de monde dans l'infanterie : en temps de guerre, c'est elle qui consomme le plus de matériel humain !

Un silence suivit.

« Il ne doit pas être tout à fait normal, pensait le cercle sympathique. A moins que ce ne soit un exalté ? Ou un timide qui ne sait pas se débrouiller ? »

— Alors, c'est vrai ? Tu es « bibi de deuxième classe dans la « biffe » ?

— Lieutenant.

Un « ah » de satisfaction générale accueillit cette réponse.

— Si tu es officier, cela change tout ! dit Jeanine. C'est très différent !

Et le groupe de 2e classe dorés était subitement rassuré : quand on a deux ficelles on peut bien partir fantassin ! Il en faut, après tout, des officiers dans l'infanterie, ne serait-ce que pour entraîner la troupe.

— Quel régiment ?

— Le 102e de ligne.

— Où le rejoindrais-tu ?

— A Mamers.

Le nom de cette petite ville eut le don de soulever une hilarité générale. Mamers ! Ce doit être un drôle de trou !... Le voir s'enterrer à Mamers, lui, l'un des rois de la « Croisette » et du ski nautique ! Lui, l'un des plus fidèles habitués des « Ambassadeurs » et de toutes les boîtes de la Côte ! L'imaginer seulement en train de déambuler en uniforme dans une ville qui s'appelait Mamers ! C'était trop drôle !

— Jules ! Six martini secs à la santé de Mamers ! Il y en a un pour vous...

Mais le garçon brun ne riait pas. Il avait lâché, sans trop réfléchir, le numéro de son régiment éventuel. Et le chiffre quelconque, 102, commençait à danser devant ses yeux, s'agrandissait, prenait des proportions immenses dans sa banalité. Bien sûr, ce n'était encore que la dénomination d'un hypothétique régiment de réserve n'existant que sur le papier. Mais il lui semblait pourtant le voir déjà passer devant lui, ce régiment fantôme, avec ses lourds godillots et ses pans de capotes relevés, pendant qu'il observait instinctivement le visage de chaque homme, de ceux qui seraient peut-être « ses » hommes ? La vision était beaucoup plus forte que sa volonté d'oubli : chaque soldat casqué portait l'écusson 102, le triple chiffre, vacillant, l'emplissait d'émotion.

— Je vais faire un tour en voiture...

Il partit, laissant là tout le monde, ce qu'il croyait « son monde ». Il étouffait dans ce bar.

Doucement, il roulait vers Antibes. A la tombée de la nuit, il approchait de Nice mais il préféra faire demi-tour et reprendre plus lentement la route de Cannes. Il n'avait pas envie de dîner, ni de danser, ni de s'amuser. Arrivé à Cannes, il gara sa voiture et alla sur la plage pour marcher le long de la mer, perdu dans la foule des estivants qui, sous prétexte de trouver un peu de fraîcheur, profitaient de la nuit pour arborer les déshabillés les plus saugrenus. Ce soir, le garçon se moquait pas mal du célèbre « Bain au clair de lune... » En cette fin d'août la brise était chaude et la nuit s'annonçait pesante. Le solitaire ne s'endormit qu'au petit jour après avoir grillé cigarette sur cigarette. Dans sa tête un peu vide, au rituel « Il faut que cela finisse » s'était substituée une autre phrase, plus obsédante :

— Si ça casse, tu n'es que lieutenant d'infanterie et tu porteras, comme beaucoup d'autres, l'étiquette 102.

— Ça se gâte ! fut le bonjour du sommelier apportant le petit déjeuner.

Il suffisait d'aller dans la rue pour comprendre : on s'arrachait les journaux. Les somptueuses voitures passaient vite, déjà bourrées de valises et de paquets qui avaient été faits en hâte : toutes filaient vers l'Ouest. Il y avait des bidons d'essence calés sur les ailes, accrochés devant le radiateur et même des fûts de cinquante litres fixés sur les toits des conduites intérieures. Avec de l'argent, on peut prendre toutes les précautions : qu'est-cc qui prouvait que les pompes à essence, sur la route bleue, ne seraient pas à sec ? C'était la ruée avec un léger commencement de panique. La Croisette se vidait à toute allure. Devant le Carlton, le Miramar, le Martinez, les voitures se succédaient en files interminables pour prendre leur chargement international d'estivants mal réveillés et de jolies filles ahuries. On payait les notes en oubliant la monnaie : bientôt peut-être celle-ci n'aurait plus grande valeur. Les chasseurs galonnés couraient. C'était un grand départ.

— Je ne suis pas encore dans le coup !

Cette remarque, jetée en pleine rue par un jeune homme, obligea le garçon brun à lever les yeux vers le mur sur lequel une affiche blanche, plus modeste que celles qui annonçaient les innombrables galas de la Côte et le bal des Petits Lits blancs, attirait tous les regards : c'était l'affiche-vedette. A côté d'elle les autres lithos semblaient déjà désuètes et faire une réclame surannée pour un passé inutile... Dans son éloquence muette, l'affiche blanche en évoquait une autre pour ceux qui avaient eu vingt ans en 1914 : « *La Mobilisation n'est pas la guerre...* »

Ce n'en était que le prologue : annonçant le rappel immédiat des « fascicules blancs » qui portaient les numéros 5, 6 et 7. Le garçon brun n'était pas encore « dans le coup », lui non plus.

Vers midi, une deuxième affiche fut placardée : elle rappelait les numéros 4, 3 et 2 sur fascicules blancs. Celui du garçon brun était rose : couleur tendre permettant de croire que la vie pourrait être encore belle... Mais, dans la soirée, une nouvelle courut avec cette rapidité qu'ont seules les nouvelles qui ne sont pas imprimées :

— « *Ils* » ont massé des divisions ! « *Ils* » vont envahir la Pologne !

Une troisième et dernière affiche suivit : le texte en était laconique, ne prêtant à aucune confusion, ne permettant aucune excuse ni aucune incompréhension : *Mobilisation générale des Armées de Terre, Mer, Air.*

Cette fois, l'habitué du Carlton en était, comme tout le monde. D'après son ordre de mobilisation rose, qu'il avait déjà regardé trois fois dans la journée, il devait rejoindre Mamers le troisième jour avant midi. Et il était encore à Cannes !

Nice ? L'Italie s'en mêlerait-elle ?

C'est alors que la rue d'Antibes fut traversée

en trombe par des véhicules que l'on n'avait pas l'habitude d'y voir : des chenillettes, des side-cars dotés de mitrailleuses, des camions bondés d'alpins... Tout cela se dirigeait vers Nice, créant un embouteillage monstre, un courant de panique.

Les deux files de voitures dans les directions opposées résumaient parfaitement la situation : ceux de « l'active » couraient se mettre en position à la frontière transalpine pour parer au premier choc s'il en venait un de ce côté... Ceux de « la réserve » remontaient vers les différents centres mobilisateurs de France pour pouvoir ensuite assurer la relève des premiers. Tout était normal, logique. La seule erreur avait été de croire que cela ne se produirait jamais.

La vue du chassé-croisé gigantesque fit naître un curieux sentiment dans l'âme du garçon : il sentait que, pour la première fois depuis longtemps, la France sortait enfin de sa léthargie confortable. Cette mobilisation, c'était un peu une âme qui se réveillait...

L'auto serait quand même préférable à cette bousculade de la gare. Deux heures plus tard, il approchait d'Aix. Un flot ininterrompu et vertigineux de voitures remontait vers le Nord. Toutes les nationalités étaient sur les plaques d'immatriculation : voitures belges, hollandaises, anglaises... Celle-ci ne remorquait-elle pas, sur une plate-forme à deux roues, un superbe Chriss-Craft à la coque vernissée, aux cuivres étincelants ? Le canot de luxe, sur une route ensoleillée et semblant fuir la Méditerranée, avait quelque chose de ridicule, d'attristant aussi. C'était l'image d'un adieu aux heures de joie que l'on ne retrouverait plus avant longtemps. Au volant de la voiture, se trouvait une toute jeune femme. Sans doute le mari avait-il réussi à prendre un avion qui l'avait ramené en Angleterre où il était peut-être déjà mobilisé dans la Home Fleet ? Avec tout le flegme britannique son épouse ramenait le matériel.

Avignon, puis Lyon qu'il fallut traverser dans une nuit totale : les lumières étaient déjà éteintes par crainte des premiers raids. Il n'était pas question d'y faire la halte gastronomique traditionnelle : les quenelles de brochet et la poularde demi-deuil n'auraient pas été digérées. Le sandwich et le demi, ingurgités dans une brasserie bondée d'où l'on pouvait repartir vite, étaient préférables.

Sur la route les phares se croisaient, se pourchassaient, se multipliaient à l'infini, Saulieu paraissait endormi malgré le fracas continu de la route. A tous les carrefours, on entrevoyait des gendarmes déjà casqués et, sur chaque pan de mur — dans les virages et sous les reflets des phares — on retrouvait l'affiche blanche, barrée de son ruban tricolore : fascicules 7, 6, 5, 4, 3, 2... tous les fascicules.

Fontainebleau apparut au petit jour, dans les premières brumes de septembre et dans le halo de sa forêt... Un poste d'essence où il n'y avait pas de voiture : il fallait profiter de l'aubaine.

— Le plein ! Pouvez-vous me vendre quelques bidons supplémentaires ? A Paris, on doit se battre pour avoir du carburant ?

— Mais non, monsieur ! répondit la voix calme du pompiste. « Ils » n'y sont pas encore à Paris ! Ils n'y viendront jamais ! Ce sera comme en 14 : « Ils » le « louperont ! »

Une Peugeot familiale, bourrée de monde, les ressorts croulant sous le poids de ses occupants et de leurs bagages, venait de stopper arrivant de Paris. Son conducteur, qui n'était plus tout jeune, en descendit en demandant au garçon solitaire :

— Vous remontez, monsieur ?

— Il le faut bien...

— Mobilisé ?... Moi aussi ! avant de rejoindre mon unité, je me dépêche d'aller mettre ma famille à l'abri près de Clermont-Ferrand... Là au moins, ils seront tranquilles : c'est le centre, pas trop près de l'Allemagne, ni de l'Italie, ni de l'Espagne.

— L'Espagne ? Vous ne voudriez tout de même pas que tous nos voisins se liguent contre nous ?

— Avec tous ces dictateurs, mon bon monsieur, qui sait ? On n'est jamais assez prudent pour les siens !... Pour soi, c'est différent. Dans quelle arme êtes-vous ?

— Lieutenant au 102e d'infanterie.

— Et moi capitaine au 228e d'artillerie tractée. J'ai déjà eu « la dernière » sur les reins... On essaiera celle-là... mais deux, c'est beaucoup !

— Pourquoi diable emportez-vous ce guéridon sur le toit de votre voiture ?

— C'est le meuble auquel ma femme tient le plus ! J'ai voulu lui faire ce petit plaisir avant de la quitter... Mon plein est fait. Au revoir ! Quand vous serez au « casse-pipe », dites-vous bien que les artilleurs seront derrière vous et qu'ils tireront pour vous aider, comme à Verdun.

— Merci.

L'arrivée à Paris est sinistre. Le temps a beau être admirable, c'est quand même un triste réveil de capitale : les rideaux de fer des magasins restent baissés, les voitures passent silencieuses comme si elles avaient honte de se montrer, les regards sont inquiets.

Il est enfin chez lui. Pour la dernière fois peut-être ? Le bain n'en paraît que meilleur ainsi que le petit déjeuner. Une visite au tailleur. Les tenues, commandées depuis si longtemps, essayées, sont prêtes. En route pour

Mamers sous l'uniforme de lieutenant d'infanterie.

La voiture traverse le bois de Boulogne. Dans le rétroviseur, le garçon brun peut voir maintenant son écusson : 102. Cela change rudement un bonhomme, la teinte kaki ! Il se sent plus vieux, ou moins jeune...

Versailles, Trappes, Pontchartrain, Mortagne. A l'entrée de cette dernière ville, il y a déjà un contrôle militaire. Le lieutenant âgé, qui s'approche, a tout d'un chef de Milice nationale :

— Vous rejoignez le 102 ? J'ai déjà vu passer beaucoup de monde pour ce régiment qu'on forme à Mamers avec le 302... Moi, je suis mobilisé sur place. J'ai une exploitation agricole à six kilomètres d'ici. On ne veut plus de moi au front ! On me trouve trop vieux : quarante-huit ans et quatre enfants dont l'aîné sera appelé en avril... Ils m'ont flanqué à la censure à Mortagne... Pourquoi souriez-vous ? il faut bien qu'elle soit un peu partout, la censure ! Oh ! elle me donne du travail : il y a deux « canards » locaux... Hier, j'ai même failli avoir une sale histoire avec le sous-préfet. Ça n'en a peut-être pas l'air, mais c'est très délicat, la censure !

— Au revoir, cher camarade.

Mais « l'aîné » tenait absolument à parler. Il cherchait surtout à se convaincre lui-même de son importance.

— Tenez, pas plus tard qu'hier après-midi, j'ai fait arrêter deux femmes suspectes qui se promenaient dans la ville en posant des questions à tout le monde : elles se prétendaient Anglaises.. eh bien, c'étaient des Suissesses !

— Et alors ?

— Vous ne vous rendez pas compte ? des femmes qui venaient d'un pays où la moitié de la population parle allemand ?

— Ah ça ! Vous êtes complètement fou ?

— Moi ? J'y vois très clair, au contraire ! On ne me « la » fait pas ! Et vous êtes un peu jeune, mon garçon, pour savoir que pendant la guerre de 14, c'était par la Suisse et l'Espagne que passaient tous les espions...

— ... Et les milliers de Français qui se sont évadés de leur camp de prisonniers en Allemagne !

— La gendarmerie a quand même interrogé « mes » bonnes femmes. On les a bien embêtées pendant trois heures... Elles ont eu chaud ! Il a fallu les relâcher mais nous avons leurs noms et le numéro de leur voiture. Maintenant il faudra qu'elles filent doux ! Ce n'est pas du bon boulot, ça ?

— De l'admirable « boulot »...

La voiture repartit pour la dernière étape.

Partout, dans les moindres localités, c'était l'heure du marché. Les légumes s'entassaient en piles, les volailles dodues gloussaient, les percherons piaffaient, les mamelles des vaches étaient pleines... La vraie richesse s'étalait, opulente et nonchalante, sous le soleil...

Mamers, 20 kilomètres... Mamers 10 kilomètres... MAMERS seule, sans kilomètre.

Ce n'était qu'une petite ville, banale, avec quatre rues principales — deux en long, deux en large — aboutissant, en plein centre, à la grand-place qui n'était pas immense et sur laquelle fourmillait, dans une atmosphère de kermesse n'ayant encore rien d'héroïque, une foule d'hommes qui étaient encore un peu civils et pas tout à fait militaires. Cela évoquait le magasin d'habillement, le déguisement, le nivellement de la personnalité individuelle par l'uniforme.

Le colonel du 102e R. I., officier d'active, produisait une grande impression : c'était un homme calme, d'un abord très réservé, mais un Monsieur. Le premier contact se résuma à une poignée de main glaciale et à l'affectation au 1er bataillon.

Le chef de bataillon, également d'active, n'était pas intimidant mais bourru. Il avait fait toute sa carrière dans la coloniale, qui l'avait envoyé du Tonkin à Djibouti, de Djibouti à Tananarive, de Tananarive à Pékin, de Pékin à Tahiti et même dans quelques états-majors d'outre-mer où il avait passé le moins de temps possible. Il avait horreur de ce qu'il appelait, dans sa langue colorée et avec une pointe de mépris : « Ces beaux messieurs de l'état-major. » Un personnage, en somme, dont les petits yeux perçants avaient vite fait de vous scruter un homme. On ne lui en racontait pas, au « père Truc ». C'était ainsi qu'on l'avait baptisé dans le régiment : ce n'était pas son nom exact mais il lui allait quand même très bien. Quand on l'avait vu une seule fois, on ne s'imaginait même pas comment on aurait pu l'appeler autrement.

Il avait vite fait de « créer l'ambiance » en flanquant sur les bras du nouveau venu, qui se présentait devant lui, une compagnie alors que celui-ci ne pensait être que chef de section :

— Vous êtes encore jeune, vingt-sept ans, mais cependant ancien dans le grade pour un réserviste. Vous n'êtes pas trop mal noté pour les périodes que vous avez faites : vous prendrez le commandement de la 2e compagnie. La mesure 98 joue : vos hommes commenceront à arriver dans l'après-midi. Tout ira bien. Rendez-vous pour déjeuner à 1 heure à la popote du bataillon, Hôtel de l'Ouest.

La 2e compagnie était cantonnée un peu partout, au petit bonheur. Le bureau était dans un garage. Le mobilier de ce P. C. improvisé se résumait à une planche, posée sur deux tréteaux, qui tenait lieu de table. Quelques caisses en bois servaient de chaises. Tout cela devait être destiné à montrer qu'on était déjà en guerre.

Autour de la table-tréteau, siégeaient quatre personnages imberbes. Le plus grand de taille, qui était aussi le benjamin d'âge, se nommait Georges Tondeur : c'était un sous-lieutenant très blond, aux yeux bleus, qui portait encore sur ses écussons la grenade des Saint-Cyriens. Le plus petit était un aspirant tout rond, râblé et joufflu, dont les yeux pétillaient de malice. Il fut baptisé tout de suite « Bébé Cadum » : son vrai nom, Rouillaut, était bien sarthois. Le troisième personnage, un peu plus âgé que les précédents, se présentait sous l'aspect d'un sergent-chef dont les lunettes semblaient penchées en permanence sur un grand livre, recouvert de toile noire, aux pages divisées en interminables colonnes : la fameuse « Comptabilité en Campagne » dans laquelle d'innombrables « états néants » ne demandaient qu'à entrer... Ce livre noir, qui fut et restera toujours le cauchemar des commandants de compagnies, représentait le commencement de la paperasse administrative sans laquelle il n'y a pas d'armée digne de son nom. Le quatrième et dernier mousquetaire était le sergent-fourrier. Lui aussi portait des lunettes qui faisaient de sa personne un combiné de Harold Lloyd et de préparateur en pharmacie... Dans la vie civile, il était quincaillier et le mari très attentionné d'une jolie brune dont il montrait à tout le monde, avec un légitime orgueil, la photographie et à laquelle il écrivit régulièrement deux fois par jour de guerre.

Aimable correspondance qui n'était pas dénuée d'une certaine poésie : les missives portaient toutes, en haut et à droite de la première page, une lettre de l'alphabet et un chiffre. La lettre représentait le mois, le numéro indiquait le jour. Solitaire sur la lettre matinale, ce numéro était répété, accompagné d'un bis, sur celle de l'après-midi. Et la tendre épouse répondait à la lettre *A 24 bis par la missive A 24 ter...* La censure militaire faillit se fâcher : elle crut que ces numéros cachaient un code secret, divulguant des secrets de première importance. Et cependant ! La correspondance, plate et banale, commençait toujours ainsi : « Ma chérie, comme je te le disais dans ma *B 18,* je t'adore... » Ce à quoi madame s'empressait de répondre : « Mon amour, je n'ai reçu que la *B 18 bis.* Il faudrait faire des recherches... » L'amour à distance est souvent plus fort que l'amour rapproché... Et tout individu qui vient d'endosser l'uniforme est assuré du même coup d'une auréole prestigieuse.

Celui qui avait été désigné par « le père Truc » pour commander la 2e compagnie, contemplait ses premiers collaborateurs : avec ces quatre personnages, il allait recevoir plus de deux cents bonshommes qu'il faudrait conduire au feu tout aussi bien que les autres dont la guerre était le vrai métier. Le tout était de s'adapter à l'étrange besogne en quelques jours.

« Mon lieutenant » par-ci, « mon lieutenant » par-là... Une compagnie est née parce que son chef est là.

Toutes les classes sociales étaient représentées parmi les officiers du bataillon réunis à la popote. Le premier repas pris en commun par des hommes, qui ne se connaissaient pas quelques minutes plus tôt et qui sont pourtant destinés à partir en guerre ensemble, est un étonnant banc d'essai.

Le père Truc présidait. Ce vieux garçon, qui aimait se faire passer pour un misogyne, n'avait qu'un seul sujet de conversation à table : les femmes. Il n'en disait du mal que parce qu'il les adorait. Cela ne valait-il pas mieux que de parler « service » ? C'est d'ailleurs interdit dans une popote. Si l'on se permet de transgresser cette règle sacro-sainte, on doit payer une amende. Et quand on porte quatre galons, elle peut être chère.

— Les femmes ne sont que des garces ! proclamait le père Truc.

Jugement sonore et superflu que son auteur croyait cependant définitif. Quand il avait sorti cette phrase lapidaire, entre la poire et le fromage, il se sentait un caïd et respirait plus fort.

Le bout de table était tenu par un tout jeune sous-lieutenant au regard timide : La Villéon... Un vrai Breton taillé dans le granit malgré son pâle sourire de jeune fille effarouchée. Il parlait peu, ce La Villéon. Le père Truc adorait lui lancer au-dessus de la table :

— Regardez-moi, messieurs, notre Adonis... Il me semble qu'il a l'œil bien coquin à l'adresse de cette accorte soubrette ?

— Oh ! mon commandant...

C'était la seule protestation du sous-lieutenant rougissant comme un enfant de chœur surpris en train de boire le vin des burettes. Le dialogue de ces hommes, qui étaient tous deux d'active, s'arrêtait là : il faisait partie de ces piètres plaisanteries de caserne qui finissent par devenir fastidieuses à force d'être répétées. Le père Truc n'avait rien d'un imaginatif.

Son voisin de droite était le maigre et osseux capitaine commandant la C. A., ou compagnie d'accompagnement. Ce mitrailleur venait directement de la Légion étrangère avec, à son actif, cinq années de colonne dans le bled. Lui aussi était breton, avec un de ces mentons en galoche... Un homme plutôt sec.

— Le Règlement dit que, n'est-ce pas ?...

Son slogan favori. Il se cramponnait au règlement : c'était sa faiblesse au repos, sa force indéniable au feu... Et parce qu'il y croyait à ce moment-là, il devenait admirable. Un rude bonhomme, ce capitaine Kespern... le Breton qui apporte avec lui la lande et les menhirs, le crachin et la rêverie... Un modeste aussi qui se couvrit de gloire, quelques mois plus tard, pendant la retraite de France et qui sut ramener les débris du bataillon.

Le commandant de la 2e compagnie observait maintenant avec une réelle curiosité le voisin de gauche du père Truc. C'était un tout autre type de militaire : le genre « Vieux-capitaine-de-réserve-qui - a - tout - vu-pendant-la-guerre-précédente ». Le capitaine Dupied — son nom — était un marchand de grains normand, sympathique et finaud, qui avait une croix de guerre 1914-1918 comme on en voit rarement : le ruban « à rallonge » portait une douzaine de palmes... Une croix qui avait été entièrement gagnée dans l'infanterie où il s'était engagé comme 2e classe en 14. C'était également un personnage étonnant, ce capitaine aux cheveux presque blancs qui ne doutait de rien et surtout pas de la victoire finale : ce qui est assez beau quand « on remet cela » à cinquante-quatre ans. Sa plus grande particularité était d'être un spécialiste résolu des « cuirs » de langage. Pendant toute la durée de la campagne, il lui fut impossible de prononcer correctement les noms de ses camarades du bataillon. Le capitaine Kespern était pour lui « mon cher Kisperce »... La Villéon était « Villejuste »... Des

Cars était « Descartes »... D'Yzarny n'était que d'Ynarzy... Il inversait d'ailleurs les syllabes avec une déconcertante facilité. Pour lui, mercredi devenait « mecredi » et les fourmis des « froumis ». Il fut très vite célèbre et populaire, l'excellent capitaine. Selon lui, les Anglais étaient en train de passer leur dernier « weenquett » tranquille... et il n'admettait cependant pas que l'on doutât de sa connaissance approfondie des langues étrangères. Plusieurs fois par mois, il racontait sa vie pour prouver à ses subordonnés éblouis qu'il n'était arrivé que par lui-même.

— En somme, mon capitaine, vous êtes un « self-made man » ?

— Un quoi ?

Il croyait avoir été injurié.

La veille du départ de Mamers, avant la présentation des hommes à leur drapeau, le capitaine Dupied était devant le front de sa compagnie, la 1re. Il appela son adjudant-chef :

— Dites bien à tous mes hommes que je tiens essentiellement à ce qu'ils aient une tenue impartiale.

— Mon capitaine, vous voulez sans doute dire : impeccable ?

— J'ai dit impartiale... et c'est un ordre !

Il n'y avait plus qu'à le transmettre : ce qui fut fait et couvrit d'une nouvelle gloire son auteur.

A un exercice de passage de rivière sur un radeau, la manœuvre délicate était commandée par le capitaine Dupied. Les lourds radeaux, faits avec des sacs Habert, avançaient péniblement dans l'eau, actionnés par les bras peu nerveux d'une vingtaine de gars. Indigné devant une telle mollesse, le vieux brave se retourna, cramoisi, vers le colonel :

— Non, mais regardez-les, mon colonel ! Ils ne fichent rien, tous ces ramiers !

Les ramiers du capitaine Dupied entrèrent, eux aussi, dans la joie du régiment.

Le garçon brun continuait à regarder et à écouter tous ces officiers sans trop les comprendre. Ce serait cependant avec eux qu'il faudrait s'entendre pour le combat : selon le dispositif du bataillon, ils commanderaient alternativement à côté, devant ou derrière lui. Tous semblaient résolus à bien faire leur métier de guerre mais quels étaient ceux, parmi eux, qui se demandaient secrètement, sans oser le confier au voisin de popote, si on ne les entraînait pas dans une drôle d'aventure ? A l'exception des quelques officiers d'active tels que le père Truc, le capitaine Kespern et les très jeunes Saint-Cyriens qui arrivaient en droite ligne de leur école militaire, les deux tiers des commandants de compagnie ou des chefs de section — pratiquement tous les officiers de réserve — n'avaient fait que de rares périodes pendant lesquelles ils n'avaient pas appris grand-chose. Etait-ce leur faute ou celle du ministère des Finances qui allouait des budgets insuffisants ? Tous, maintenant qu'ils se sentaient emportés dans le grand tourbillon, commençaient à se rendre compte de ce qu'allait être leur responsabilité. Et ils regrettaient de n'avoir pas suivi plus sérieusement les périodes ou les cours de perfectionnement.

... Cet Hôtel de l'Ouest, où se trouvait la popote, avait un aspect extraordinaire, insensé même... En temps normal, il devait être à peu près vide et réservé à quelques commis-voyageurs. Depuis la mobilisation, il était comble. La petite salle à manger regorgeait de monde. En plus de vingt et un officiers du bataillon répartis en deux tables — celle des « aînés » et celle des tout jeunes — on y trouvait encore des voyageurs de commerce qui, à les écouter, étaient beaucoup mieux renseignés que le 2e Bureau sur le développement de la situation internationale. Deux ou trois familles « repliées » de Paris complétaient l'assemblée : la « marche vers l'Ouest » avait pris des proportions fantastiques pendant ces derniers jours. Les quartiers cossus de l'Etoile ou de la Muette avaient débordé sur Mamers en quelques heures... Ce n'était qu'une première étape dans la direction des paisibles plages bretonnes « où l'on serait tranquille et où l'on verrait venir les événements avec un recul suffisant ». Si jamais les Allemands débarquaient à Quimper ou à Brest, ce serait signe que la guerre ne tarderait pas à se terminer, mais ils n'y viendraient pas : il y aurait tellement de monde, entre le Rhin et la Vilaine, pour les empêcher de passer ! Il y aurait ce magnifique 1er bataillon du 102 qui se formait et dont les officiers, du commandant au plus jeune aspirant, avaient si fière allure ! Vive l'armée ! Elle est la sécurité des civils. Telle était la pensée intime de toutes les mères de famille repliées.

A l'une des tables familiales, il n'y avait que des grands-parents entourés d'une ribambelle de petits-enfants : les jeunes mamans avaient dû accompagner les maris aux trains des mobilisés. La moindre famille se trouvait brusquement désaxée par ces départs rapides de pères, de frères, de grands fils, d'oncles, de fiancés... Trois générations d'un coup, cela faisait beaucoup : il y avait d'abord ceux qui, comme le père Dupied, avaient été des jeunes « à la dernière »... puis la génération moyenne, englobant ceux qui n'avaient été mobilisés que vers la fin de 1918 et dont le rôle guerrier s'était limité à faire l'occupation rhénane... Ceux-là n'avaient pas de chance : à quelques années près, ils auraient réussi la gajeure de passer entre deux guerres. La meilleure preuve en était qu'on les versait déjà dans les pionniers :

ces fameux pionniers dont on allait tant parler. La troisième génération enfin comprenait ceux que l'on baptisait « les jeunes », c'est-à-dire les moins de trente-cinq ans.

Le commandant de la 2e compagnie entrait d'office dans cette dernière catégorie. Il venait pourtant d'apprendre de la bouche de son chef de bataillon que la moyenne d'âge des hommes qu'il commanderait était de trente-trois ans. Certains même, parmi eux, étaient déjà pères de trois et quatre enfants... Ce qui l'obligea à regarder, presque malgré lui, la table des aspirants et des sous-lieutenants où ses deux « assistants » menaient grand tapage. Et il fut contraint de s'avouer que ce n'étaient encore que deux gamins ayant besoin de chahuter. « Bébé Cadum », l'aspirant joufflu, sortait à peine de l'Ecole Supérieure de l'Enseignement où il avait appris son futur métier d'instituteur. Malgré ses vingt ans, il se croyait déjà un vieillard alors que le surnom de « Bébé » était le seul qui lui convenait. Tondeur, le Saint-Cyrien, venait d'avoir dix-neuf ans et il n'était pas le plus jeune de la joyeuse table : l'un de ses camarades de promotion — celle de « La plus grande France » — n'en avait que dix-huit ! C'était ces gosses-là qui allaient conduire des hommes de trente-cinq ans, des pères de famille, dans la grande bagarre. Mais le garçon brun ne trouvait pas cela anormal : comment un ancêtre de vingt-sept ans aurait-il pu douter de grands gosses de vingt ans ?

Ainsi fut la popote de l'Hôtel de l'Ouest... N'écrasait-elle pas déjà, en un seul repas médiocre et trop long, les soupers fins d'un Palm-Beach ? L'officier sans nom venait de le comprendre. Vue sous l'angle de la popote — avec son père Truc, son capitaine Dupied, l'aspirant Bébé-Cadum, le rougissant La Villéon et le légionnaire Kespern — la guerre lui semblait déjà une étonnante aventure.

Les trois journées qui suivirent furent exténuantes. Les hommes arrivaient par petits groupes, à toutes les heures du jour et de la nuit : des Sarthois, des Normands, des Bretons... mais tous authentiquement saouls. Il y eut cependant, parmi ces paysans de l'ouest, une exception : un grand garçon nonchalant qui avait du soleil dans la voix. Dès qu'il ouvrait la bouche, on ne pouvait s'y tromper : il roulait les rrr comme seuls savent le faire les Français qui ont eu la chance de naître très au-dessous de la Loire. Le dialogue échangé fut court :

— Comment t'appelles-tu ?

— Mon lieutenant, je suis le caporal-chef Thaysse !

— Fichtre ! D'où nous arrives-tu ?

— De Brive-la-Gaillarde.

— Jolie ville... Tu as un nom du tonnerre ! Comment l'écris-tu ?

— Comme l'opéra : T.H.A.Y.S.S.E. !

Il fut remplacé dans le bureau-garage par deux lascards qui portaient chacun une admirable casquette à carreaux et se tenaient par la main comme des jumeaux bien qu'ils n'eussent pas la moindre parenté ni ressemblance physique. On aurait cru deux héros de films burlesques : une caricature paysanne d'un Don Quichotte et d'un Sancho Pança, un cocktail aussi de Laurel et Hardy ou même du Croquebolle et La Guillaumette réincarnés. Mais dès qu'ils parlaient, on se savait en présence d'authentiques Sarthois.

— Vos noms ?

— Portepoids... Contrebœuf ! répondirent deux voix mal assurées sur quatre jambes flasques.

— Ce n'est pas possible ?

Le fichier de la compagnie consulté prouva que c'était cependant vrai.

— Mon lieutenant, on est des copains... Nos femmes sont des copines... « On » est cultivateurs. Nos fermes sont voisines... « On » a été à l'école ensemble. « On » est appelé pour la guerre : alors « on » est parti de chez nous ensemble et « on » arrive... « On » vient d'apprendre qu'on est dans la même compagnie, la vôtre... « On » voudrait être dans la même section et dans le même groupe. Cela ferait rudement plaisir à nos femmes de nous savoir côte à côte et, pendant ce temps-là, elles feront marcher les fermes... Ce soir, pour notre première nuit ici, « on » voudrait bien dormir ensemble.

— Allez-y tout de suite ! Demain matin, vous aurez les idées plus claires. Vous vous présenterez au bureau à 11 heures après vous être fait habiller : en tenue, au garde-à-vous et sans biture ! Bonne nuit...

Le lendemain, Portepoids, le petit aux jambes en arc-de-cercle et Contrebœuf, le bon gars costaud et un peu balourd, étaient au garde-à-vous. Les casquettes à carreaux et les bitures avaient disparu. On ne voyait plus que deux calots perchés sur deux jerseys kaki, et là-dessous deux nouveaux soldats-paysans de France : deux de l'infanterie dans la même compagnie, la même section, le même groupe de combat. Portepoids était grenadier V. B. et Contrebœuf quatrième voltigeur. Ils furent toujours l'un derrière l'autre en colonne et côte à côte pour présenter les armes. Ils firent toute la guerre ensemble : les Ardennes, la Sarre, la frontière du Luxembourg, l'Ailette, l'Ourcq, se relayant sans cesse la nuit au V. B. Quand l'un somnolait, l'autre tirait.

— Je leur z'y en ai flanqué un bon coup de V. B. dans les fesses ! dira Portepoids.

— Ça les a bien chatouillés ! surenchérira

Contrebœuf à la suite d'un coup de main ennemi manqué sur le petit poste qu'ils occupaient en Sarre.

Ils ne se pressèrent jamais trop mais firent « le boulot » sans rechigner : de vrais soldats de 1914 réincarnés. Ils furent atteints par le même éclat de 105 Skoda devant l'Ourcq. Ce jour-là, ils n'avaient pas avalé, selon la bonne habitude, leur petit « coup de gnôle ». Portepoids s'en tira, Contrebœuf y resta... Ils étaient arrivés comme cela, un soir de septembre, fin saouls à leur régiment avec l'intention de ne jamais se séparer. Ils furent bien obligés de le faire par une matinée de juin alors qu'ils avaient le ventre vide. Portepoids est retourné à sa ferme : quand il regarde celle du voisin disparu, il regrette peut-être quelque bonne biture... Brave Portepoids ! Pauvre Contrebœuf...

... Ils furent légion dans cette 2e compagnie, ceux qui se laissèrent mobiliser pour toujours : pour la mort.

Le lieutenant, accoudé à son tréteau-table du garage, pensait à chaque nouvelle arrivée d'hommes :

« Ce sont encore des civils comme je l'étais, il y a trois jours... Dans quelques heures, ce ne seront plus que des bonshommes matriculés qui iront là où on leur dira d'aller : dans un trou ou sur une crête... Leurs vêtements civils — ces habits « du dimanche » de paysans dont ils vont faire un paquet et qui resteront ici au dépôt — seront peut-être renvoyés un jour à leurs familles parce qu'ils auront embrassé la terre, cette terre qu'ils aiment tant, à l'endroit où on leur aura donné l'ordre de mourir ? »

Décidément, la guerre s'annonçait comme une étrange chose...

Il eût été dommage d'oublier un Parisien : Duval. Cuisinier dans la vie civile, il ne pouvait qu'être cuistot à la roulante — ce véhicule à l'allure préhistorique qui a conquis ses titres de gloire depuis 1870.

Pour une fois, c'était l'utilisation des compétences : Duval sut se montrer, dès les premiers jours, un spécialiste de la bonne soupe économique parce qu'il était un tombeur de dames un peu mûres.

— Si ma soupe n'est pas trop mauvaise, mon lieutenant, c'est que je mets dedans tout ce qu'il faut : du poireau, du navet, du choux, des carottes, relevés par une tranche de lard.

— Mais qui te fournit tout cela ?

— Elles !

— Au singulier ou au pluriel ?

— Au pluriel, mon lieutenant ! Au singulier, cela risquerait de durer trop longtemps... Oh ! « elles » sont plutôt moches, mais je leur tiens chaud la nuit... Elles en avaient perdu l'habitude ! Je choisis de préférence les veuves : avec elles on n'a pas d'histoires... C'est normal qu'elles paient en nature : dans ce pays, elles ont toutes un potager ! Il y a une phrase qui produit toujours sur ces dames un excellent effet : « Comment ? au moment où tous ces petits soldats que vous aimez vont partir au casse-pipe, vous seriez les seules à ne pas faire quelque chose pour eux ? La meilleure façon de secourir la République en danger est d'alimenter la roulante ! » D'ailleurs cette roulante, mon lieutenant, c'est très joli mais ce n'est tout de même pas dans une locomobile pareille qu'un artiste comme moi peut faire de la vraie cuisine ! Dès qu'on sera en ligne, je demanderai à être versé dans une section. S'il y a des coups de main à l'arme blanche, je m'y connaîtrai comme pas un en découpage de bidoche...

— On verra cela. En attendant, fais des frites pour midi.

Selon son désir, Duval — le roi des bouillons — « découpa de la bidoche » quand il fut en ligne jusqu'au jour où l'adversaire lui découpa à son tour la sienne. Sans même s'en douter, l'équipe Portepoids-Contrebœuf avait apporté dans la compagnie la petite pointe d'héroïsme nécessaire.

Tous arrivaient, s'habillaient, s'équipaient, s'armaient, reprenaient même l'habitude de faire ce salut militaire qui passait encore quelques jours plus tôt, dans leur esprit, pour la plus grande humiliation de la personnalité humaine. Geste qu'ils accomplissaient « le corps légèrement penché en avant, les pieds un peu moins écartés que l'équerre ». Jeunes recrues, ils s'étaient copieusement moqués de ce texte ampoulé et pompier de la première partie du Règlement d'infanterie. Mais, à la veille du Grand Départ, comprenant que la bonne blague était finie, ils commençaient à l'appliquer. Leur salut était gauche, encore hésitant mais il marquait déjà un certain respect — plus que cela même : de la confiance — à l'égard des chefs qui seraient avec eux au premier rang pour assister au feu d'artifice.

Les rares moments de loisirs du jeune commandant de la 2e compagnie se passèrent à la terrasse du Café du Commerce sur la grand-place — l'unique — de la petite ville. Terrasse sans store, où l'on se faisait rôtir par le soleil devant des demis servis tièdes, tout en contemplant un cirque ambulant qui pliait tristement ses tentes avant de s'en aller.

La présence de ce petit cirque à Mamers avait quelque chose d'épique et de pitoyable : il se nommait le cirque Lamy. Il n'avait jamais reparu dans la sous-préfecture sarthoise depuis le 3 août 1914 : le lendemain, ce fut la déclaration de guerre. Quand les vieux Mamertins l'avaient revu le 29 août 1939, ils s'étaient dit : « Mauvais présage ! » Ils ne s'étaient pas trompés : la nouvelle guerre obligeait le pauvre cirque à repartir sans recette après que la plus grande partie de son personnel masculin eût été absorbée par les centres mobilisateurs. Ses maigres chevaux avaient déjà été réquisitionnés sur place. La relâche serait longue : elle aurait la durée d'une guerre.

De la terrasse du café, on pouvait voir passer toute la population de la petite ville, grossie de sept mille uniformes des deux régiments que l'on y formait. A une table voisine, deux stratèges de café discutaient : l'un deux était un conseiller municipal devenu capitaine des pompiers locaux et promu responsable de la sirène d'alerte en cas de raid aérien ennemi ; l'autre n'était qu'un adjudant de réserve, maître d'armes en retraite, qui avait réussi à se faire nommer « premier chef d'îlot » ou grand organisateur de la défense tout à fait passive de l'endroit.

— Mais qu'est-ce qu'ils fichent donc ces Polonais ? demandait le capitaine des pompiers en se penchant sur la carte de « l'Europe en armes » que *Paris-Soir* venait de reproduire sur sa dernière page.

— Si j'étais à la place de ce Rydz-Smigly, répondait le chef d'îlot, je n'aurais qu'une seule tactique : je laisserais les Allemands s'enferrer complètement au centre. Pendant ce temps — puisque j'en ai une et qu'on dit qu'elle n'est pas trop mauvaise, cette cavalerie polonaise —, je la ferais pivoter sur l'aile gauche... Et, accoudé à ma ligne de résistance naturelle, je prendrais les Allemands à revers...

— Je suis de votre avis, cher ami... Mais quelle ligne de résistance prenez-vous ?

— D'après cette carte de *Paris-Soir*, il n'y en a qu'une possible : la Vistule... Parce qu'enfin j'ai une Vistule ! Il faut bien que j'en fasse quelque chose... ou alors à quoi cela servirait-il d'en avoir une ?

Argument massue qui clôturait la discussion. Avec deux guignolets-cassis, tout le monde était content, y compris le garçon qui empochait son pourboire. Les stratèges avaient bien travaillé : la Pologne, la France, la Terre pouvaient dormir...

Enfin la nouvelle, un peu redoutée malgré tout, courut : le 302 part demain, le 102 après-demain.

La présentation au drapeau se fit dans un champ, au petit jour, à trois kilomètres de la ville, sans le moindre spectateur. Le 102 était formé en carré dont trois côtés étaient occupés par chacun des bataillons. Le quatrième était bouché par la compagnie de commandement et les services du régiment. Le colonel se tenait au centre. Sa proclamation fut courte :

« Soldats, voici votre drapeau. Il arrive directement du Musée des Invalides où il était au repos depuis vingt et une années : le temps d'une majorité, la vôtre ! Aimez-le. Il a déjà fait une guerre : celle de vos pères. Votre régiment était alors formé de Parisiens : il est parti de la gare de l'Est. Aujourd'hui, c'est vous, les hommes de l'Ouest, qui assurez la relève... Comme vos aînés en 1914, vous n'entendrez aujourd'hui qu'un commandement : garde-à-vous ! Présentez Armes ! »

Sans musique parce qu'il n'y en avait pas et qu'il n'y en aurait jamais, pendant toute la guerre, dans cette 7e division de rudes campagnards. La musique ou la clique, c'est bon pour les revues dans les grandes villes ou pour les régiments de parade. Le 102 ne connaîtrait qu'une musique : le concerto des balles de mitraillettes renforcé, parfois, par la symphonie de l'artillerie lourde... Musique étrange pour ceux qui prennent l'habitude de l'écouter.

Le départ eut lieu le même soir. Le rassemblement commença à 20 heures pour un embarquement à minuit. Tous les cafés étaient consignés mais les volets restaient entrouverts : derrière chaque fenêtre, la ville, muette dans son adieu, regardait les compagnies se mettre en marche dans le noir une à une... C'était le silence, martelé par le pas cadencé de milliers de godillots sur les pavés, coupé aussi par le hoquet d'hommes ivres qui avaient voulu « noyer cela » une dernière fois. Il faut que cela finisse !

Dans la nuit sans lune et sans étoiles, trois mille quatre cents hommes montèrent vers la gare qui devenait pour eux l'étrange antichambre de la gloire. Les compagnies avaient touché leur dotation de munitions pour être déjà sur pied de guerre. On murmurait dans les rangs que l'on serait débarqués tout de suite dans la mêlée... Mais où cela ? nul ne le savait, pas même le colonel qui ne connaissait que le premier point de destination : Alençon, à quarante kilomètres !

Les roulantes fumaient déjà sur les wagons plates-formes pour le jus du lendemain. Les voiturettes de mitrailleuses étaient tassées les unes contre les autres mais, sur un wagon, quatre pièces restaient pointées en permanence vers le ciel pour la D. C. A. Leurs servants étaient à leurs postes. La nuit précédente, il y avait déjà eu une alerte sans le moindre avion : un temps pour rien. Le préposé au bouton de la sirène — l'un des brillants stratèges — avait reçu un coup de téléphone angoissé :

— Des avions non identifiés survolent la Sarthe !

Déjà ? Ils ne perdent pas de temps, pensa-t-on... Alerte ! Plaintes de sirène lugubres... Tout le monde dans les caves ! Etalez les sacs de sable ! Chaque chef d'îlot à sa place : sous l'escalier ! La voiture d'ambulance, avec sa dame en bel uniforme au volant, doit se tenir devant la sous-préfecture, parée pour toute éventualité... Les pompiers resteront près de leurs tuyaux... Et tout ce remue-ménage d'une paisible cité qui n'a encore rien à faire dans la bagarre s'est trouvé stoppé par le nouveau coup de téléphone ridicule :

— Il y a bien des avions ennemis dans le ciel, mais ce n'est pas la Sarthe qu'ils survolent, c'est la Sarre !

Au temps pour les crosses.

— Comptez-vous avant de monter !

C'était l'ordre que l'on entendait, répété, le long du ballast.

Hommes : quarante, chevaux : huit : l'inscription que tout le monde a lue depuis des années sur les wagons de marchandise français... Tout le monde, même la clientèle cosmopolite qui n'utilise que des sleepings pour descendre des brumes du nord vers le soleil de la Croisette et les joies faciles de la Côte-d'Azur. Seulement, *Hommes : quarante, chevaux : huit,* ce n'est — pour ces favoris de la terre — que du charabia, de l'esperanto... Que peuvent bien vouloir dire ces mots sybillins ? Ne serait-ce pas la désignation administrative de l'un de ces trains de marchandises, bourrés de primeurs et de melons, qui « montent » vers les restaurants de la capitale et que l'on croise parfois en gare de Valence ?

Pour le commandant de la 2e compagnie, *hommes : quarante, chevaux : huit,* ce n'est, cette nuit, qu'une voie sans quai et, sur cette voie, des wagons qui ne sont pas assez nombreux, dans lesquels il faudra bien entasser plus d'hommes que ne le prescrit l'inscription réglementaire depuis plus d'un demi-siècle. On mettra cinquante hommes par wagon ! Ceux qui voyageront debout auront au moins la consolation de pouvoir manger : ils ont touché leurs vivres pour quatre jours. A l'arrivée, là-bas, l'ambiance sera tout à fait créée : les paysans seront « dans le bain ».

Le chef de gare vient d'apporter la première enveloppe cachetée au colonel qui n'est plus qu'un chef de train. De l'enveloppe sort une feuille de papier dactylographiée sur laquelle est indiquée la première étape. Quand on l'aura atteinte, un autre chef de gare remettra au colonel une seconde enveloppe et ainsi de suite jusqu'au terminus du voyage sans retour. On ira ainsi d'étapes en étapes, à coups de petites enveloppes, vers les lieux que des peuples — qui ne peuvent jamais s'entendre — ont choisi depuis des siècles pour s'expliquer par les armes.

Au moment où le train va partir, une voix avinée crie de l'un des wagons à bestiaux :

— Le type qui conduit la locomotive, c'est mon père !

Et c'était vrai. Combien y a-t-il eu ainsi, dans le monde, de pères qui ont conduit leur enfant à la guerre ?

Le convoi s'est ébranlé doucement. Les hommes sont restés mornes : il n'y a pas eu de cris, pas de fleurs au canon, pas de jolies bouquetières qui offraient une dernière fois leurs lèvres. Il n'y a, dans chaque wagon, que des hommes encore hébétés de ce qui leur arrive et qui voudraient bien dormir, même debout...

Dans un vieux compartiment de 3e classe, entouré de son juvénile état-major, le commandant de la 2e compagnie ressent un peu d'amertume : on lui avait tellement parlé pendant son enfance, des départs magnifiques de 1914 ! Il revoyait, en mémoire, la fameuse carte postale coloriée du départ des « pantalons rouges » à la gare de l'Est avec des familles entières qui restaient sur le quai, des épouses qui tendaient une dernière fois leurs bambins vers le train, des jeunes filles en larmes qui essayaient quand même de sourire... Dans l'encadrement des portes à glissières de chacun des wagons — sur lesquelles on pouvait déjà lire *hommes : quarante, chevaux : huit* — les képis rouges, rappelant la casquette immortelle du père Bugeaud, étaient agités en signe d'allégresse... On pouvait également lire, écrite à la craie, tout le long du train, l'inscription « A Berlin ! » Il n'y avait pas un seul de ces mobilisés de 1914 qui ne fût persuadé qu'il éblouirait les *gretchen* un peu plus tard sous les ombrages d'*Unter den Linden*... Des bras enfin montraient le drapeau du régiment fièrement tenu par un fantassin moustachu. Et le garçon brun se souvenait parfaitement que le drapeau de la célèbre carte postale de 1914 portait le numéro de son régiment : 102.

Après être entré dans la légende grâce à l'imagerie populaire, ce même drapeau, consacré par son séjour de vingt et un ans sous le Dôme doré des Invalides, repartait en guerre... Mais, comme c'était d'une toute petite ville, il avait préféré rester roulé dans sa gaine de cuir, parmi les bagages du colonel. Sans doute espérait-il des jours plus glorieux ?

Blotti dans son coin de wagon, l'Officier sans nom n'a plus qu'à se dire :

— Cette fois, ça y est : nous roulons vers « le grand truc »... Nous avançons doucement mais nous y allons ! C'est quand même dommage que ce départ n'ait pas eu un peu plus de panache...

DROLE DE GUERRE

Le petit jour amena, toujours très doucement, le train en gare d'Evreux. Le garçon brun sentit battre son cœur un peu plus vite : là-haut, sur la colline qui dominait la ville, on apercevait une grande bâtisse... C'était le collège où il avait passé, interne, la plus grande partie de sa jeunesse... Institution sympathique où d'excellents maîtres avaient fait des prodiges pour essayer de lui inculquer quelques principes dont il n'avait guère découvert l'importance alors, mais dont il aurait besoin maintenant pour mieux comprendre ceux qui étaient sous ses ordres.

Collège où il avait connu l'impression la plus forte et la plus marquante de son enfance : la découverte de la mort... Une mort toute simple qui ne s'était pas située dans l'héroïsme ou le crépuscule d'une bataille... Une mort qu'il enviait presque avec le recul du temps parce qu'elle lui aurait permis de ne connaître aucune des vraies laideurs de la vie... Une mort qui avait été celle de son petit camarade Gérard.

Gérard n'avait-il pas été son meilleur ami dans ce collège où ils furent compagnons de jeux et voisins d'étude, de classe, de dortoir ? Il lui confiait tout et Gérard ne pouvait rien lui cacher.

Un après-midi — ils étaient en classe de cinquième —, Gérard demanda au professeur l'autorisation de se rendre à l'infirmerie : il se sentait fiévreux. Sa place resta vide en classe, à l'étude du soir, au réfectoire pendant le dîner, au dortoir où son lit ne fut pas défait, partout... Son ami comprit que Gérard passerait la nuit dans l'un de ces lits moelleux et douillets de l'infirmerie, surmontés d'un baldaquin d'où tombaient des rideaux blancs immaculés et qui faisaient rêver tous les collégiens... Le lendemain, sa place était encore vide en classe. D'autres places se vidèrent : le collège subissait une terrible épidémie de grippe. Le petit garçon brun, resté seul, aurait bien voulu rendre visite à son ami, mais ce lui fut interdit par crainte de la contagion.

Trois jours plus tard, au moment où les enfants allaient réciter leur prière du soir à la chapelle, le père Recteur vint leur dire : « *Votre prière doit être faite pour votre camarade Gé-*

rard qui est gravement malade. » Et, quand ils s'agenouillèrent, l'ami de Gérard sentit les larmes affluer à ses yeux mais il lutta de toutes ses forces d'enfant pour les retenir : peut-être y eut-il déjà une ombre de respect humain ridicule dans cette attitude mais elle fut surtout guidée par la conviction que Gérard guérirait ! Ils étaient si nombreux, dans la chapelle triste, à prier pour lui que la prière serait certainement exaucée !

Le lendemain, après la récréation matinale, les élèves de cinquième furent conduits à l'infirmerie où Gérard les attendait sur le petit lit douillet... Ils le virent immobile, avec les mains croisées sur la poitrine et serrant un chapelet... Ses paupières restaient closes, son visage — qui d'habitude était rieur — avait une expression grave et détendue à la fois... Au pied du lit, on avait placé, sur une table, un crucifix dont le Christ restait tourné vers le visage de Gérard... De chaque côté de la croix, brûlaient deux flammes de bougies... Il y avait, agenouillés, la sœur infirmière, le père Recteur et une dame que les enfants n'avaient jamais vue mais qui ressemblait à Gérard : c'était sa maman dont il avait souvent parlé au confident de ses joies et de ses peines. La dame regardait, avec de beaux yeux tristes, ceux qui avaient été les petits camarades de son fils. Il y avait enfin, dominant tout, le silence...

Ce ne fut qu'en ressortant de l'infirmerie que l'ami, resté seul, réalisa qu'il n'avait pas eu envie de pleurer cette fois... Gérard lui avait paru si heureux sur son lit blanc qu'il trouvait sa mort très belle... Certes, il savait que son meilleur ami venait de le quitter pour toujours mais ce départ avait été fait avec tant de discrétion — un simple doigt levé pendant la classe pour demander au professeur l'autorisation de se rendre à l'infirmerie — qu'il ne pouvait lui en vouloir... N'en aurait-il pas fait tout autant s'il s'était senti fiévreux ? Pourquoi attirer l'attention quand on part ?

Plus jamais il ne revit le visage de son ami qui quitta le collège deux jours plus tard dans un cercueil recouvert d'un voile blanc : un cercueil de jeunesse... C'était en février : les cours et les pelouses du collège disparaissaient sous la neige, le soleil d'hiver étincelait sur les couronnes de fleurs blanches... Quel beau départ a eu l'ami Gérard !

Seize années s'étaient déjà écoulées mais celui qui n'était plus qu'un officier anonyme ne pouvait oublier le départ de son camarade alors que le train militaire le ramenait en gare d'Evreux. Comme Gérard avait bien su s'en aller à temps ! Qu'avait-il connu, à onze ans, à l'exception des jeux de l'enfance, de la camaraderie de collège et de l'amour d'une mère ? Il avait eu la chance d'ignorer l'amour — « l'autre » : celui qui peut faire mal et qui ne sème le plus souvent que mensonge, muflerie, désespoir... C'était à peine s'il avait côtoyé l'orgueil et frôlé la jalousie enfantine... Il ne connaîtrait jamais la haine des hommes ni leurs luttes fratricides... Son ancien camarade regrettait presque de ne pas être mort comme lui. Que lui réservait ce Destin qui ne l'avait laissé vivre, ainsi que des millions d'hommes, que pour le conduire aujourd'hui à la guerre ?

Le passage en gare d'Evreux lui rappela aussi un petit journal intitulé *Chez Nous* qu'il avait fondé dans ce même collège quand il y faisait ses humanités... Journal qui existait toujours et continuait à maintenir le lien entre les élèves actuels et les « anciens ». Grâce à ce modeste bulletin mensuel, qu'il recevrait peut-être au front, il saurait où et dans quelle arme ses camarades encore « vivants » avaient été mobilisés ; il verrait s'y allonger aussi la liste de ceux qui ne reviendraient pas.

Comment aurait-il pu prévoir, alors qu'il regardait une dernière fois « son » collège, que celui-ci serait entièrement écrasé sous les bombes alliées quelques années plus tard pendant le terrible bombardement d'Evreux ? et que l'un de ses anciens professeurs de latin, le chanoine de Maistre, serait tué dans l'écrasement d'une Institution à laquelle ce saint homme avait consacré cinquante années de dévouement ! La guerre choisit ses victimes n'importe où et à tout âge. Il lui faut son pourcentage de deuils et de regrets... Mais en quoi la mort d'un vieillard pouvait-elle peser dans la balance de la victoire finale ?

... Ceux qui n'ont pas voyagé dans un train militaire ignorent les charmes cachés des voyages.

— Quand je pense, disait le Saint-Cyrien Tondeur, que des gens paient pour prendre un train-surprise qui les emporte vers une destination inconnue ! Nous n'avons rien à leur envier et pour nous c'est gratuit !

L'administration militaire fait même preuve d'un certain raffinement dans l'organisation de ces voyages.

— Direction Mantes ! s'écria « Bébé Cadum ». Chic ! Nous allons à Paris...

Malheureusement, la grande ceinture a dû être inventée pour les trains militaires : il faut bien que, de temps en temps, les illustres voies stratégiques aient leur utilité.

Sur tout le parcours, jusqu'à quarante kilomètres de la capitale, le commandant de la 2e compagnie n'avait aperçu que des civils aux regards indifférents : des Normands qui ne cherchaient même pas à comprendre ce que représentait ce train. Puis, brusquement, à l'approche de Paris — qui a du cœur —, les choses changèrent : les « banlieusards » étaient là, répartis en grappes humaines le long de la voie stratégique.

Et cependant c'était un dimanche mais personne, dans cette population de petits employés retraités et d'ouvriers, n'y pensait : la nouvelle s'était répandue, pendant la nuit, que des trains militaires — bourrés de gars de France — passaient toutes les trois minutes. Des trains qui montaient, bondés, vers l'Est ou le Nord et qui redescendaient vides. Les valises, les cartons à chapeaux, les cabas, les paniers, des poubelles même s'étaient remplis de provisions et transformés en hottes d'un père Noël qui se serait trompé de saison.

Pendant les trois minutes qui séparaient le passage de deux trains, les stocks étaient réapprovisionnés le long du ballast. Des voitures de tourisme assuraient le ravitaillement en apportant — les unes après les autres — les paquets de cigarettes, les sandwiches, les canettes... Tout était stocké près des passages à niveau où les gardes-barrières s'étaient muées en cantinières pour assurer la répartition entre des gosses qui couraient, les bras chargés, le long de la voie dans l'attente du prochain train.

— En voilà un qui s'approche ! hurlait un bambin.

— Attention ! répétait un boy-scout qui faisait fonction de chef d'équipe.

Les jeunes filles préparaient des bouquets pendant que le lourd convoi arrivait. D'humbles fleurs des champs pénétraient, avec leur parfum de tendresse, dans le vieux compartiment de 3e classe des officiers.

— Pour vous aussi, lieutenant, un petit bouquet ?

Et la fille courait, telle une admirable folle, à côté du train jusqu'à ce qu'elle ait réussi à donner le gage fragile à la main qui se tendait...

— Vise le cuistot sur sa roulante ! criait un autre enfant. Tiens, v'là des pommes !

Les nuées de mioches, grimpés dans les vergers croulant de fruits en ce début de septembre, arrachaient tout : c'était pire qu'un nuage de sauterelles mais c'était quand même très bien ! Le propriétaire du verger n'avait qu'à assister, impuissant et souriant, au massacre. Rien ne paraissait assez bon pour ceux qui allaient vers le front... Sur sa plate-forme, Duval, le roi des bouillons, rugissait :

— Il me faut des poireaux pour la soupe de ce soir !

Un nouvel essaim de gosses courait s'approvisionner à pleines brassées dans le potager le plus proche. L'arrachage était fulgurant et les poireaux voltigeaient sur le wagon de la roulante. L'Intendance était dépassée, culbutée par les réflexes de la foule : jamais ses services n'auraient pu fonctionner avec une telle célérité.

La banlieue parisienne avait très bien compris ce qui se passait : ces hommes de l'Ouest qui défilaient à la cadence d'un train toutes les trois minutes, seraient demain à la barrière vivante de l'Est... Ils rempliraient les casemates, apporteraient la vie au béton de Maginot, boucheraient les intervalles... Grâce à eux, la banlieue pourrait dormir sans trop de cauchemars et le jardinet resterait français. C'était cela, la chose essentielle. Ces hommes en kaki, qui passaient sur leurs trains poussifs, sauveraient les économies de toute une vie et le coin qui avait été créé — en mettant de côté sou par sou — pour avoir le droit d'y mourir en paix... Même ce couple de rentiers, voûtés et usés, assis devant le seuil d'une maisonnette en brique, souriait : il avait confiance dans le sacrifice éternel de la jeunesse. En se penchant vers « son » vieux, la vieille devait penser :

« On nous a pris beaucoup de choses avec les impôts et les dévaluations mais « notre » lopin de terre, ce bout de jardin, on veut nous le laisser... On le sait tellement précieux que l'on envoie ces paysans pour le défendre... »

Le train roulait, s'éloignant de Paris avec regret...

Puis ce furent les gares régulatrices de l'Est, sinistres, avec des trains qui arrivaient sans lumières et leurs disques, à peine éclairés, qui semblaient voilés. Des noms de gare qui sonnaient déjà la guerre parce qu'ils en rappelaient une autre : Revigny, Laon... Là on saura enfin où l'on débarquera : c'est la plaque tournante.

Les hommes somnolent dans les fourgons où flotte une odeur de vinasse et de vêtements détrempés de sueur.

— Où est le chef du convoi ? demande sur le quai la voix de l'officier à brassard de la S.N.C.F. que l'on retrouve dans chaque gare, portant l'enveloppe.

— Mon colonel, voici votre point de destination.

Et le train repart, cahotant, sous la pluie qui a voulu se mettre de la partie : une vilaine petite pluie fine, pénétrante, qui transperce et qui glace... A 5 heures du matin, c'est l'arrêt final dans une gare où il n'y a pas de quai mais où il faudra quand même tout débarquer : les hommes et le matériel... Une toute petite gare qui porte bien son nom : Signy-le-Petit.

Le père Truc fait appeler le commandant de la 2e compagnie :

— Vous êtes ancien cavalier et débrouillard. Vous passerez le commandement de votre compagnie à l'un de vos sous-lieutenants et vous dirigerez le débarquement des chevaux, des roulantes, de la voiture d'ambulance et des voiturettes de mitrailleuses. Exécution !

Tout est calme à Signy-le-Petit. On n'y entend pas parler d'Allemands, ni d'avions... Au loin, des coqs se répondent pour saluer une aurore grise et triste des Ardennes françaises où le 102 va prendre position en toute tranquillité : entre lui et l'Allemagne, il y a encore la Belgique ! L'adversaire sera bien obligé de la traverser avant de nous rencontrer ! On a donc tout le temps de voir venir... Seulement ce débarquement des chevaux sans quai, c'est une vraie corvée ! Il faut utiliser des planches :

— Recouvrez-les de paille ! Vous ne voyez donc pas que le bois est humide ? Cette jument va se casser une jambe !

Comme il a été cavalier pendant son temps de service, le garçon brun s'en voudrait de prononcer le mot « patte » lorsqu'il s'agit du plus noble animal qui n'a que des « jambes »...

Pendant qu'il continue à se débattre avec une poignée de conducteurs hippomobiles, les compagnies et les sections ont abandonné le train et se sont mises en marche, sous la pluie, pour se rendre dans leurs cantonnements respectifs. Deux heures plus tard, le train repartait vide dans l'autre sens : il repassera, morne, devant les banlieusards qui penseront qu'un bataillon de plus vient d'être débarqué quelque part sur la frontière nord-est et disséminé selon le bon plaisir d'un officier de cantonnement et la bonne volonté plus ou moins apparente d'une municipalité qui — par principe — avait horreur du militaire.

— Mais il n'y a pas de ligne Maginot par ici ? remarqua le commandant de la 2e compagnie dès qu'il fut débarrassé du débarquement de la pitoyable cavalerie dont le destin était de remorquer les véhicules du bataillon. S'*ils* traversaient tout de même la Belgique en trombe, y aurait-il assez de monde pour les recevoir ? Vous ne trouvez pas que c'est un peu maigre, un bataillon ? même un régiment ? Car, d'après ce que je vois sur cette carte d'état-major, le 102 couvre à lui seul au moins quinze kilomètres de frontière !

— Vous oubliez, répondit un officier d'active qui se prétendait bien renseigné, le principe de l'échelonnement en profondeur ? Vous devez bien vous douter qu'il y a déjà du monde derrière nous et que nous ne sommes pas les seuls en ligne ! Celle-ci se prolonge, d'ailleurs, jusqu'à la mer du Nord mais, au lieu d'avoir ici de gros ouvrages continus comme ceux de la ligne Maginot, « nous » avons préféré adopter pour cette partie de la frontière le système de la ligne Siegfried : une multitude de petits ouvrages bétonnés, isolés les uns des autres et dont les plans de feu se croisent admirablement...

— Sur le papier ?

— Ce sera à vous et à tous les chefs d'unités de faire coïncider la réalité avec le papier... Et vous pourrez constater vous-même que ce système de défense est beaucoup plus rationnel : il permet le dépassement de quelques ouvrages par l'adversaire mais toute attaque massive de sa part sera vouée à l'échec ! Depuis Munich, c'est-à-dire une année, « nous » avons déjà accompli dans ces régions un travail colossal. Evidemment, ce n'est pas encore tout à fait terminé... C'est pourquoi on a fait venir des régiments de paysans habitués à remuer la terre : le 102 achèvera ce travail de terrassement.

— En somme, on nous transforme en pionniers ?

— Plaignez-vous ! Vous aurez toujours le temps d'aller au feu...

Le garçon brun rejoignit sa compagnie. Les paroles qu'il venait d'entendre l'avaient un peu défrisé mais, très vite, il reprit courage en se disant : « Si l'on nous a exilés dans ce coin tranquille, c'est parce qu'on ne nous estime pas suffisamment prêts pour aller au feu ? Sans doute rendrons-nous plus de services en remuant de la terre qui risque de se transformer rapidement en boue sous une pluie pareille ! Les jeunes filles de la banlieue parisienne nous auraient-elles lancé leurs bouquets un peu trop tôt ? Enfin ! Ma 2e compagnie gardera tout de même son petit bout de frontière, même s'il ne s'y passe rien ! Nous nous sentirons des âmes de douaniers... C'est à moi de mettre à profit cette période d'attente pour faire plus ample connaissance avec mes hommes. »

Le père Truc n'avait-il pas déjà répété trois fois à tous les officiers du bataillon :

— Dans le métier que vous allez faire, on ne connaît jamais assez ses bougres !

La reconnaissance des fameux emplacements de travaux fut rapide : les emplacements étaient bien là mais les travaux indiqués sur les plans n'avaient pas été faits. Chaque officier, du colonel au plus humble chef de section, se trouvait devant le néant.

Il y avait bien, parsemées au petit bonheur, quelques vagues casemates en béton éloignées les unes des autres au moins par un bon kilomètre. Toutes les portes d'accès dans ces fortins ridicules étaient trop étroites pour que l'on pût y faire pénétrer les canons de 25 — la seule arme efficace de l'infanterie contre les blindés — aux emplacements prévus. Pour y parvenir, il aurait fallu faire sauter l'une des façades du block à la dynamite ! Devant cette impuissance collective de gens remplis de bonne volonté, un ordre arriva de haut-lieu, aussi impératif que militaire :

— La solution est très simple : chaque commandant d'unité placera ses canons antichars en batterie à côté des blocks...

— Et qu'est-ce qu'on mettra dans les blocks ?

— Des poêles ! Ainsi les hommes n'auront pas froid quand ils y dormiront...

On apercevait aussi des ébauches de futures casemates dont les armatures en fer atteignaient à peine la ceinture d'un homme et dont les couches de ciment séchaient doucement, très doucement, sous le ciel sans soleil.

Les seuls ouvrages, dont la construction avança un peu, furent ceux qui avaient été confiés à des entreprises civiles. Le militaire travaillait sans goût et à la diable. Il fallait reconnaître qu'il était bien mal équipé pour ce genre de travail ! On l'obligeait à creuser des fossés antichars de quatre mètres de profondeur avec des pelles-bêches de compagnie ! Le *bulldozer*, qui rendit d'immenses services quelques années plus tard, était inconnu alors dans l'armée française.

Sans cesse, il fallait ranimer l'ardeur des hommes :

— Tu es pourtant cultivateur ! Tu devrais être habitué à remuer la terre !

— Quand c'est pour la culture, mon lieutenant, c'est différent... mais pour ce boulot-là !

— C'est justement pour « ce boulot-là » qu'il faut se donner le plus de mal ! Je vais te le prouver...

Et, à force d'enlever lui-même sa vareuse et de manier la pelle-bêche, il parvint peu à peu, par une série de petits exemples quotidiens, à redonner le feu sacré à quelques-uns. Malheureusement, le soldat français a toujours été un mauvais sapeur : il aime mieux se battre que s'enterrer. C'est une particularité qui lui coûte généralement cher au combat.

L'unique pelleteuse mécanique affectée au front de la division — c'est-à-dire pour une longueur de trente kilomètres — tombait régulièrement en panne : des pannes qui duraient le temps de faire venir une pièce de rechange, une bonne semaine au moins. La fameuse machine-à-enfoncer-les-rails verticalement en terre ne travaillait pas plus vite : elle voulait se mettre au diapason de l'engourdissement général.

— Pour multiplier ces champs de rail destinés à empêcher le passage des blindés ennemis, dit un humoriste de la compagnie, il n'y a qu'à attendre le printemps... avec la densité de pluie qui tombe dans ce pays, les quelques rails, déjà plantés droit en terre, bourgeonneront vite ! Comme dans la chanson : « Ils refleuriront, les rails charmants... » Ajoutez un bon coup de soleil par là-dessus et nous récolterons de la graine de rail qu'il n'y aura plus qu'à semer... Quelle économie de temps et de main-d'œuvre !

— Vous devriez faire un rapport à la direction du génie. On ne sait jamais...

Le rapport n'alla pas plus loin que les popotes.

La vie s'étirait, fastidieuse, entre les chantiers de boue, le bureau de la compagnie où le chef-comptable réclamait signatures sur signatures et l'instruction progressive des hommes : ce qui était, de loin, le travail le plus intéressant pour leur chef.

Travail délicat car l'infanterie, en temps de guerre, est le dépotoir d'un pays. « Bon pour l'infanterie » ne veut pas dire du tout que l'homme ait les qualités requises pour faire un bon fantassin mais plutôt qu'il est inapte à tout. Même s'il a fait son temps de service militaire comme ordonnance, comme chauffeur d'officier supérieur ou comme planton au bureau du général commandant la Place, celui qui espérait bien retrouver la même « planque » le jour de la mobilisation, a été incorporé d'office dans un groupe de combat sous une étiquette quelconque : grenadier V. B., par exemple, alors qu'il n'a jamais vu un tromblon de sa vie... ou même tireur au fusil mitrailleur alors qu'il n'a jamais su se servir d'un fusil de chasse... Le plus extraordinaire, d'ailleurs, est que tout finit par s'arranger à la longue : l'ambiance militaire opère ce miracle.

— Je ne suis pas trop inquiet sur l'utilisation des compétences respectives de nos bonshommes, avait coutume de dire avec son grand bon sens le père Dupied... Ils feront exactement comme nous en 1914 quand on nous a mis les premières grenades dans les mains : quelques-uns, les maladroits ou les imprudents qui auraient gêné leurs camarades, se tueront eux-mêmes... Quant aux autres, dès qu'ils auront compris ! Ce ne sera pas la peine de leur rédiger une notice explicative ! Après deux heures de combat, ils sauront se servir de toutes les armes mises à leur disposition !

Paroles de Sage, dont le jeune commandant de la 2e compagnie put apprécier l'exactitude par la suite...

Malgré « l'emploi du temps » — que les chefs d'unités, aux différents échelons, essayaient de meubler le plus possible pour occuper les hommes pendant cette longue période d'inaction —, il restait quand même des heures creuses : celles où il faut faire à tout prix quelque chose si l'on ne veut pas connaître le « cafard », le pire ennemi du soldat. Tout le monde le comprit vite dans la 2e compagnie.

Les deuxième classe ne détestaient pas la bonne cuite au Café Cobou. La mère Cobou, plus sourde qu'un artilleur, prenait les commandes en utilisant un cornet acoustique ; aussi avait-elle été surnommée — en dépit de sa respectable soixante-quinzième année — « la môme téléphone ». Le dimanche, son établissement devenait vers 5 heures de l'après-midi le théâtre de bagarres épiques dont l'animateur incontesté était un demi-colosse se nommant Ripert.

Dans la vie civile, ce personnage tenait la batterie du jazz au *Balajo,* rue de Lappe... Ses bras velus et sa poitrine étaient constellés de tatouages d'un goût plus ou moins discutable.

— Ripert, pourquoi as-tu flanqué hier une « trempe » à Derouineau ?

— Mon lieutenant, ce frère-là m'agace ! Ce n'est qu'un gros lourd. Je lui ai « caressé les étiquettes »...

Le plus occupé de tous les sous-officiers était le sergent Mussac, Parisien lui aussi et garçon de café par surcroît. Pendant les fastidieuses marches d'entraînement, il avait du mal à suivre sa section.

— Eh bien, Mussac ! Toujours à la traîne ?

— Je vous assure, mon lieutenant, que je fais mon possible... Malheureusement, j'ai les pieds plats ! Ce n'est pas de ma faute mais plutôt celle de ma sainte mère qui m'a fait comme cela... Et je sais depuis longtemps, par la pratique de mon métier civil, que les pieds sont la première chose à ménager ! Croyez-moi : quand on reste huit heures d'affilée debout à une terrasse pour servir la clientèle, cela vaut toutes vos petites promenades hygiéniques...

Et il continuait à avancer péniblement — parce qu'il le fallait — en portant son fusil audessus de l'épaule droite comme s'il se fût agi d'un plateau garni d'apéritifs : « Et un flingue ! Un, bien tassé, sans mousse sur le canon ! »

Les pieds plats et la démarche à la Charlot n'empêchèrent pas Mussac de se révéler rapidement le roi des patrouilleurs... Il avait trouvé un « truc » étonnant : dès que la nuit tombait, il faisait équiper son groupe de combat en armes et, colonne par un, le groupe mystérieux se dirigeait, à travers bois, vers la frontière belge distante à peine de quelques kilomètres. Le lendemain, dans la brume matinale, le groupe revenait « en douce » pour l'appel du réveil... Mais il n'était pas rentré les mains vides : paquets de tabac, cigarettes blondes, cigares interminables et pipes sculptées — le tout authentiquement belge — étaient bradés après la soupe du matin. Mussac prenait également les commandes, qui affluaient de toutes les compagnies, pour l'expédition de la nuit suivante. Et comme il faisait une large « culbute » sur chaque article vendu, toute la fine équipe y trouvait son compte pour améliorer l'ordinaire. La justice régnait au sein du groupe : chaque membre de cette patrouille de l'aube avait son pourcentage. On partageait en frères.

Mais, une nuit sans lune, cela faillit se gâter : les douaniers belges, avertis par des âmes qui se croyaient charitables, accueillirent la fine équipe à coups de mousqueton. Le commandant de la 2e compagnie en fut informé au petit jour. Il n'y avait qu'un ordre possible à donner :

— Revue sur pied de guerre de la compagnie dans une heure.

Mussac était là, impassible, devant son groupe au complet. Personne ne manquait à l'appel : tous avaient réussi à filer entre les mains des douaniers. Un deuxième ordre se révéla nécessaire :

— Baissez les pans de capotes !... Favereau ! — c'était un authentique phénomène qui avait fait inscrire, comme profession civile sur son livret militaire : « Braconnier ». On l'appelait « lapin » à cause de sa prodigieuse agilité — ... Favereau ! Qu'est-ce que c'est que cette couture à la ficelle rouge sur ta capote ? Et ce trou dans le bas de ton dos ?

— Je me suis accroché aux branches, mon lieutenant.

— Vraiment ?... Alors déculotte-toi ! Sais-tu que ton caleçon est également transpercé, ainsi que ta fesse gauche ? Dangereuses, ces branches !

Favereau restait au garde-à-vous pendant que l'inspection continuait :

— Tu as une belle estafilade : en plein dans le gras ! Pourquoi ne t'es-tu pas fait inscrire pour la visite médicale ?

— C'est que, répondit à sa place le sergent Mussac avec un air très détaché des vicissitudes de ce bas-monde, il est très courageux, ce petit-là, mon lieutenant ! Cette histoire-là risquait de lui attirer quelques ennuis...

— Et à toi donc ! Il a encore une certaine chance que la baïonnette n'ait pas été plus au fond. Où est le tabac ?

— Quel tabac, mon lieutenant ?

— La récolte de la nuit...

Mussac poussa un soupir, qui en disait long, avant d'avouer :

— A notre plus grand regret, nous avons été contraints de semer cette récolte en route... Il a fallu faire du lest... Ils couraient vite, les autres !

— Comment ? Vous vous laissez embrocher comme des lardons et vous n'êtes même pas capables de me rapporter un petit cadeau à moi, votre commandant de compagnie ?

— Ce sera pour la prochaine fois, mon lieutenant. Je vous le promets...

— Il n'y aura pas de prochaine fois. Sais-tu que tu risques gros, Mussac ? Faire mettre tes hommes, depuis cinq nuits, en tenue et en armes pour camoufler ta contrebande !

— Je vais vous expliquer, mon lieutenant... Et vous-même serez obligé de reconnaître que j'ai été très prudent... J'ai pensé que, si les douaniers belges nous « poissaient » de l'autre côté, nous pourrions toujours leur dire que nous étions une patrouille de surveillance qui s'était égarée... Ce sont de ces choses qui arrivent dans les bois !... J'aurais même pu ajouter que notre groupe de combat avait justement été désigné pour empêcher les militaires français de braconner.

— Tu avais tout prévu à une exception près : les douaniers auraient demandé à voir ton ordre de mission.

— Mais... j'en ai un !

— Signé par qui ?

— Par vous, mon lieutenant !

— Montre... Ce n'est pas mal imité ! Tu arriveras, Mussac... Peut-être pas dans la carrière militaire mais tu arriveras ! Suis-moi dans mon bureau.

Quand ils y furent, le lieutenant donna l'ordre à tous les comptables de sortir.

— Maintenant que nous sommes seuls, dis-moi la vérité : pourquoi as-tu besoin de tant d'argent ici ? Ta solde de sous-officier ne te suffit pas pour les dépenses insignifiantes qu'il y a à faire dans ce bled ? Ces petites expéditions, que tu crois héroïques, ne sont au fond qu'un vilain petit commerce. Parle !

— Ma femme attend un môme... et je n'ai pas de quoi payer la clinique. Le médecin m'a dit, avant mon départ, qu'il fallait qu'elle aille en clinique... sinon cela se passerait mal. Alors j'essaie de gagner un peu d'argent pour lui faire la surprise. Vous me comprenez ? Le docteur m'a promis que ce serait une clinique épatante, que la chambre serait toute blanche avec des rideaux bleus et qu'elle donnerait sur un grand jardin tranquille... C'est pour cela que j'ai fait l'imbécile.

— On ne parlera plus de cette histoire... Mais puisque tu as de tels dons de chef de patrouille, je compte bien sur toi et sur toute ta bande pour les coups de main si on nous envoie sur le front de la Sarre.

— C'est correct et régulier, marmonna Mussac.

Il fut en Sarre pour les nuits de gala. Il en rapporta même — lui, le garçon de café aux pieds plats — une Croix de guerre : une belle qu'il doit à sa femme.

Comme toute la compagnie ne pouvait patrouiller pour le tabac, il lui restait une excellente occupation : la bagatelle ou « la bonne chose » selon la définition de l'adjudant-chef Mirbal, le doyen des sous-officiers du régiment, qui avait été affecté — par une sorte de miracle — à la 2e compagnie et qui en fut peut-être le personnage le plus extraordinaire.

Accablé d'un crâne piriforme, chauve et luisant, Mirbal portait d'épaisses lunettes en fausse écaille qui faisaient de lui le sosie d'un Paul Reboux. Après vingt-trois années de service, dont les quatre cinquièmes avaient été passés au Prytanée militaire de la Flèche — où il surveillait les gosses de militaires de carrière —, l'adjudant-chef avait eu droit à la médaille militaire, suprême récompense des serviteurs subalternes du pays et d'officiers très « supérieurs ». Ce qui ne l'avait pas empêché d'épouser sur le tard une femme de vingt ans dont il parlait avec autant de respect que d'amour :

— J'en suis fier et jaloux comme seul peut l'être un « juteux », mon lieutenant ! Je sais bien que je ne suis qu'une vieille barbe, mais si jamais un freluquet s'avisait à lui faire la cour, je le descendrais comme un vulgaire moineau ! Ce n'est pas parce qu'on est adjudant-chef qu'on n'a pas le droit d'avoir une jolie femme !

— Mais voyons !

— Bien que j'aie déjà fait la dernière, je « remets ça », à quarante-quatre ans, d'un cœur léger pour que mon gosse n'en fasse pas une troisième ! Et si la fameuse patrouille de Mussac manque de cœur au ventre en Sarre, ce sera moi qui lui en redonnerai !

Quelques mois passèrent. Papa Mirbal — le nom que tout le régiment lui avait donné — devint adjudant-chef de bataillon. Mais, quand son ancienne 2e compagnie monta aux avant-postes en Sarre, sa nouvelle affectation l'obligea à rester dix kilomètres en arrière au bureau du bataillon où il se morfondait et se désespérait au milieu de la paperasse.

— Mon commandant, laissez-moi rejoindre là-bas « mes » gamins de la 2e compagnie et « mon » lieutenant avec lequel je suis parti en guerre ?

— Non, Mirbal. J'ai besoin de vous ici où vous êtes plus utile.

Papa Mirbal en aurait pleuré : on le trouvait déjà trop vieux.

— Pourtant, mon commandant, j'en ai « deux bien accrochées »...

— Vous ne voudriez tout de même pas que j'écrive à votre femme pour le lui demander ?

Papa Mirbal n'en dormait plus. Pendant toute la nuit, il restait dans le bureau du bataillon — installé dans une ferme —, devant le téléphone, à l'affût des nouvelles du P. A. 68, le poste commandé par son ancien lieutenant :

— Elles ne sont pas fameuses ces nouvelles, mon commandant ! Ils sont esquintés, là-haut... Le moral baisse. Le lieutenant a du mal à trouver des volontaires pour ce satané P. A. 68 !

Et, un soir où le point d'appui attendait les Allemands d'une minute à l'autre pour la grande valse nocturne, au moment où les chicanes venaient d'être fermées, le guetteur, placé à l'entrée du bois, cria :

— En voilà déjà un, tout seul !

— Mais il est en kaki !

— Bougre de Nom de D... ! fut la réponse

sonore de cet Allemand camouflé qui n'était autre que l'adjudant-chef Mirbal.

— Qu'est-ce que vous venez faire ici à pareille heure, Mirbal ?

Les balles de mitraillettes ennemies commençaient à claquer, espacées. Papa Mirbal, empêtré dans les barbelés de la chicane, son casque enfoncé sur ses grosses lunettes, un mousqueton sous le bras, continuait à jurer et à eng... tout le monde, c'était sa manière :

— Tu ne pouvais pas attendre mon arrivée avant de t'enfermer dans ta sale baraque ?

— Il fallait m'envoyer un pneumatique, mon adjudant !

— Entouré d'une faveur rose peut-être, blanc-bec !

— Qu'est-ce qui nous vaut l'honneur de votre visite, Mirbal ?

— Mon lieutenant — les balles claquaient, de plus en plus rapprochées — ... Non ! Mais est-ce qu'ils vont me laisser raconter ma petite histoire, tous ces « Fritz » ?... Voilà : — et, assis sur le toit d'un abri en rondins, il épongeait son crâne piriforme — oh! ils peuvent bien continuer à gaspiller leurs munitions ! Je suis comme vous, mon lieutenant : Tabou ! Vous et moi nous avons des têtes à avoir la baracca... Je recommence... avec tout le potin qu'ils font, je ne sais plus où j'en étais ?... Ah ! oui... J'ai appris au P. C. du bataillon que vous n'aviez plus beaucoup de gnôle par ici... Je vous en ai apporté deux gourdes pleines... Et de la fameuse ! C'est ma femme qui me l'a envoyée, c'est tout dire !... Un petit coup, mon lieutenant ?

— Ce n'est pas de refus.

— Cela fait du bien ? Ça réchauffe le cœur et le moral... Mussac ! Distribue-la en vitesse : n'est-ce pas ton métier dans « le » civil ?

Puis il perdit brusquement sa grosse voix qui voulait être rude et ne parvenait même pas à être bourrue, pour confier au lieutenant :

— Tous les matins, les comptes rendus de la nuit que vous veniez de passer dans ce sacré P. A. arrivaient au bureau du bataillon... Je vous assure que je ne « rigolais » pas quand j'entendais notre artillerie qui vous appuyait ! Quel barrage, hier soir ! Ils ont « remis ça » six fois de suite ! Et, comme je vous connais bien, je me disais : « Si le lieutenant le demande, c'est que ça ne va pas du tout ! Et, pendant ce temps-là, tu te reposes ici, Mirbal ! Tu ne peux pas la secouer un peu, ta vieille carcasse ? » Je me faisais honte à moi-même... Aussi, ce matin, quand j'ai appris que vous aviez été encerclés pendant onze heures sans interruption, je n'y tenais plus ! Le commandant Truc, après m'avoir regardé en souriant, a fini par me dire : « Allez-y, Mirbal ! Cela leur fera autant de plaisir qu'à vous... La seule vue de vos grosses lunettes leur remontera le moral pour les nuits trop longues qu'ils ont encore à passer là-haut... » Et me voilà !... Je suis parti ce matin d'Eberswiller... J'avoue que c'est rudement long, vingt-cinq kilomètres, dans ce maudit pays ! Votre première relève n'a pas dû être de la rigolade !... En tout cas, je crois que j'ai bien fait de venir : regardez ! Ça amuse les gars de voir ma binette... C'est assez normal, depuis qu'ils m'ont baptisé « le grand-père »... Quand ils voient l'ancêtre rappliquer, ils se disent que c'est bon signe. Que voulez-vous, mon lieutenant ! Ce n'est pas de votre faute si vous êtes trop jeune pour faire le doyen dans une « corrida » pareille ! »

Le grand-père, allongé derrière une vieille caisse à munitions fit le coup de feu toute la nuit, au mousqueton, comme un deuxième classe. L'officier, couché près de lui sur le sol, pensait en le regardant approvisionner et armer sans cesse jusqu'au lever du jour :

— C'est « du » solide ! Il a « le poids », physique et moral... Il « les » tire calmement comme des lapins ou comme les freluquets qui auraient le toupet de faire risette à sa jeune femme...

A vingt ans, un sous-lieutenant est bâti pour les amourettes, sinon il ne mérite pas d'être sous-lieutenant. Le grand Georges Tondeur et

« Bébé Cadum » en étaient si intimement persuadés qu'ils n'hésitaient pas à faire quelques fugues à Hirson.

— Mon lieutenant, il me faudrait du dentifrice...

— Et moi du papier à lettres convenable pour écrire à mon paternel...

— J'ai très bien compris : filez au bazar de Hirson !

Un bazar qui vendait un peu de tout, comme n'importe quel bazar... mais qui conservait soigneusement ses vendeuses. Elles étaient jolies, loin d'être sottes, adroites même avec les sous-lieutenants, les petites vendeuses de Hirson... Elles n'égalaient cependant pas les « tendres boulangères », deux sœurs brunes qui étaient le plus légitime orgueil de leur père : le boulanger de Signy-le-Petit... Un gros malin, ce boulanger qui pétrissait le pain que ses filles distribuaient partout à l'aide d'une camionnette.

Toute la 2e compagnie était un peu amoureuse d'elles, mais le père négligeait les sous-officiers et les deuxième classe au profit du grand Georges et de « Bébé Cadum » sur lesquels il avait nettement jeté son dévolu. Il se voyait déjà nanti de deux gendres « très comme il faut ». Son seul tort fut de vouloir activer les choses : on ne force pas le Destin, surtout quand il n'a que vingt ans. Cette double idylle valut quand même à la popote de merveilleuses brioches et des petits pains dorés dont la saveur était pimentée par le sourire de celles qui les apportaient.

Le règne éphémère des petites boulangères prit fin parce que, un certain soir, un homme de garde entra dans le bureau de la compagnie en disant d'une voix émue :

— Venez vite, mon lieutenant ! Il y a « des feux » !

C'était une façon de désigner les innombrables petites lumières, aussi étranges que mystérieuses, que l'on voit clignoter et circuler la nuit le long de toutes les frontières depuis que les hommes ont éprouvé le besoin de créer des douaniers.

Ces « feux » auraient laissé le commandant de la 2e compagnie assez indifférent si l'affirmation lancée par l'homme de garde n'avait été suivie d'une autre :

— Il y a aussi une espionne !

Naturellement, ce ne pouvait être que « la belle espionne ». Très vite — et sans que le lieutenant sût même par qui —, la maréchaussée et la Sûreté aux Armées furent alertées : après tout, ne fallait-il pas les occuper ?

Deux jours plus tard, un personnage en civil, camouflé selon toutes les règles du genre et reconnaissable à trois cents mètres, se présenta au P. C. de la compagnie avec une canne, des souliers « à gros bout », et un chapeau de feutre rabattu sur des moustaches pendantes.

— Pour le cas où vous ne vous en seriez pas douté, mon lieutenant, je dois vous confier que je suis détaché à votre 7e division par la Sûreté aux Armées... J'ai entendu dire que vous auriez une espionne dans les parages. C'est très intéressant... Avant de venir vous rendre visite, je me suis déjà renseigné : elle habite incontestablement sur « votre » sous-quartier et se prénomme Aline, un nom qui n'est pas courant... Ce qui, pour elle, n'est déjà pas une bonne note ! On la dit jolie et son existence n'a rien de catholique : elle se promène dans le pays, toujours vêtue somptueusement avec des manteaux de zibeline...

— Rien que cela ? Fichtre !

— Enfin, de fourrure... et de la belle ! Ce n'est peut-être que du lapin, mais c'est du beau ! Sa vie a d'ailleurs été assez désordonnée...

— Quel âge a-t-elle ?

— Dix-sept ans.

— A la bonne heure ! En voilà au moins une qui n'a pas perdu de temps !

Les yeux bleus de « Bébé Cadum » et du grand Georges commençaient à briller.

— Est-elle brune ou blonde ? demanda, en s'efforçant de conserver son sérieux, le commandant de la 2e compagnie.

— Elle serait plutôt entre les deux, répondit le fin limier. Avec les femmes, ces questions de couleur ne sont jamais bien définies ! Par contre, ce dont je suis certain est qu'elle n'a pas de profession et qu'elle n'est arrivée dans le pays que deux jours avant la déclaration de guerre : ce qui est déjà bizarre... Mais, fait beaucoup plus insolite, elle habite dans une ferme très modeste qui est située juste à la frontière. On aperçoit la maison d'ici : c'est cette ferme isolée que vous voyez sur la crête... De déductions en recoupements et de recoupements en jalonnements, je suis arrivé à la conclusion précise que, chaque nuit, des feux puissants — qui doivent provenir d'un projecteur clandestin — partent de cette ferme en direction de la Belgique. Tout cela est louche.

— Très louche ! répéta Bébé Cadum. Si j'allais tout de suite à la ferme pour voir de plus près ce qui s'y passe ?

— Ne commettez pas d'imprudence ! affirma gravement l'homme au gros souliers... D'autant plus que, chaque après-midi, la belle Aline reçoit la visite de cyclistes qui portent des casquettes et d'hommes à l'allure des plus douteuses.

— Peut-être donne-t-elle des thés dansants ? opina le commandant de la 2ᵉ compagnie.

— J'ai plutôt lieu de croire, mon lieutenant, que l'on pratique un drôle de commerce dans cette ferme ! Vous ne vous doutez pas que cette fille a été successivement caissière dans un Monoprix à Douai, maîtresse d'un capitaine de gendarmerie dont la femme légitime a essayé de la tuer avec un revolver — parfaitement ! C'est mentionné sur le rapport de la Sûreté Générale qui vient de m'être communiqué — puis rentière dans une garçonnière à Charleville.

— Déjà rentière à dix-sept ans ?

— C'est précisément ce qui est anormal !

— En tout cas, mon cher inspecteur, la progression de sa brillante carrière me semble très normale : Monoprix, maîtresse de gendarme, rentière... tout se tient !

— On dit aussi, mon lieutenant, qu'elle serait la fille naturelle d'un gros industriel belge et que la ferme où elle habite appartiendrait à son ancienne nourrice...

— Cela s'embrouille... Enfin ! Où voulez-vous en venir, monsieur l'inspecteur ?

— Il faut que vous m'aidiez, mon lieutenant. Ce soir, je tends un piège.. Nous cernons la ferme sans éveiller l'attention de ses occupants et, dès que le projecteur émet ses feux, nous pénétrons dans la bâtisse et j'embarque tout : la fille naturelle, les zibelines, la nourrice et le projecteur...

— Passionnant ! s'écria le Saint-Cyrien Tondeur.

... Les préparatifs se firent avec la discrétion propre à ce genre d'expédition : au bout d'un quart d'heure, toute la compagnie fut mise au courant ; après une demi-heure, le bataillon n'ignorait plus rien des agissements troubles de la tendre Aline ; une heure plus tard, le régiment mourait d'envie de faire sa connaissance.

Dès que la nuit fut tombée, de petits groupes d'hommes armés se dirigèrent vers la ferme par des itinéraires aussi détournés que variés. Le commandant de la 2e compagnie, pressentant le ridicule, avait obstinément refusé de prendre part à l'expédition, mais il avait trouvé parfait que « Bébé Cadum » et le grand Georges en fussent.

Le véritable drame de la nuit fut que la ferme n'émit pas le moindre « feu » et que ses volets restèrent hermétiquement clos. A l'intérieur, on n'entendit aucun remue-ménage. Une perquisition risquait, dans ces conditions, de sombrer dans le grotesque. Vers 5 heures du matin, après que tous les guetteurs eurent contracté un bon rhume, l'inspecteur fut contraint de donner le signal du « repli stratégique ». Le retour au P. C. de la compagnie fut lugubre, dénué de gloire... Un « jus » au rhum remit d'aplomb les idées de tout le monde.

— Je finis par croire, avoua le policier, que nous nous sommes aventurés sur une fausse piste.

— Peut-être pas, inspecteur ! répondit le

lieutenant. Laissez-moi éclaircir ce mystère tout seul. Je vous tiendrai au courant...

Quand il se retrouva seul avec ses deux jeunes sous-lieutenants, il leur dit :

— Nous allons tirer à la courte paille entre vous deux : celui qui sera favorisé par la chance ira cet après-midi, vers 3 heures, faire une visite d'apparence très amicale à la fameuse ferme sous le prétexte de voir si l'on ne pourrait pas y loger quelques hommes. Ce qui lui permettra de visiter les lieux de fond en comble et peut-être de repérer, camouflé dans un coin, le fameux projecteur ! Mon idée n'est-elle pas « lumineuse » ?

Ce fut à qui des deux gamins irait. On dut retirer quatre fois. Finalement Georges fut désigné. Bébé Cadum rageait :

— On fouinerait beaucoup mieux à deux !

— J'ai dit : un.

— Bon, bon...

Vers 3 heures, Georges, cosmétiqué, fringant, chaussé d'admirables bottes qui lui donnaient une silhouette flatteuse et cavalière, prenait le chemin de la ferme... Il n'en revint que quatre heures plus tard.

— Alors ? demanda son lieutenant. Tout s'est bien passé ?

— Oui... et non.

— J'aurais cependant cru qu'une visite aussi

prolongée vous aurait permis de découvrir des indices intéressants ?

— Oh ! Les recherches et l'interrogatoire furent plutôt rapides... A mon arrivée, j'ai été accueilli par la prétendue nourrice qui m'a déclaré être à mon entière disposition pour loger les hommes qu'on lui enverrait mais qu'elle n'avait que trois pièces et que sa nièce était actuellement souffrante. Elle s'est cependant empressée d'ajouter :

« — Ce n'est pas grave ! Je crois même qu'elle serait enchantée d'avoir votre visite, monsieur l'officier.

« — Enchantée ? Que voulez-vous dire ?

« — Elle s'ennuie ici, cette petite...

Et, avant même qu'il n'ait eu le temps de réaliser ce qui lui arrivait, le grand garçon blond aux yeux bleus avait été poussé irrésistiblement dans la petite chambre où la brune Aline était couchée...

Arrivé à ce moment de son récit, le Saint-Cyrien se tut brusquement. Il y eut un silence, vite suivi de la question .

— Continuez, Tondeur ! Il ne faut pas vous arrêter ainsi au moment le plus pathétique... Ce n'est vraiment pas chic pour Rouillaut et moi qui sommes restés à nous morfondre ici !

Mais le sous-lieutenant, un peu rougissant, semblait être devenu muet.

Il n'y avait plus qu'à imaginer ce qu'avait

pu être la conversation entre la tendre malade et lui :

« — Bonjour, lieutenant ! Comme c'est gentil à vous d'être venu me voir... Asseyez-vous. Suis-je bien comme vous le pensiez ?

« — Mais...

« — Oui, je sais : la belle espionne, le projecteur fantôme, votre petite excursion de cette nuit... Tout cela m'a follement amusé ! En fait de projecteur, je n'ai que cette lampe électrique que vous voyez sur ma table de nuit... Puis-je vous offrir quelque chose ?

« — Non merci. J'ai assez pris comme cela...

« — Il ne faut pas vous fâcher ! Pourquoi jouez-vous les policiers avec un visage aussi franc que le vôtre ? Laissez cela à d'autres, à ceux qui se croient des hommes et ne sont que des imbéciles... Pourquoi ne vous approchez-vous pas ? Seriez-vous timide ?

La suite de la conversation ne regardait personne, pas même le commandant de compagnie qui, pour rompre le silence embarrassé, trouva préférable de dire :

— Je me doutais bien que cette histoire d'espionne n'était qu'une ineptie inventée par des gens qui n'ont rien à faire ou qui jalousent la plus jolie fille de la région... Seulement je commence à mieux vous connaître, tous les deux... Bien que je fasse déjà figure d'ancêtre à vos yeux, je vous considère comme des frères cadets, bouillants et avides de découvrir mille petites choses que la vie n'a pas encore eu le temps de leur révéler... Avouez, Tondeur, que vous n'auriez pas tenu en place jusqu'à ce que vous ayez vu de près la belle Aline ? Maintenant que c'est fait, vous ne me parlerez plus d'elle... Rouillaut, voulez-vous aller demain à la ferme pour y faire, vous aussi, votre petite enquête personnelle ?

— Moi ? Je ne tombe jamais dans le panneau !

« Bébé Cadum » mit son point d'honneur juvénile à faire contre mauvaise fortune bon cœur. Et, s'il lui arrive — après des années — de penser encore de temps en temps à la tendre Aline, elle doit continuer à rester pour lui la femme du mystère... Il a beaucoup de chance !

Mais tout passe, surtout les amours.

La dernière occupation était le bridge.

Le rôle du « quatrième » y était tenu par le plus proche voisin : un certain Herbert, vieux lieutenant d'artillerie qui, dans « le » civil, était boucher et, dans « le » militaire, commandant de la D.A.T. locale ou Défense Aérienne du Territoire pour la région... Sinécure qui rappelait le célèbre « Institut Météroboloigique » de Noël-Noël, transformé en Adémaï. Herbert régnait en maître absolu sur trois postes de guet, dotés de trois téléphones, dont l'unique mission était de signaler tout passage d'avions, amis ou ennemis. En cinq mois, dans ce coin perdu des Ardennes, il en passa bien deux : des Anglais. Aussi le lieutenant Herbert, véritable champion de belote, eut-il tout le temps de se consacrer à de sérieuses leçons de bridge. Au bout de quinze jours, il aurait pu donner des leçons à tout le monde : c'était un homme particulièrement doué pour le jeu mais qui avait la déplorable habitude de lécher son pouce droit pour détacher plus facilement chaque carte qu'il jetait sur la table.

Il y avait enfin les journées catastrophiques : celles où tous les ennuis arrivent en même temps.

— Mon lieutenant, vint annoncer un matin un sergent, un homme de la 3e section vient de se pendre au-dessus d'un puits !

C'était malheureusement vrai. Le pauvre bougre était rentré au petit jour d'une permission exceptionnelle qu'il avait obtenue parce qu'il croyait sa femme gravement malade. Quand il était arrivé chez lui, son épouse était en effet au lit mais pas seule.

— S'il s'est supprimé parce qu'il était « cornard », conclut l'adjudant-chef Mirbal en guise d'oraison funèbre, c'était qu'il n'avait pas l'âme assez chevillée pour monter avec nous en ligne quand il le faudra.

— Vous n'en savez rien, Mirbal. Et vous, le

mari de la toute jeune femme qui n'aimez pas les freluquets, qu'auriez-vous fait si vous vous étiez trouvé dans la même situation que lui en arrivant chez vous ?

— Moi, mon lieutenant ? J'aurais pendu l'autre !

Mais il s'empressa d'ajouter :

— Cela ne m'arrivera jamais ! Ma femme m'aime...

Il n'y eut pas de réponse.

Ce même jour néfaste, l'antique camionnette de la compagnie brisa son pont arrière et le cheval, qui remorquait le mortier de 60, se cassa deux jambes. Il fallut l'abattre.

Belle journée ! pensa le lieutenant. « Le pendu, le pont arrière et le cheval mort. » C'est presque un titre de fable...

La messe de minuit fut dite dans une grange. Tous les gars de l'Ouest y assistaient.

— Mes amis, leur dit le prêtre-soldat qui officiait, je ne vous ferai pas de sermon : je les aime encore moins que vous. Pensez simplement que l'enfant Jésus a eu froid dans sa crèche pendant cette nuit qui fut la plus belle du monde. Mais il avait quand même ses parents auprès de lui : les vôtres sont loin ce soir... Vous n'avez que votre compagnie : aimez-là comme une famille et dites-vous que vous servez ici votre pays aussi bien que d'autres qui sont dans des secteurs moins calmes parce que vous faites votre Devoir. Recueillez-vous : Jésus va descendre parmi nous.

Ce prêtre-soldat s'appelait l'abbé Gauthier et n'était qu'un modeste vicaire de la Sarthe. Il avait refusé d'être aumônier, estimant que son apostolat serait plus efficace s'il partageait la vie quotidienne des hommes de troupe. Son grade de lieutenant de réserve l'avait fait affecter au commandement d'une section de mitrailleurs.

Une nuit, en Sarre, son poste fut attaqué par des forces très supérieures aux siennes. Il réussit cependant à le conserver mais, le lendemain — lorsque l'ennemi se retira —, le lieutenant Gauthier avait le bras droit à moitié arraché. Il compta les survivants : ils restaient cinq sur vingt-deux qu'ils étaient la veille. Quand les Allemands foncèrent, au petit jour, en poussant des cris rauques pour enlever définitivement le poste et anéantir les cinq survivants, le petit vicaire saisit un fusil-mitrailleur avec son bras gauche resté valide. Un sergent, blessé à la tête, y introduisit un chargeur.

— Ils viennent pour le grand coup, n'est-ce pas ? demanda avec sérénité l'abbé.

— Oui, mon lieutenant.

— Faut-il les tuer ?

— Oui, mon lieutenant, sinon ils entreront dans le poste.

Gauthier passa tranquillement son arme au sous-officier avant d'articuler une courte prière pendant laquelle, d'un grand geste, avec l'unique bras resté valide, il donna l'absolution aux hordes qui s'avançaient... Puis il reprit, toujours avec le même calme, son arme sous ce bras. Il vida le chargeur : le premier groupe d'assaillants gisait par terre, fauché à mort.

— Introduis un deuxième chargeur ! ordonna l'abbé.

La deuxième vague ennemie s'affaissa, puis une troisième. Ce fut tout : le poste resta français.

Quand les renforts arrivèrent, ils trouvèrent le petit vicaire agenouillé qui récitait les prières des morts auxquelles répondait le sergent.

Il fit très froid pendant cette nuit de Noël : quinze degrés au-dessous de zéro. Le lendemain, 25 décembre, un ordre arriva aux différents échelons : « Alerte Belgique ! »

Cela voulait dire que tout le monde devait occuper les positions de combat vingt-quatre heures sur vingt-quatre. « Alerte Belgique ! » signifiait aussi que les unités pouvaient être appelées à plier bagages en deux heures pour « se ruer » — expression qui semblait dérisoire quand on pensait que l'infanterie française irait à pied et sac au dos — par la trouée de Chimay.

— Mais ces positions que nous avons fini par organiser après quatre mois et que nous connaissons bien ?

— Préparez les calques : d'autres unités vous relèveront.

— Ne serait-il pas plus intelligent de procéder ici au fameux dépassement ?

— On ne vous demande pas, lieutenant, de faire de la tactique ! Contentez-vous d'exécuter les ordres !

La 2e compagnie attendit quarante-huit heures sur ses positions, puis l'ordre vint de rejoindre les cantonnements. « Alerte Belgique » avait été une alerte pour rien.

Quelques jours plus tard, il y eut cependant du nouveau : on allait former le corps franc du 102. C'était l'annonce infaillible que le régiment serait envoyé sur le front de Sarre, devant la ligne Maginot : les corps francs n'opéraient que dans le « no man's land » situé entre les deux grandes lignes de défense ennemies. Toutes les unités, dans lesquelles on formait un corps franc, partaient quinze jours plus tard.

Corps franc : double nom qui commençait à résonner étrangement pour l'Officier sans nom... Ne voulait-il pas dire : sport, action intensive au combat, mouvement ? Le tout compensé par une plus grande liberté au repos ? C'était tentant. Bien sûr, il regretterait sa déjà vieille 2e compagnie, mais si le miracle de la confiance se produisait ? Si toutes les fortes têtes, avec lesquelles il avait eu pas mal de fil à retordre pendant ces mois d'immobilité, étaient volontaires pour faire partie du Corps Franc, ne se sentirait-il pas en famille ?

Sa décision fut vite prise :

— Mon colonel, je suis volontaire pour commander le Corps Franc du 1er bataillon.

— Mais vous oubliez que vous êtes déjà commandant de compagnie et seulement officier de réserve !

— Je le sais mais il me paraît difficile de confier ce poste assez délicat à des gamins de vingt ans.

— Soit. Je vous donne cependant comme adjoint un Saint-Cyrien : La Villéon, qui est volontaire lui aussi. Il vous remplacerait au cas où je déciderais de vous rendre votre compagnie ou s'il vous arrivait quelque chose... L'entraînement des trois Corps Francs commencera après-demain.

La liste des trente-sept volontaires qu'il fallait trouver pour celui du 1er bataillon fut couverte en une demi-heure. Tous les amis y étaient : Portepoids, Contrebœuf, Favereau, Duval le cuistot, Mussac le garçon de café aux pieds plats, Ripert, le dur des durs...

— Si ce corps franc avait été commandé par un officier d'une autre compagnie, lui dit ce dernier, nous ne nous serions pas inscrits, mon lieutenant...

On a très envie de serrer la main d'un homme qui vous dit des choses pareilles mais le geste aurait été inutile, fleurant la démagogie. Celui qui n'était plus que l'ex-commandant de la 2e compagnie avait cependant acquis une certitude : celle de n'avoir pas complètement perdu son temps dans cette inactivité apparente puisque ses hommes avaient appris à le connaître, eux aussi. La phase la plus importante du travail préliminaire était terminée et même gagnée. L'entraînement ne serait plus qu'un jeu d'enfant puisque tous les hommes étaient volontaires.

... Il commença dans la neige, à Savigny-la-Forêt... D'abord en plein jour, puis la nuit pour utiliser les cheminements au clair de lune et apprendre à se faufiler derrière les sapins tout en évitant les ombres sur le tapis blanc... Il se poursuivit les nuits sans lune, ces nuits opaques pendant lesquelles on ne marche qu'à la boussole, à pas de loup, pendant des heures... On revenait exténué, crevé par ces séances d'entraînement, mais heureux. Il n'y avait pas un seul de ces hommes qui ne se crût ramené à la plus belle époque de sa jeunesse : celle où il jouait au gendarme et au voleur et où il se croyait un Indien parti sur le sentier de la guerre...

Dès le retour au cantonnement, le commandant du nouveau Corps Franc faisait la critique de la manœuvre :

— Ce coup de main aurait été manqué parce que vous faisiez beaucoup trop de bruit, surtout la patrouille de couverture.

Le lendemain matin, sur un tableau noir, il leur expliquait comment il articulerait la marche du groupe franc selon la nature du terrain ou la reconnaissance à faire. Il leur montrait quelle devait être la place de chacun avant, pendant les quelques minutes du coup de main et après... Le repli devait être fulgurant : il ne fallait laisser sur le terrain aucune arme, aucun blessé, aucune trace... Les morts eux-mêmes devaient disparaître : si l'on ne pouvait pas les emporter, il faudrait les enterrer rapidement pour les cacher et tenter de venir les rechercher le lendemain. Il ne devait plus rien rester, après le passage du Corps Franc, que l'odeur âcre de la guerre...

— Mon lieutenant, il paraît qu'ils ont des mitraillettes ? Nous en aurons aussi ?

— Bien sûr !

— Et des chiens ?

— Vous aurez tout ce qu'il vous faudra pour laisser une belle signature...

— Je me suis déjà offert ce joujou !

C'était Duval, le « découpeur de bidoche », qui venait de parler en exhibant un coutelas long de quarante-cinq centimètres. Adieu la paisible roulante !

La nouvelle prévue arriva enfin pour mettre un terme à toute cette exaltation :

— On part après-demain...

Cela débuta par une marche épuisante : cent vingt kilomètres en deux jours, sac au dos, sur une route gelée où il fallait dételer les chevaux trois fois par heure par crainte de les voir se casser les jambes et où les hommes s'arc-boutaient dans les descentes pour empêcher les roulantes de culbuter leur avant-train... Une marche monstrueuse — que l'on aurait pu éviter avec les milliers de camions qui restaient inutilisés dans les parcs automobiles — passant par Rocquigny, le pays de Mermoz et les Hauts-de-Sarts avant d'aboutir à une voie de chemin de fer où eut lieu un nouvel embarquement, à la tombée de la nuit.

Le voyage ne fut pas long. Vers 1 heure du matin, la voie longeait le bassin de Briey : les trains roulaient tous feux éteints alors que les hauts fourneaux restaient en pleine activité en jetant des lueurs visibles à des kilomètres. Sans doute continuaient-ils à travailler pour la Défense Nationale ? Et cependant ! Ils n'étaient pas bien loin du front, ces hauts fourneaux français... On chuchotait dans le train que les hauts fourneaux allemands étaient également en plein rendement, de l'autre côté de la frontière, à quelques kilomètres... Pourquoi les maîtres de forges — baptisés « marchands de canons » par la haine populaire — ne seraient-ils gênés d'un côté ou de l'autre ? La guerre ne s'était-elle pas toujours montrée la plus admirable cliente de leur industrie ? Ces hommes, qui passaient dans un train à destination du front, n'étaient-ils pas nécessaires pour utiliser les armes et les munitions dont la fabrication intensive permettait à d'autres de vivre ? Ces hauts fourneaux ne constituaient-ils pas le fond de décor idéal pour le convoi ridicule avec ses fourgons « *Hommes : quarante, chevaux : huit* », ses roulantes archaïques et ses pièces de mitrailleuses braquées vers un ciel dans lequel ne paraîtrait aucun avion pour bombarder des usines trop précieuses ? C'était toute la vision du cycle infernal qui oblige les hommes, à certaines périodes de leur pauvre histoire, à fabriquer des machines qui tuent, à tuer ensuite pour permettre à nouveau de fabriquer...

Et la célèbre ligne Maginot n'avait-elle pas été d'abord exécutée pour protéger nos usines ? Ligne Maginot ! Double nom dont le prestige n'avait fait que s'accroître depuis des années dans l'esprit de millions de Français pour qui il représentait la barrière infranchissable contre laquelle viendraient se briser toutes les attaques ennemies. Les Français oubliaient que, des siècles avant eux, les Chinois avaient cru, à tort aussi, au pouvoir protecteur de leur grande muraille et que les remparts de Troie n'avaient été d'aucune utilité devant la ruse d'un Ulysse... Malheureusement, chaque peuple — et particulièrement le peuple français — se croit toujours plus intelligent et plus fort que les autres.

Les hommes du 102 se préparaient à faire enfin connaissance avec la fameuse « Ligne » de leurs espoirs.

— Vous n'aurez même pas le temps de la remarquer ! déclara le colonel. Dès le débarquement, le 1er bataillon ira directement jusqu'à Eberswiller pendant que le 2e bataillon commencera à relever le 62e R. I. de la division descendante. Ensuite, le 1er bataillon remplacera le deuxième, puis ce sera le tour du 3e et ainsi de suite sans arrêt, par rotation jusqu'à ce qu'une autre division veuille bien venir.

Le débarquement eut lieu à Hagondange.

— Dès que nous serons sortis de la ville, ordonna le père Truc, nous ferons une halte-repos et nous ne repartirons qu'à la tombée de la nuit pour ne pas trop attirer l'attention de la population locale sur la relève.

Il croyait au père Noël, le chef de bataillon ! Il y avait déjà plusieurs jours que Ferdonnet, le traître de Stuttgart, avait salué en français et avec ironie — à la radio allemande de Goebbels — la prochaine montée en ligne du « brave 102, formé en majeure partie d'excellents Sarthois ».

En même temps que tombait la nuit, les « excellents Sarthois » entendirent pour la première fois une grande voix : celle du canon. Avant chaque roulement, le ciel était zébré d'éclairs rougeâtres à l'horizon et le régiment se dirigea en silence vers les lueurs de mort.

A Luttange, on passa devant le premier cimetière militaire de cette drôle de guerre : on n'y voyait encore qu'une rangée de tombes mais la terre avait été fraîchement remuée. Il était tout neuf, bien tenu, très grand, ce cimetière : on pourrait y loger beaucoup de monde... Peut-être même un jour en refuserait-on ? Une rangée de croix de bois ce n'est pas beaucoup, mais cela fait quand même réfléchir quand on sait qu'elles sont toutes fraîches, de l'année... Et on continue à marcher sans en parler à son voisin de peine ou au jeune sous-lieutenant qui vous observe.

Eberswiller au petit jour : il faut bien finir par prendre son parti de ces arrivées matinales... La ligne Maginot est sur la gauche, enterrée, admirablement camouflée sous des mamelons de verdure, pratiquement invisible pour ceux qui ignorent l'emplacement exact des ouvrages. Le 102 passe, par tronçons de son 1er bataillon, devant l'entrée de l'un des plus importants : le Michelsberg.

A cette heure, le 2e bataillon a déjà dû terminer sa relève de nuit à vingt kilomètres devant « la Ligne » dans le *no man's land,* un paysage qui ne doit plus avoir de visage depuis que les hommes ne pensent qu'à s'y épier. Ceux que l'on appelle « les gars du béton » — les hommes de l'infanterie et de l'artillerie de forteresse qui occupent les ouvrages de Maginot — ont dû voir passer la veille ce 2e bataillon du 102, silencieux et pesant, inexpressif aussi sous son anonymat kaki. Maintenant, il doit être morcelé par groupes ou par demi-groupes de combat dans les avant-postes de Dampont.

— Regardez-moi tous « ces vernis », « ces types » de forteresse qui portent des bérets au lieu de calots ! s'exclame Favereau. Eux au moins, ils sont bien tranquilles et pépères, à vingt-cinq mètres sous terre, tandis que làbas, aux avant-postes, il paraît que ce n'est plus la même musique...

— Veux-tu changer ta place avec la mienne ? riposta un gars à béret. On attrape un de ces spleens, là-dessous ! C'est chauffé, bien sûr et on a quelque chose de solide au-dessus de la tête, mais ces murs, ça suinte ! On en a « marre » du ciment ! Il n'y a pas un seul gars, làdedans, qui ne voudrait aller respirer un peu l'air comme toi !

Voilà le 62ᵉ R. I. qui revient des avant-postes. Ses hommes sont crottés, crevés de fatigue.

— Regarde celui-là : il est verdâtre !

— Et ce grand-là ! Il tient à peine sur ses jambes : on croirait qu'il va s'écrouler...

Le soir, le canon recommence à tonner. Cette fois, les lueurs sont toutes proches : on a même l'impression que ça tombe de l'autre côté du Michelsberg ; au fond, cette occupation des avant-postes est peut-être beaucoup moins paisible qu'on ne le croyait ?

« Vous n'êtes pas trop mal sur le front de Sarre », diront ceux de l'arrière quand on ira les voir en permission, si on en revient... « Vous en avez de la chance que l'on ait construit cette ligne Maginot ! Qu'est-ce qu'elle nous a coûté, à nous les contribuables ! Enfin ! Elle va peut-être quand même servir à quelque chose ? »

Dix jours passent presque trop vite maintenant : le 1er bataillon relèvera le 2ᵉ demain. L'Officier sans nom est convoqué au bureau du commandant :

— Mon petit, je vais vous demander un sacrifice : lâcher votre Corps Franc pour cette première montée aux avant-postes. La Villéon vous remplacera. Votre compagnie occupera le village de Flastroff, sur la gauche ; mais vous, vous irez à cinq kilomètres en avant avec l'effectif d'une section de voltige renforcée par un groupe de mitrailleuses pour tenir les P. A. 68

et 69 au Harbusch... Vous voyez sur la carte ? C'est ce bois qui avance en promontoire devant Flastroff... Vous serez un peu isolé, là-haut... Je vous avoue que c'est un coin qui ne m'emballe pas trop depuis la reconnaissance que j'y ai faite hier et d'après ce qu'on m'a dit... Mais, bien entendu, que ceci reste entre nous ! Votre relève risque d'être délicate. Quel officier mitrailleur du bataillon aimeriez-vous avoir auprès de vous pour commander le groupe que je vous adjoins ?

— Le sous-lieutenant Dorange.

— C'est parfait.

Avec ses trente-cinq ans, Dorange n'était plus un gamin. Il était de la réserve, lui aussi. La vie militaire qu'il menait depuis quelques mois comme tout le monde n'avait que peu d'analogie avec sa vie civile : il était marchand de meubles, à Brest, où il s'était spécialisé dans le meuble breton, le rustique, le solide. Ce n'était pas un homme fait pour du contre-plaqué.

— Avec vous deux là-haut, conclut le père Truc, je serai plus tranquille.

Mais alors, ce vieux colonial endurci — qui ne lui avait pas dit quatre mots depuis le jour de la mobilisation — aurait-il une telle confiance en lui ? Comme tout cela était étrange !

— Mon lieutenant !

C'était papa Mirbal qui l'attendait à la sortie du P. C. du bataillon :

— Je trouve que c'est une véritable aberration de vous envoyer aux avant-postes avec tous ces hommes qui sont, certes, de braves types mais à qui on n'a même pas fait dégoupiller une grenade réelle depuis qu'on les a mobilisés ! Vous allez voir si les autres, en face, ne sont pas entraînés !

— Sachez, mon bon Mirbal, que pour faire dégoupiller des grenades à mes bonshommes, il aurait d'abord fallu en avoir... Je n'avais même pas une seule grenade d'exercice malgré toutes mes demandes transmises par la célèbre « voie hiérarchique ». Il m'a fallu entraîner le Corps Franc avec des pierres en guise de projectiles... Mais croyez-vous que ces détails aient une telle importance aujourd'hui ? Ce qui compte, c'est le moral. Le père Truc a confiance en moi, j'ai foi en mes hommes et je crois en mon étoile : vous verrez qu'elle sera belle ! Pour ce qui est de l'entraînement des hommes, je suis un peu de l'avis du capitaine Dupied : il se fera lui-même dès que nous serons en contact avec l'ennemi. Il n'y a qu'à souhaiter que la chance nous favorise pendant les toutes premières minutes... Un coup de gnôle, grand-père ? Vous trinquez avec moi ? Le « der des der » ?... Maintenant, vous allez me faire un grand plaisir : le jour baisse, c'est l'heure de rassembler la compagnie. Faites-le une dernière fois, comme au temps où vous étiez au milieu de nous et présentez-la moi... Votre présence redonnera du courage à tous. Elle les fera peut-être même sourire ? Ce serait merveilleux...

La grosse voix du grand-père tonna de cantonnement en cantonnement :

— Deuxième compagnie, rassemblement !

... Une voix miraculeuse à laquelle aucun homme ne résistait : une voix dans laquelle la bonté réussissait à s'infiltrer malgré la grande virilité et qui réussissait à dire avec un calme apparent :

— Compagnie à mon commandement... Garde-à-vous ! Présentez armes !

Mais le lieutenant qui observait le grand-père, dont les gros yeux roulaient de droite à gauche pour se donner une allure sévère, remarqua que les verres de ses lunettes étaient embués.

La 2e compagnie, attendait, figée, prête pour l'étrange bond de vingt-cinq kilomètres devant la ligne Maginot : ce serait à la fois le plus court et le plus long de tous ses déplacements depuis qu'elle avait été formée.

Les hommes ne portaient plus le sac au dos mais des toiles de tente, roulées en sautoir : c'était la tenue allégée, prescrite pour la montée en ligne. « *Le règlement dit que, n'est-ce pas ?* », aurait affirmé le capitaine Kespern.

— Vous ne leur parlez pas, mon lieutenant ? demanda Mirbal.

— Si : Repos !... L'arme à la bretelle... Par section, intervalle deux cents mètres... Colonne par deux... En avant !

La voix de l'adjudant-chef se fit alors très douce :

— Il y aura de la brume ce soir, mon lieutenant. Tant mieux !

La 2e compagnie était passée, laissant le grand-père seul, immobile, au bord du chemin.

— Eh bien, Mirbal, vous êtes rêveur ?

« L'ancêtre » sursauta :

— Un peu, mon colonel... Ils ont oublié de faire « tête droite » en vous voyant.

— Je me suis arrangé pour qu'ils ne me voient pas : il y a, dans ce métier, des moments où il ne faut pas les ennuyer avec des détails qui n'ont pas tellement d'importance ! Même si quelques-uns d'entre eux m'ont aperçu, qu'est-ce que cela aurait pu changer qu'ils aient fait « tête droite » ou « tête gauche » ? Voyez-vous, mon vieux Mirbal, je suis souvent monté en ligne de 14 à 18, mais la seule montée qui a vraiment compté pour moi fut la première... Celle-là, on ne l'oublie jamais.

Le grand-père ne s'était pas trompé : la brume recouvrait tout, les hommes et le paysage. Le canon se taisait : peut-être avait-on donné l'ordre aux artilleurs de ne pas attirer l'attention de l'ennemi sur la relève silencieuse ?

— Eteins ta cigarette, Mussac ! Tu es fou ? Tu veux donc tous nous faire repérer ?

Deux heures plus tard, ce fut l'entrée dans Bibiche, un village abandonné, défoncé, pillé, qui n'était plus fait que de quelques pans de murs troués surgissant de la nuit. C'était le premier village marqué par la guerre, c'était aussi le point de dislocation du bataillon.

A la sortie, il fallait franchir, par petits groupes, « la barrière » ou deuxième ligne d'avant-postes. Un homme — une ombre plutôt — demanda à voix basse :

— 2e compagnie ?

— Ici le lieutenant.

— Nous sommes les guides. Il n'y a pas de temps à perdre...

— Bien. Echelonnez-vous par points d'appui et, au fur et à mesure que mes sections passeront, donnez vos numéros respectifs.

Les ombres murmurèrent dans la nuit :

— P.A. 68 ! P.A. 69 ! P.A. 70 ! P.A. 71 ! P.A. 72 !

— C'est toi qui vient du Harbusch ?

— Oui, mon lieutenant.

— Comment ça va, là-haut ?

— On n'est pas fâché de voir arriver la relève...

— Tu as raison, va !... Quelle distance d'ici ?

— Dix bons kilomètres.

— Nous te suivons...

Et il dit aux « siens » :

— Colonne par un, derrière moi... Les fusils mitrailleurs dégainés, un chargeur dedans... Par demi-groupes, voltigeurs en tête... Tondeur, restez à la tête du 2e demi-groupe, mais pas à plus de trente mètres de moi pour me remplacer s'il m'arrivait quelque chose... Dorange, vous resterez au centre avec vos mitrailleurs, pièces à dos... Rouillaut, marchez en serre-file... Parés ? On y va...

RIEN A SIGNALER

... Ils avançaient, dans un silence complet, par demi-groupes. Sur la droite, on entendit tout à coup une courte rafale, lointaine :

— Un fusil mitrailleur français, murmura le guide. Cela vient de l'autre côté du Thiergarten, à l'extrême droite : c'est dans le secteur tenu par les chasseurs alpins.

Sur la gauche se déclencha le tac-tac plus lent d'une mitrailleuse.

— Et ça ?

— Cela vient de Waldweistroff : le secteur anglais. Leurs mitrailleuses ont une cadence de tir plus lente que la nôtre mais elles sont d'une grande précision. Il y a des soirs, comme cela, où le vent porte loin...

L'Officier sans nom s'était retourné :

— Voyons ! Suivez derrière ! Je ne veux pas de traînards ! Vous avez des camarades qui vous attendent avec impatience là-haut...

— Mon lieutenant, continua le guide à voix basse, on s'habitue vite aux différentes cadences de tir et à tous les bruits de la nuit. C'est nécessaire pour savoir exactement quel poste est attaqué.

— Ce massif noir sur la crête ?

— Le Harbusch... A l'extrême pointe sud-est se trouve le P. A. 68 où nous allons. Le P. A. 69 est plus à gauche : il sert de poste de liaison avec les Britanniques...

Une détonation, une seule mais toute proche. Ils se sont arrêtés.

— C'est une grenade-pigeon allemande, chuchote le guide. C'est près... Quand ça ne fuse pas, c'est une grenade de chez eux... J'espère qu'ils ne vont pas nous embêter pendant la relève ? Nous, on leur fiche la paix pour les leurs...

— Chut !

— On peut repartir, mon lieutenant. Cette grenade est simplement destinée à nous prévenir qu'ils savent que nous faisons la relève cette nuit. C'est tout. Ce n'est pas bien méchant ! Vous n'aurez qu'à leur rendre la pareille quand ce sera leur tour...

— Compte sur moi !

La marche lente avait repris dans les ornières où fondait la neige piétinée et dans les champs de betteraves d'où l'on retirait, à chaque foulée, deux centimètres de terre glaise collée aux semelles cloutées.

Le clocher de Flastroff émerge de la brume, au creux d'un vallon. La descente est rapide et se termine à une barricade, faite d'un amoncellement de charrettes et de tonneaux.

— Qui va là ? crie une voix ferme.

— « Galliéni »...

C'est le mot de passe ce soir : une brèche s'entrouvre dans la barricade.

— Passez, dit la voix.

Chaque nuit, le village, vidé de ses habitants depuis le jour de la déclaration de guerre et occupé par l'effectif d'une demi-compagnie, est cerné par les corps francs ennemis : il se défend à chaque bout de rue, comme il le peut...

Le gros de la 2e compagnie reste à Flastroff en réserve pendant que son chef traverse rapidement le village avec la poignée d'hommes qui montent avec lui au Harbusch. Ils ressortent de l'agglomération silencieuse par la barricade nord où d'autres hommes veillent. Très vite, ceux qui se hâtent vers le P.A. 68 se retrouvent en forêt où ils se dirigent, grâce à un fil de fer relié d'arbre en arbre, jusqu'au point d'appui qu'il faut atteindre le plus tôt possible.

— Zut ! crie l'un des hommes dans la nuit. J'ai perdu la main courante...

Il faudra bien qu'il la retrouve, sinon il restera seul à errer dans les bois et il deviendra une bonne proie pour les patrouilles ennemies.

— Mais c'est interminable, votre chemin, dit l'officier au guide.

— Nous arrivons, mon lieutenant...

Une autre voix crie dans le noir :

— Halte ou je tire !

— « Galliéni »...

Cette fois l'obstacle à franchir se réduit à un simple réseau de fils de fer barbelés, appelé « réseau Brun ».

— C'est tout ce que vous avez mis comme protection de ce côté ?

— Nous avons eu tant de neige, de boue et un tel froid que nous n'avons rien pu faire : le sol était gelé...

— Je verrai cela demain, au jour... Dorange m'a l'air bien en retard avec ses mitrailleurs !

— Les pièces sont lourdes et ça grimpe !

— Commencez la relève poste par poste... et en silence ! Seuls les chefs de groupe se passeront les consignes à voix basse.

Des ombres se sont déjà rassemblées sous les arbres : ce sont tous ceux qui vont redescendre, les hommes du 2e bataillon qui attendent ce moment depuis dix jours. Ils n'ont plus qu'une idée en tête : partir.

Mussac revient d'un tour complet sur la position :

— C'est terminé, mon lieutenant.

— Où est le téléphone ?... Allô ? Ici, Caligula... Passez-moi Nostradamus...

Ce soir, Nostradamus a pris le visage renfrogné du père Truc qui attend à son P. C. à la ferme de Dampont.

— 224 ! lui dit simplement Caligula.

Ce chiffre signifie que la relève est faite.

— Je préviens l'Enigmatique, répond Nostradamus. Appelez-moi toutes les deux heures pour vérification de ligne. Terminé.

« L'Enigmatique » est le commandant des batteries d'appui direct dont les tirs de barrage roulant sont prêts au cas où ce serait nécessaire. On ne sait jamais...

Le lieutenant du 2e bataillon, qui vient d'être débarrassé de ce Harbusch, part dans la nuit avec ses hommes. Son au revoir a été franc :

— A bientôt. Demain soir, j'ai bien l'intention de me laver et de coucher dans un lit. Je te dis « Cambronne » !

Le P. A. 68 est tenu maintenant par « les nouveaux ». Après dix nuits, quand ceux du 3e bataillon viendront les relever à leur tour, ce seront déjà « des anciens ». La guerre fait vieillir vite.

— Tout se présente bien, Mussac ?

— Oui, mon lieutenant.

— Viens avec moi : je vais faire le tour complet du poste. Je veux me rendre compte, malgré le noir.

— Ça paraît calme tout autour : on n'entend rien... Pour les fusils mitrailleurs, nous avons pris les points de repère que nous ont indiqués les autres.

— C'était la seule chose à faire.

Sa ronde continue : ses gars sont bien là, immobiles, prêts à tout faire pour se défendre bien qu'ils soient novices et qu'aucun d'eux n'ait été au feu. Il glisse un mot, en vitesse, à chacun : les quelques paroles nécessaires qui prouvent que le chef est au milieu d'eux.

— Et toi, Leprovost ? n'oublie pas que tu es breveté « tireur d'élite » ! Alors pas de nervosité si tu dois te servir de ton arme. Tire peu mais bien : à coup sûr !

— Compris ! Mais vous aussi vous êtes nerveux, mon lieutenant ?

— Plus que toi ! J'essaie de le cacher... Où est le lieutenant Dorange ?

— Il sert lui-même une de ses pièces, mon lieutenant. Il attend...

Le marchand de meubles bretons est accroupi derrière une des deux mitrailleuses : il semble faire corps avec l'arme. On distingue à peine sa silhouette dans le noir. Un homme est allongé à sa droite, prêt à alimenter les bandes. Un autre est à sa gauche, prêt à le remplacer.

Le nouveau chef du poste s'est approché doucement de lui :

— Alors, vieux ?

— Mon champ de tir ici n'est pas fameux,

répond avec calme Dorange. S'ils veulent bien nous laisser à peu près tranquilles ce soir, j'améliorerai cela demain matin.

— Je crois que tu ferais mieux de rester sur ta pièce pendant cette première nuit.

— Toutes les nuits ! Je m'arrangerai pour dormir le jour... C'est mon sous-officier adjoint qui sert la deuxième pièce : avec lui, je suis tranquille... Comme on ne voit pas grand-chose dans cette purée de pois, s'ils rappliquent nous tirerons bas et court : ça les fauchera au dernier moment.

— Vu.

— Où te places-tu si j'ai quelque chose à te faire dire ?

— En plein centre du dispositif mais pas dans la baraque du P. C... Je préfère rester dehors avec les voltigeurs, face à ce bois qui m'ennuie... Dans trois minutes, tu feras repérer mon emplacement exact par ton agent de transmission... mais surtout, qu'il ne fasse pas de bruit en se déplaçant !

— Ne t'en fais pas : il rampera !

— Turpin ! Restez dans la baraque auprès du téléphone et défense de vous endormir !

— Je n'en ai pas envie, mon lieutenant.

— Passez-moi votre mousqueton et cinq paquets de cartouches. Vous n'en aurez pas besoin dans la cagna et, à moi, cela peut m'être plus utile qu'un revolver qui ne manquera pas de s'enrayer quand j'en aurai besoin. Je les connais, ces revolvers militaires... Ne me dérangez pas à chaque vérification de ligne.

C'était la première fois qu'il montait la garde : c'était normal que ce fût ce soir... Personne ne bougeait dans le P. A. 68 mais personne n'aurait osé dormir. Il n'était pas nécessaire de doubler les hommes de garde : tout le monde était aux aguets bien que la nuit fût glaciale...

— Mon lieutenant, dit une voix toute proche, il y a quelque chose qui remue le long des barbelés...

L'homme a raison : quelque chose rampe dans le noir.

— Tu ne vois donc pas que c'est un chat ? Regarde ses yeux phosphorescents.

— Je le tue ?

— Tu le manquerais et tu énerverais pour rien tes camarades. Laisse cette bête tranquille : elle ne te veut pas de mal !

Les aiguilles lumineuses de sa montre-bracelet tournent : 2 heures du matin, 3 heures, 4 heures... Rien ne s'est encore passé. Aucun poste ne bouge au loin. Il n'y a pas un seul coup de canon, pas le moindre crépitement d'arme automatique, pas un éclatement... Cette nuit, ça n'accroche nulle part. Serait-ce vrai ce qu'a dit le guide ? Y aurait-il un accord tacite pour ne pas ennuyer l'adversaire le soir où il relève ses avant-postes ? Cela paraît incroyable. A moins que les Allemands n'aient été moins bien renseignés qu'ils ne le laissaient croire à leur radio ?

Les yeux commencent à s'habituer à l'obscurité. Quand on aura eu tout le temps de repérer le paysage de jour, on le localisera mieux la nuit suivante et il paraîtra moins hostile dans son silence. Le vent se lève : les branches des arbres remuent et évoquent des bras de géants... 5, puis 6 heures du matin. Mon Dieu ! Faites que cette première nuit interminable prenne fin ! On « les » attend à chaque seconde et ils ne viennent pas... C'est terrible l'attente... 7 heures ! Une cloche tinte très loin... On dirait que le son vient d'Allemagne. Il y a donc encore là-bas des gens qui ne font pas la guerre et qui trouvent le temps d'aller à la messe ?

Enfin c'est le petit jour : l'ennemi ne viendra plus. Le Harbusch sera tranquille jusqu'au soir. Le brouillard tombe : il fera beau.

— Mon lieutenant ! — c'est une voix affolée qui vient de crier — Là... là... ça bouge !

— Ta g..., Pernet !

— Mais je vous dis que ça bouge dans le grand trou qui est devant moi, de l'autre côté des barbelés...

— J'ai l'impression que tu as raison : ça remue en effet mais tais-toi ! Il doit en rester un là-dedans qui se camoufle et attend la première occasion pour filer. Il a dû passer la nuit là pour voir combien nous étions à la relève. Cela n'a pas dû être très difficile pour lui de compter : nous sommes tous passés cette nuit à deux mètres de ce trou ! En tout cas, il ne manque pas de cran, le bonhomme ! Il faut absolument l'attraper vivant : une bonne villégiature dans un camp de prisonniers lui fera passer le goût d'écouter aux portes... Nous allons l'avoir... Doucement, Pernet !... Avancez tous sans bruit en demi-cercle... Vous n'avez encore jamais lancé de grenades F. 1 réelles ? Voilà l'excellente occasion de vous montrer comment on fait... Je vais lui en « balancer » une, soignée, à l'entrée de son trou pour l'étourdir : il sera tellement abasourdi par la déflagration qu'il en sortira de lui-même les bras en l'air ! Regardez-moi tous : je tiens solidement la grenade dans ma main droite, j'enlève la goupille avec la main gauche tout en gardant soigneusement la cuillère serrée, entre les doigts de ma main droite... Et je la lance ! Baissez-vous !

A quarante mètres, à l'entrée du trou, la grenade explose. Il y a un remous rapide derrière le taillis, suivi de silence.

— Pernet, à toi l'honneur de faire notre premier prisonnier ! C'est juste puisque c'est toi qui l'a repéré... Tu peux t'avancer sans crainte : je te garantis qu'il en a pris un bon coup !

Peut-être même ne te restera-t-il plus qu'à ramasser ses restes...

— Mais... mais... mon lieutenant...

— Ne bégaie pas. Je t'accompagne.

Un canon de fusil, dirigé verticalement vers le ciel, venait d'émerger des broussailles.

— Ma parole ! Il veut tirer les moineaux ?

Quelques lamentations venaient aussi du fourré.

— Rendez-vous !

— Je me rends ! répondit une voix française.

Et deux longs bras en l'air apparurent encadrant un visage complètement abêti ; c'était Bouvier, l'observateur de la compagnie ! Il y eut un immense éclat de rire dans tout le poste.

— Toi ? qu'est-ce que tu fichais dans ce trou ridicule ?

— Mais... J'y ai passé la nuit, mon lieutenant ! Ah ! Je suis rudement content que ce soit vous ! Je croyais que c'étaient les Allemands qui m'avaient crié de me rendre... Où sont-ils partis ? Vous avez entendu ? ils m'ont lancé un de ces *minen*... Les vaches !

— Si tu avais vraiment reçu un *minen*, tu ne serais pas dans cet état ! C'est moi qui ai envoyé une grenade sur ta jolie frimousse... Pernet, approche ! Quand tu as vu bouger quelque chose, tu as eu raison de le signaler puisqu'il y avait effectivement quelqu'un : donc toi, tu as bien fait ton métier... Mais où ça se gâte, c'est lorsque j'ai envoyé une grenade devant toute la galerie pour vous donner une leçon de lancer ! J'ai tout simplement failli tuer l'un de mes hommes. Cela aurait fait du joli comme bilan d'une première nuit en ligne ! Bouvier, tu n'as rien écopé, au moins ?

— Non, mais j'ai eu chaud !

— Tirons tout de suite les conclusions de l'aventure... La première est que, moi non plus, je ne sais pas lancer correctement une grenade : à cette distance, normalement, j'aurais dû avoir Bouvier.

— J'aime mieux que vous m'ayez manqué, mon lieutenant !

— Moi aussi... Mais je n'ai pas lieu d'en être très fier ! Deuxième constatation : j'ai manqué de sang-froid en lançant la grenade trop vite. J'aurais dû attendre que vous ayez complètement encerclé le trou... Donc je suis doublement fautif : Pernet, je mériterais que tu me flanques ton pied quelque part...

Le temps s'annonçait magnifique. Le soleil semblait décidé à réchauffer tout le monde. Un peu partout du côté français, assez loin derrière, on apercevait à la jumelle les corvées de soupe qui venaient de chaque poste isolé et se dirigeaient vers Flastroff.

— Bon Dieu, elles ne sont pas discrètes ! Si tous ces gars-là croient que ceux d'en face ne les aperçoivent pas et ne repèrent pas leurs cheminements !

La première chose à faire est d'inspecter minutieusement le maigre réseau de barbelés :

— Tiens, tiens ! Dorange ! Viens voir ça : les barbelés ont été cisaillés jusqu'à trois mètres du fusil mitrailleur de Mussac... Et ici, à deux mètres de la chicane. Du beau travail ! Dis-moi, Bouvier : j'ai l'impression que comme observateur, tu ne voyais pas grand-chose au fond de ton trou ?

— La première nuit on ne se sent pas très à l'aise, mon lieutenant...

— Tâche d'avoir de bons yeux ce soir, parce que j'ai la conviction que les Allemands n'ont pas fait ce petit travail d'approche pour rien... Cette fois, venez tous regarder : ce n'est plus une plaisanterie... Les barbelés ont été cisaillés en quatre endroits pour permettre l'accès dans le poste par quatre brèches différentes. Vous comprenez bien, tous, ce que cela signifie ? Regardez ces petits ronds sur la terre humide : ce sont les seules traces que laissent des semelles de bottes en caoutchouc... Et naturellement personne de vous ne les a entendus cisailler nos barbelés ?

Il n'y eut pas de réponse.

— Mais toi, Dorange ? Derrière ta pièce ?

— Rien vu, rien entendu ! Et je jure pourtant que je ne suis ni aveugle ni sourd...

— Moi non plus, vieux ! C'est bien ce qui me chiffonne... Nous devons en déduire que, pour la marche d'approche, ces gars-là sont formidables ! De vrais reptiles ! Je comprends maintenant pourquoi ils nous ont laissés tranquilles la première nuit : ils ont profité de ce que la surveillance se relâchait pendant la relève pour préparer tranquillement leur prochaine venue. Ce sera pour ce soir... Eh bien, il faut leur préparer une petite réception... Pour commencer, vous allez me « chambarder » tout le dispositif de feu pour 16 heures en prenant bien soin de ne pas réparer les barbelés aux quatre endroits où ils ont fait leurs chicanes... D'ailleurs ils ont tout remis en place dans l'espoir que nous ne nous apercevrions de rien... Ce soir, persuadés que nous n'avons pas découvert leur petit travail, ils utiliseront leurs passages en rampant sans se douter qu'un fusil mitrailleur les attend gentiment dans l'axe de chaque chicane. Vous avez compris ?

— Nous n'avons que trois F. M., mon lieutenant !

— Une corvée va descendre tout de suite à Flastroff pour m'en rapporter un de plus et des caisses de V. B. ... C'est vu, Portepoids ? Et toi, Contrebœuf ?... Dorange, as-tu pu monter hier soir assez de bandes d'alimentation pour tes mitrailleuses ?

— J'ai de quoi tenir trois heures en tir accéléré.

— Tu as des canons de rechange ?

— Je n'en ai qu'un pour les deux pièces, mais je me débrouillerai en faisant préparer les chiffons mouillés qui me permettront de refroidir plus vite les canons s'il le fallait.

— Déplace tes pièces et prépare pour chacune d'elles deux emplacements de tir différents dans les deux directions opposées : pendant la nuit, tu tireras vers le bois, en fauchage et très bas.

— Mais tu es fou ! Je ne vais tout de même pas tirer dans les arbres ?

— Pourquoi pas ? Ils vont se faire le même raisonnement et attaqueront sûrement par le bois... Alors essaie d'être plus malin qu'eux : fais le contraire de ce qu'ils ont prévu... Et, dès que le petit jour viendra, tu changeras tes pièces d'emplacement pour les cueillir quand ils essaieront de f... le camp par la plaine en profitant des nappes de brouillard... Seulement, tu ne commenceras à tirer cette nuit qu'au dernier moment, quand tu entendras mon sifflet et pas avant, pour ne pas révéler les nouveaux emplacements de tes pièces... Tu me le promets ? Même si tu en voyais un ou deux s'infiltrer dans le poste ?

— C'est promis.

— Vous allez également me flanquer par terre cette baraque en planches qui servait de P. C. ... Ce serait tout de même trop beau de leur laisser un point de repère central aussi merveilleux pour régler leurs tirs s'ils amènent des mortiers. Ils ne vont plus s'y reconnaître et vont être complètement déroutés. Vous n'avez qu'à utiliser les planches de cette baraque comme pare-éclats... Vous allez tous vous enterrer en double arc de cercle par petits postes de trois hommes au plus... Chacun doit être à sa place pour 16 heures car il ne faut pas qu'en face ils voient le moindre va-et-vient avant la tombée de la nuit : ils doivent croire que nous nous sommes contentés de nous installer dans les médiocres défenses de nos prédécesseurs. Personne sauf moi ou le sous-lieutenant Dorange, ne doit circuler à l'intérieur du poste avant le lever du jour. Chaque petit poste de combat doit être cerclé de barbelés en ayant soin de prévoir deux chicanes. S'il y en a un qui flanche, les autres tirent dessus ! N'utilisez pas les F. M. à l'aveuglette : tirez uniquement quand vous voyez l'adversaire. Souvenez-vous que l'on tire toujours trop haut ! Ne videz pas des chargeurs entiers : les petites rafales donnent un meilleur résultat parce qu'elles vous permettent de rectifier le tir. Ménagez vos munitions : le gala peut durer un bout de temps ! Vous allez être en face d'un adversaire coriace et de troupes jeunes particulièrement bien entraînées. Enfin n'oubliez jamais que l'Allemand est l'un des meilleurs fantassins du monde, qu'il est courageux et qu'il est né pour faire la guerre.

Cinq heures plus tard, il n'y avait plus de baraque mais un terre-plein à l'aspect anonyme où il était difficile, même en plein jour, de déceler les emplacements exacts de chaque petit poste. On aurait presque pu croire qu'il n'y avait plus personne derrière le réseau de barbelés et que les Français avaient décidé d'abandonner le Harbusch.

A 16 heures chacun avait bu le coup de gnôle qui réconforte puis ce fut le silence... Peu à peu, la brume enveloppa tout : les guetteurs avancés se confondaient avec la glaise. Turpin s'était approché en rampant :

— Mon lieutenant...

— Plus bas !

— Mussac entend dans le ravin un bruit sourd de camions.

— C'est signe qu'ils veulent les amener frais et dispos : ils vont nous offrir le grand opéra.

— L'observatoire d'artillerie du clocher de Flastroff vient également de téléphoner qu'il a vu, voici une demi-heure, juste avant que la brume ne tombe, un rassemblement d'une soixantaine d'hommes derrière le massif du Rhendresche.

— Soixante ? Nous sommes une trentaine : ça s'équilibrera parce que nous avons la supériorité de l'attente... Passe-moi l'appareil... Nostradamus ? Ici Caligula... Vous avez reçu mon billet ? Parfait.

— A quelle distance exacte de votre poste nord est le ravin ?

— Quatre-vingts mètres.

— C'est un peu court comme marge de sécurité pour le tir de barrage.

— Tant pis ! Prévenez l'Enigmatique que, si je lance la fusée, il n'a qu'à faire tirer.

— Si ça tombe trop court, envoyez-moi le signal convenu. Bonne nuit !

— Elle sera bonne ! Je suis bien décidé à faire la bombe ! Je donne une grande réception...

Une heure se passa encore avant que ne retentît, venant de l'intérieur du bois, un léger claquement suivi d'une vibration qui rappelait celle d'une tige de fer lâchant un étau. Il ne faisait pas encore complètement nuit.

Un deuxième claquement fut suivi d'une vibration plus proche.

— Tu ne vois rien, Lasalle ?

— Non, mon lieutenant.

— Bizarre ! Je ne pense pas qu'ils soient grimpés dans les arbres...

— En tout cas les camions ont dû s'arrêter : voilà déjà vingt bonnes minutes qu'on ne les entend plus.

— Leur contenu ne doit pas être loin...

Autour du poste, on ne voit plus rien : c'est la mauvaise heure du crépuscule, celle que redoutent tous les automobilistes quand le jour est tombé et lorsqu'il ne fait pas encore tout à fait nuit. Seulement, les automobilistes ont des phares et de grandes routes où une mitraillette ne les attend pas derrière chaque arbre.

Une fusée verte est partie brusquement du ravin. Presque aussitôt une autre, de la même couleur, s'élève au-dessus du bois.

Partout, ce soir, ça s'allume sur le front. Le P. A. 69 est accroché. Tiendra-t-il ? Ils ne sont que quelques-uns là-dedans, des hommes parlant deux langues : quatre Anglais et quatre Français sous le commandement d'un sergent-interprète. C'est un tout petit poste de liaison. Le suivant, sur la droite, est entièrement tenu par les Anglais dans le sous-quartier de Waldweistroff.

On dirait que Flastroff, qui est cependant assez en arrière, vient d'être attaqué à son tour. Le village répond par l'intermédiaire de ses différents points d'appui extérieurs. Il n'y a aucun doute : ce F. M. tire au P. A. 70 qui est commandé par « Bébé Cadum » Voilà le P. A. 71 qui se met de la partie : c'est le fief du grand Georges... Maintenant, c'est le village de Colmen, tenu par la compagnie du père Dupied... Plus loin, sur la gauche, ça semble assez sérieux : c'est au P. A. 75, que le père Truc a confié à La Villéon et au Corps Franc parce qu'il est à l'extrême limite droite du dispositif du bataillon. Même chez les alpins, au Thiergarten, on tire ; et cependant, ce ne sont pas des néophytes ni des énervés : c'est un régiment d'active.

Brutalement, la lumière vient de se faire dans l'esprit de l'Officier sans nom... Une lumière aveuglante qui lui fait comprendre, en un éclair de pensée, la tactique que les Allemands vont employer : pendant toute la nuit, ils occuperont les autres postes placés en arrière du sien en les encerclant avec d'assez gros effectifs. Ce qui isolera complètement le Harbusch et le rendra plus vulnérable à un coup de main.

A vingt mètres, face au ravin, éclate la première rafale d'un fusil mitrailleur de son poste : le groupe du caporal-chef Lecocq est accroché. Quelques instants après, une rafale française part également sur sa droite : c'est le groupe Mussac qui, lui aussi, doit voir s'approcher l'ennemi. Une troisième rafale sur la gauche, face au Rhendresche, prouve que le 3e groupe, celui de Leprovost, vient d'être attaqué. Il n'en reste plus qu'un — le groupe Verdier — dont le F. M. est encore resté silencieux... Mais cela ne dure pas : le voilà qui se déclenche... Les Allemands ont donc bien utilisé les quatre chicanes qu'ils avaient préparées la veille dans les barbelés et, au bout de chacune d'elles, un fusil mitrailleur les reçoit comme ils y ont droit pour une telle minutie dans l'attaque. Evidemment, ils doivent être plutôt décontenancés !... Mais il faut reconnaître que, ce soir, ils sont venus en nombre au rendez-vous : ils veulent rattraper le temps perdu la nuit dernière.

L'obscurité est maintenant complète mais la lente observation, pendant la journée, du paysage qui entoure le poste n'a pas été inutile : cette masse sombre sur la gauche est un bouquet d'arbres, cette tache plus claire sur la droite est une clairière... Les hommes se sentent moins dans l'inconnu.

— Mon lieutenant, ici ! Je les vois...

— Moi aussi. Ta g..., Favereau !

— J'en compte sept, huit, neuf, dix...

— Mon lieutenant, un billet pour vous...

C'est l'agent de liaison de Dorange dont le billet, laconique et précis, résume la situation telle qu'elle se présente du côté du bois :

« *Sur ma gauche, direction bois, vu trois groupes d'une vingtaine d'hommes chacun. Tu avais raison : ils vont sûrement attaquer en force par-là... Selon tes ordres, je les ai laissés passer sans bouger. Paré. Quand il le faudra, siffle fort ! »*

Une détonation assourdissante vient de retenir en plein centre du poste.

— Mon lieutenant, vous n'êtes pas blessé ?

— Ne t'inquiète pas. Celui qui nous a envoyé cette grenade n'est pas loin...

Les balles de mitraillettes claquent tout autour, de plus en plus vite et de plus en plus nombreuses, en laissant dans leur sillage une plainte lugubre.

Au bout d'une heure, le concert diminue d'intensité. Il faut en profiter pour examiner la situation dans le poste. Tout irait bien si Sarand n'avait pas eu le pouce droit arraché, si Testard ne gisait pas — inerte — une balle dans la tête, s'il n'y avait pas quatre hommes hors de combat.

— Allongez-les dans la cagna du téléphone. Turpin, vous ferez l'infirmier en les pansant comme vous pourrez. Essayez d'éviter surtout les hémorragies : faites des garrots pour qu'ils tiennent le coup jusqu'à demain matin. Prenez mon paquet de pansements pour le cas où vous n'auriez pas assez de charpie... Sarand, mon vieux, flanque ton mouchoir dans ta bouche si tu as envie de hurler.

C'est un garçon coiffeur parisien, Sarand : il a peur, avec un pouce en moins, de ne plus pouvoir exercer son métier et il pleure comme un gosse.

L'accalmie a été courte : les balles de mitraillettes allemandes viennent de reprendre leur chanson.

Le téléphone sonne dans la cagna. C'est Nostradamus, alias « père Truc » :

— Qu'est-ce qui se passe chez vous ? D'ici, j'entends que vous êtes sérieusement accrochés.

— Encerclés, pourriez-vous dire. Mais ça va.

— Voulez-vous un tir de barrage ?

— C'est encore trop tôt. J'enverrai la fusée.

L'étau se resserre. On sent que les Allemands sont de plus en plus nombreux dans le bois : leurs camions ont fait du bon travail.

— Tirez le moins possible avec les armes automatiques ! Ménagez les munitions !

Comme « les autres » sont tout proches, on peut se défendre maintenant à la grenade et au V. B. : l'arme individuelle qui « les » ennuie le plus... Et, une deuxième fois, leur intensité de feu diminue. Ils doivent avoir des blessés eux aussi. Peut-être même des morts qu'ils emportent ? Et cela vaut quinze nouvelles minutes d'un calme effarant.

— Regardez, mon lieutenant, la petite lumière qui se promène très bas le long des barbelés : elle semble courir, bondir... Qu'est-ce que c'est ?

Un coup de fusil de Favereau met fin à la sarabande de la petite lumière qui se couche immobile, après un jappement de douleur.

— Ils ont des chiens qui portent une lampe attachée à leur collier. Tu ne comprends donc pas qu'ils les font courir exprès autour du point d'appui pour que vous tiriez dessus ? Cela leur permet de repérer vos emplacements exacts et l'orientation de vos armes automatiques... Ne vous occupez pas des chiens : même dressés par les hommes, ils sont moins mauvais qu'eux !

Celui à qui le père Truc a confié ce maudit Harbusch se rend compte que le travail de transformation du poste — exécuté pendant qu'il faisait jour — n'a pas été inutile. S'il n'avait pas été fait, les Allemands se seraient déjà rués en masse dans le poste à l'intérieur duquel il ne resterait plus un défenseur vivant, tandis qu'en ce moment ils sont déroutés. Quand la guerre ne se passe pas exactement telle qu'il l'avait prévue, l'Allemand se démoralise vite : ce n'est pas un improvisateur comme le Français qui se prépare toujours d'une façon déplorable à la lutte parce qu'elle l'ennuie. « *On verra bien quand on y sera !* » n'est-elle pas l'expression courante du soldat français ? Seulement, avec ce principe, quand « il y est », il lui faut faire des miracles qu'il aurait pu éviter s'il avait voulu prévoir.

L'Allemand — dont la mission, cette nuit, est de régler définitivement son compte à ce P. A. 68 qui s'est installé avec une rare impudence sur ce Harbusch dont la crête domine quarante kilomètres de frontière allemande — est tenace : il est décidé à utiliser toutes les ruses qui lui paraîtront bonnes.

Vers 11 heures, on commence à entendre les cisailles qui taillent les barbelés à toute vitesse : cela produit un étrange crissement dans le noir. Puis, tout à coup, c'est une clameur gutturale qui sort de cent bouches à la fois, tout autour du poste... Un long cri de guerre inhumain qui rappelle les Sioux ou les peuplades d'une Afrique sauvage... Un cri sans pitié aussi qui doit être celui de toute une jeunesse formée, éduquée, façonnée à l'école nazie... Une jeunesse exaltée qui a été gavée, dès l'enfance, de parades et d'uniformes qui aboutissent inexorablement, un jour ou l'autre, à la guerre... Une jeunesse courageuse aussi qui n'a pas peur de mourir pour « la plus grande Allemagne ».

Une voix, sèche et gutturale, crie du ravin nord dans un mauvais français :

— Rendez-vous là-haut, sinon vous serez tous tués !

Les balles cinglent dur. Il y a plus de cinquante mitraillettes autour du poste : une pour deux Allemands et les défenseurs du P. A. 68 n'en ont pas une seule ! C'est cependant l'arme rêvée, pour ce genre d'exercice... Et ces sacrées grenades-pigeon que l'on n'entend jamais venir parce qu'elles ne fusent pas avant d'éclater ! Elles tombent comme ça, à vos pieds, à l'improviste...

Une autre voix allemande, plus proche, crie du bois avec un calme qui indique qu' « ils » sont sûrs maintenant de leur affaire :

— Mettez-vous sous notre protection. Vous êtes prisonniers !

Tout s'arrête : il y a un grand silence coupé brusquement par une voix gouailleuse et traînante de « Parigot » qui répond dans la nuit :

— Prisonniers ? des clous ! Et ta sœur !

C'est un simple caporal qui vient de répondre : Mordret, né à Belleville... Sa réponse a suffi : elle prouve aux paysans de l'ouest que Paris met aussi son point d'honneur dans le succès de l'aventure. Elle est comme le signal blagueur du déclenchement de la riposte foudroyante. Le lieutenant vient de siffler : les mitrailleuses de Dorange, qui n'avaient pas encore tiré et dont l'ennemi ignorait même la présence, commencent leur travail méthodique de mort... Le tac... tac... tac... fauche le bois dans lequel l'Allemand hurle de rage et de douleur. Il ne s'attendait pas non plus à ce truc de la dernière heure : « Ça l'épate ! » dirait le caporal Mordret.

Les deux pièces alternent leur tir : Dorange sait se servir de ses joujoux. Il ne vise qu'à coup sûr et il gagne à chaque demi-bande. Mais là-bas, dans la ferme lointaine de Dampont où il enrage d'être immobilisé, le père Truc vient d'entendre les mitrailleuses du Harbusch et il se tourne vers son capitaine adjudant-major :

— Dans le pli que l'agent de liaison m'a apporté cet après-midi, Caligula a écrit : « *Quand vous entendrez mes mitrailleuses entrer en action, ce sera le signal qui indiquera que les Allemands entrent dans le point d'appui.* » ... Allô ! Allô ! 68 ? Caligula ?... Ici, Nostradamus... Tenez, mon petit !

— Nous tenons, mais je crains que ça n'aille pas jusqu'à l'aube !

— Je vous envoie les nouveaux tirs de barrage A. 27 et C. 34.

La minute d'attente qui suit, après que l'appareil ait été raccroché, paraît un siècle au P.A. 68. Les mitrailleuses de Dorange sont contraintes de tirer maintenant par bandes entières : l'adversaire se faufile, s'infiltre partout... Puis, tout à coup, c'est la détonation assourdissante : le barrage de 75 arrive enfin. Les obus dans la nuit, frôlent à une vitesse fantastique les sommets des arbres au-dessus du poste. Les canons français semblent déchaînés : après avoir décalotté les cimes des sapins, les projectiles tombent en chute dans le ravin qui est l'aboutissement de leur course vertigineuse de huit kilomètres. Ce sont des trombes et des tonnes d'acier, les coups boulent les uns sur les autres. On croirait que, dans le ciel, les obus font la course pour atteindre plus vite leur but.

— Vous voyez qu'ils nous appuient de là-bas, Turpin. Nous ne sommes plus seuls...

— Mais ils tirent trop court, mon lieutenant ! Ils vont nous écraser...

— Il faut qu'ils continuent à tirer ainsi : cela coupe les arrières de l'assaillant et l'empêche d'amener d'autres renforts.

Le barrage roule à une cadence mathématique : trois minutes de tir, une minute d'arrêt, pour reprendre le souffle, trois minutes, une minute... Il l'avait bien dit, l'artilleur rencontré sur la route à l'entrée de Fontainebleau : « Quand vous serez au « casse-pipe », dites-vous bien que les artilleurs seront derrière vous et qu'ils tireront pour vous aider, comme à Verdun ! »

On y est, au « casse-pipe ».

Le barrage s'arrête. Le téléphone appelle :

— Allô ? Ici Nostradamus... Ça les a un peu calmés ?

— On le dirait...

— Il faut absolument tenir jusqu'au jour...

Une explosion sourde vient de retentir dans

le récepteur puis c'est le silence total. Le père Truc n'entend plus rien : le fil est coupé.

— J'ai quand même confiance ! murmure le chef de bataillon à l'adjudant Mirbal.

Mais il lâche le récepteur, désespéré : jusqu'à demain matin, quand il pourra envoyer des renforts, il ne saura plus rien du Harbusch...

Et cependant tous sont bien décidés à tenir jusqu'au bout dans le point d'appui sur lequel le premier *minen* vient de tomber : un vrai cette fois ! L'assaillant vient d'amener des mortiers, la seule arme qui puisse faire cesser le tir meurtrier des deux mitrailleuses en écrasant les pièces et leurs servants. Floc ! Floc ! Après avoir tourbillonné lentement au-dessus du poste, les lourds projectiles commencent à s'enfoncer dans le sol, mètre carré par mètre carré, en y creusant des entonnoirs. Cela n'empêche pas les mitrailleuses de Dorange de continuer à tirer : l'ennemi n'a pas encore réussi à les atteindre.

— Mon lieutenant... Regardez : là !... Dans l'arbre à gauche, on voit une petite lumière qui monte : il y a sûrement un Allemand perché dans les branches !

— Et là, mon lieutenant ! Une autre lumière à droite, à cinquante mètre de la première... Retournez-vous : en voici une troisième en l'air mais dans votre dos... Elle se déplace latéralement de l'autre côté du ravin : ça fait un triangle de lumière...

— Dorange ! Déplace tes pièces en vitesse !... Amène-les au centre sans les retirer des trépieds... A bras ! Ils t'ont repéré et vont t'encadrer. En ce moment tu es juste au centre de leur triangle lumineux.

— Pas commodes à transporter, les pièces ! répond Dorange. Les canons sont brûlants !

— Piron, balance des grenades pour protéger le transport.

Et l'homme désigné, un véritable athlète, reste debout, gigantesque, pour lancer ses grenades à soixante mètres pendant que ses camarades déambulent le lourd matériel. Les *minen* tombent drus maintenant, sur l'emplacement qu'ils viennent de quitter. Pas un seul n'en serait sorti vivant.

— Hurrah ! hurle Piron. On les a possédés malgré leurs petites lanternes !

Les mitrailleurs ont compris la tactique qu'ils doivent employer pour continuer à faire le métier qui, seul, pourra sauver le point d'appui : vider une bande et déplacer les pièces dès qu'elles ont tiré. Ce manège infernal devra durer tout le reste de la nuit. A un moment le sous-officier adjoint de Dorange lui crie :

— Le canon de ma pièce est trop rouge !

— Remplacez-le par le canon de rechange ! ordonne le sous-lieutenant.

— Mais je n'ai même plus de chiffons pour entourer le canon ! Et il n'est pas question de pouvoir le toucher actuellement sans l'envelopper... Il est brûlant !

— Entourez-le avec votre capote ! Il fait assez chaud ici en ce moment... Ce sera une excellente raison pour en réclamer une neuve à votre descente de ligne ! Vite ! Dévissez le canon pendant que je tire avec ma pièce !

Le canon rouge est changé — malgré les balles de mitraillettes et les éclats de *minen* — par des mains noires, dégoulinantes d'huile bouillante...

Les barrages de protection de l'artillerie reprennent, plus denses : on dirait même que le tir s'est encore raccourci. Si cela continue, le poste finira par être écrasé par sa propre artillerie d'appui direct. Turpin trouve l'explication :

— Le père Truc a dû se mettre en colère ! Il ne sait plus ce qui se passe depuis que le téléphone est coupé et il doit nous croire tous « bousillés » ! Si seulement on avait la radio ! Peut-être même qu'ils pensent à Dampont que les Allemands occupent déjà le poste ?

— Le père Truc a fait la guerre avant toi, Turpin ! Tant qu'il entend nos mitrailleuses, il sait qu'il y a de l'espoir...

La cadence du barrage a repris : trois minutes, une minute, trois minutes...

Ce n'est tout de même pas mal, ce 75 ! On commence à comprendre pourquoi ceux de 14 l'aimaient tant... Il a une de ces façons d'aboyer !

— Mon lieutenant ! Le groupe Lecocq est anéanti ! Le caporal-chef a même crié : « Barrez-vous, les gars ! On est faits comme des rats ! »

— Lecocq n'aurait jamais dit cela ! Je le connais...

— Quand les copains, que vous aviez placés dans les petits postes à l'entrée du bois, l'ont entendu, ils ont fichu le camp.

— Où cela ?

— Dans le bois !

— Si c'est vrai, ce sont des idiots ! Dorange n'hésitera pas à les descendre avec ses mitrailleuses pour qu'ils ne flanquent pas la pagaïe. Il aura raison ! Et toi, qu'est-ce que tu f... ici ?

— Je n'ai plus de grenades.

— Les autres non plus mais ils ne le g...lent pas sur les toits ! Ce n'est pas la peine que les autres le sachent en face ! Ils parlent assez bien le français pour te comprendre : tu les as entendus tout à l'heure ? File dans ton trou ! Ton fusil n'est pas réservé uniquement pour les chiens... Compris ? Tu as peur ? Couche-toi près de moi, le nez dans la terre : ça te passera... Vous aussi, Turpin, vous claquez des dents...

— Pas besoin de « foireux » avec nous !

— Tais-toi, Contrebœuf ! Ça peut nous arriver à tous !

Quelques gars, grelottants, viennent s'allonger mais ils ne restent pas longtemps : un fantastique remous, suivi d'une explosion assourdissante, les soulève de terre. Une voix crie :

— A moi, mon lieutenant !

— Ne bougez pas de vos trous ! Leur artillerie fait un tir de représailles... C'est au moins avec du 105 qu'ils nous encadrent ! Dès que leur barrage sera terminé, relevez la tête et soyez prêts : ce sera le moment de leur attaque finale... Eh bien, Bernier ? c'est le premier tir d'artillerie que tu reçois ? Moi aussi...

— Les gens qui n'ont pas été là-dessous ne se doutent pas de ce que c'est !

— Tu as raison : c'est une vraie jouissance ! Mais ça vaut quand même mieux que la nouvelle sérénade que vont leur chanter tout à l'heure les mitrailleuses de Dorange ! Où allez-vous, tous les quatre ?

Ce sont de pauvres « bougres » — selon l'expression du père Truc — qui courent à travers le point d'appui comme s'ils étaient fous ou ivres.

— On s'en va !

— Couchez-vous, crétins !

— Mon lieutenant, nous sommes pères de famille... Vous n'avez pas le droit de nous faire massacrer comme cela pour rien !

— Tu dis ?... Et vos armes ? Perdues ?... Alors vous partez dans la nature sans même savoir où vous allez ?... Evidemment, ça siffle pas mal en ce moment mais cela ne veut rien dire ! Tant que vous entendrez les balles siffler, c'est que vous serez vivants... Vous n'avez donc pas remarqué qu'ils tirent trop haut en face ? Regardez les branches d'arbres : elles sont criblées ! De vraies passoires ! Mais faites comme moi : levez donc la tête pour les regarder...

Et, en levant la tête, ils aperçurent une faible lueur à travers les branches : la naissance du jour... Enfin !

— Attention ! « Ils » remettent ça ! Ce sera leur dernière tentative. Si elle rate, ils fileront chez eux à toute vitesse pour ne pas se faire prendre à revers par les renforts qui doivent déjà être partis de Flastroff, de Colmen et de Waldweistroff... Vous verrez, les gars : les amis vont rappliquer de partout !

Les Allemands se ruent en hurlant : « Heil ! Heil ! » mais les mitrailleuses de Dorange « remettent ça », elles aussi... Et de derrière, face au ravin, arrive la cadence plus rapide d'un F. M.

— Ma parole, mais c'est celui de Lecocq ! Son arme devait être enrayée... Il n'avait pas du tout l'intention de cesser le combat, le petit caporal-chef ! Ecoutez-le : il est en train de leur envoyer une bonne giclée...

Le caporal-chef Lecocq fauche à nouveau les ombres qui émergent du ravin à quelques mètres de lui. Le fusil mitrailleur de Mussac s'est remis à tirer sur la droite : c'est donc que tout va bien également de ce côté-là... On entend un cri de douleur atroce : une ombre ennemie vient de s'affaisser... D'autres ombres l'agrippent pour la tirer vite hors du champ de l'arme redoutable que Mussac a appris à manier en virtuose... Il lui a suffi de quelques heures de combat. Le père Dupied avait raison : rien ne vaut la présence de l'ennemi pour apprendre à bien se défendre !

Les ombres ennemies commencent à reculer.

— Eh ! mon lieutenant, ils f..tent le camp !... Ils emmènent des colis noirs qu'ils traînent sur le sol : ce sont leurs blessés ou leurs morts... Eux aussi ont reçu l'ordre de ne rien laisser.

— Dorange ! Inverse tes pièces ! Fauche la plaine sous le réseau de barbelés où ils essaient de se faufiler. Coupe-leur le repli. Il y en a un qui est resté accroché par son pantalon ! Tire sur lui !

Le jour se lève vite. Les claquements de mitraillettes diminuent, s'espacent... Debout devant la chicane qu'ils n'ont pas pu franchir parce qu'il l'a défendue pendant toute la nuit, le caporal Mordret, l'homme de Belleville, hurle :

— Puisque vous parlez si bien français, écoutez-moi dans votre sale bois : je vous attends tous les soirs ici à la même place ! On a des munitions à revendre... et tout le reste !

— Assez de discours, Mordret ! Viens avec moi : nous allons nettoyer le bois pour le cas où quelques-uns de ces oiseaux-là s'y cacheraient encore.

Ils franchissent la chicane à quatre, avec Piron et Rochas. Jamais il n'y a eu autant de cris de chouettes au petit jour : c'est le signe de ralliement des Allemands. De temps en temps, on entend aussi des petits craquements secs contre les troncs d'arbres : ce sont les grenades fumigènes que lancent, chez eux, ceux qui ont la mission de couvrir la retraite précipitée. Un nuage bleu, qui semble ne pas vouloir s'élever à plus de quelques mètres du sol, recouvre tout le Harbusch. Il n'y a plus un seul Allemand dans le bois. Les seules silhouettes que l'on aperçoit, à travers la lumière bleutée, sont celles des quelques Français qui ont sauvé le point d'appui : bien falotes, ces silhouettes d'hommes abrutis par le baptême du feu... Elles semblent même irréelles, ce matin : on se demande si elles appartiennent à des êtres encore vivants ou à des spectres qui auraient surgi de terre.

Une odeur bizarre, indéfinissable — telle qu'aucun de ces hommes n'en a encore jamais respirée — envahit l'atmosphère : c'est un parfum incroyable qui sent le soufre, la graisse d'armes, la sueur, la poudre brûlée, les cartouches déchiquetées... Une odeur qui donne le vertige et doit griser assez vite.

Au loin, les autres points d'appui se sont tus, débarrassés de leurs visiteurs nocturnes : c'est la trêve de Dieu — la trêve du soleil — qui commence dans cette étrange guerre du « no man's land » où tout se passe la nuit et rien le jour. Des têtes encore apeurées, des visages terreux, des mains noires commencent à sortir des trous à rats. Le point d'appui, lui, n'a plus de visage : il a subi un assaut de douze heures. Elles sont longues, ces nuits d'hiver... Un peu partout, on ramasse de gros éclats, encore chauds, qui scintillent sous le soleil : c'est tout ce qui reste des minen qui devaient écraser les mitrailleuses. Et voilà qu'au milieu de ce spectacle de désolation, de cette nature bouleversée, de cette terre labourée par la mort à laquelle elle a résisté de toutes ses pauvres forces, on entend un chant d'oiseau... Cela semble à peine croyable. Les regards fiévreux des hommes se détendent, se lèvent avec une reconnaissance infinie vers la branche où s'est perché le messager de vie et d'amour... Il a dû attendre que la folie destructrice ait cessé pour faire sa prière matinale.

Au fond du ravin, on entend aussi le bruit des camions ennemis qui repartent avec leur chargement de jeunes exaltés dont la fièvre guerrière a dû baisser. Pendant ce retour de coup de main manqué, ils auront tout le loisir de contempler leurs blessés et leurs morts qu'ils ramènent en territoire allemand. Ils n'ont abandonné dans le bois que quelques manches à grenades inutilisables, des chargeurs de mitraillettes vides et une vareuse feldgrau tachée de sang frais.

A trente mètres du point d'appui, les arbres ont été déchiquetés par les balles de mitrailleuses de Dorange et le sol a été retourné par le tir de représailles du 105 allemand qui a creusé d'énormes entonnoirs. L'inspection du bois est terminée :

— Ils ont tous déguerpi. Comptez-vous. Faites l'appel dans chaque poste du point d'appui. La corvée de soupe descendra les blessés à Flastroff sous la protection d'un groupe armé commandé par Mussac.

— Mon lieutenant, les camarades et moi nous sommes demandés pendant toute la nuit si vous étiez marié ?

— Quelle drôle d'idée ! Pas encore, Leprovost... Pourquoi ?

— Bizarre ! Nous nous disions : « Il n'y a pas... Le lieutenant est tellement verni qu'il doit être cocu ! »

— Merci. Mais toi, tu l'es, marié ?

— Depuis cinq ans.

— Eh bien, c'est toi qui nous as porté chance.

— Ça se peut bien et j'accepte volontiers de « l'être » pour le salut de la collectivité !

— J'avais toujours pensé, Leprovost, que tu avais une belle âme...

— Alors, mon petit, nuit agitée ?...

— Un peu, mon commandant.

— J'ai tenu à monter jusqu'ici pour me rendre exactement compte sur place de ce qui s'est passé. Si cela peut vous consoler, nous n'avons pas dormi plus que vous à Dampont : tous les points d'appui ont été plus ou moins accrochés mais c'est le vôtre qui a reçu le paquet. Vous devriez essayer de vous reposer pendant qu'il fait jour car j'ai l'impression qu'ils vont recommencer cette nuit.

— Moi aussi. Ils doivent être dans une rage folle ! J'essaierai de dormir à un moment de la journée mais, pour le moment, il s'agit de remettre le point d'appui en état... Le dispositif de défense que j'avais adopté hier n'était pas mauvais, puisqu'il a tenu, mais tout est chambardé.

— Nos tirs de barrage sont arrivés à point ?

— Vous pourrez dire à nos artilleurs qu'ils tirent vite et juste. Ils ont fait du bon travail... Seulement il faudrait m'envoyer du monde :

c'est incroyable comme les effectifs peuvent fondre en une seule nuit !

— Au revoir, mon petit... Je fais rétablir la ligne téléphonique.

— J'ai l'impression que ce sera à recommencer tous les matins !

— On le fera... Quand vous irez au repos, nous verrons ensemble ceux qui méritent une croix de guerre pour cette première nuit.

— Bien, mon commandant.

Et il se retrouve seul avec ses hommes et l'admirable sous-lieutenant Dorange, qui passera chaque nuit sur sa mitrailleuse.

Pendant neuf autres nuits, la sérénade recommence avec son orchestration qui annonce la mort à chaque seconde. Neuf nuits suivies de neuf matins où l'on vérifie la casse et où l'on ramasse la ferraille tordue : tout cela pour pilonner de la chair humaine qui s'agrippe à la terre. « Je m'accroche et je mords » est la devise du 102.

De l'autre côté du ravin, les Allemands ont dû finir par comprendre qu'ils perdaient leur temps avec le Harbusch, ce promontoire à la peau dure... Et ils préfèrent concentrer leurs efforts sur le village de Flastroff qui est la véritable clef de tout le sous-quartier nord. Un ordre parvient au commandant du P. A. 68.

— Désignez l'un de vos sous-lieutenants pour

qu'il vous remplace et allez vous installer à Flastroff.

Ne doit-on pas obéir aux ordres ?

Les belles nuits de Flastroff ! Des nuits de grand gala... C'est le petit village lorrain typique avec ses deux rues qui se croisent à angle droit sur l'unique place. Le P. C. a été installé par les unités précédentes dans l'ancienne maison du notaire qui est parti depuis longtemps comme tous les habitants. Il doit être réfugié quelque part en Dordogne. Il a bien raison : qu'aurait-il fait là, le notaire ?

Flastroff abandonné a été pillé et défoncé. C'est un village triste, protégé par quatre barricades. Les portes de chaque maison ont été bouchées à la diable, avec du fil de fer enroulé autour des poignées et des planches clouées. Des grenades dégoupillées en permanence ont été posées à tous les endroits où l'on a pu relever le matin des traces fraîches du passage de l'ennemi... Car il parvient à s'infiltrer chaque nuit dans le village pour le balayer à coups de mitraillettes.

— Bon Dieu ! C'est tout de même un peu fort, cette histoire-là ! Je vous jure qu'il n'y pénétrera plus !

... Sept heures du soir : les jours rallongent et cependant « les » voilà déjà ! Ils s'annoncent pas les petits claquements secs des mitraillettes suivis de la plainte des balles. Le procédé est destiné à énerver les hommes qui gardent les voies d'accès ; les quatre barricades sont toujours attaquées en même temps pour occuper tous les défenseurs mais cela ne prend plus. Il faudra que l'Allemand trouve autre chose : son « truc » est usé.

— Allô ? Ici Caligula, P. A. 71... Ils nous chatouillent... Rouillaut semble accroché assez sérieusement au P. A. 70 mais il tiendra... Passez-moi l'Enigmatique... Vous êtes paré pour les nouveaux tirs de barrage C. 34 et X. 62 ?... Bon... Oh ! Je crois que je ne dormirai sûrement pas de la saison !

Les balles claquent maintenant sur les volets clos du P. C. Ça alors, « ils » ne manquent pas de toupet !

— Tout le monde dehors ! Nettoyage des rues au fusil !

Un drôle de boulot, la purge d'un patelin ! Les Allemands longent les murs : par moments on a même l'impression qu'ils s'incrustent dans la pierre... Ils ont des salopettes noires en toile huilée et pas de casques pour que rien ne brille.

— Attendez-les dans les encoignures... Les bons tireurs dans les caves, derrière les soupiraux. Quand ils passent devant, en rasant les murs, tirez-leur dans les pattes !

Une salopette noire bondit.

— Je le tiens ! crie une voix française.

Mais la baïonnette a eu beau s'enfoncer... Il

n'y a eu qu'un crissement sur la salopette huilée : la baïonnette a glissé ainsi que les mains qui cherchaient à ceinturer l'homme. L'Allemand a filé comme un reptile. Malgré tout, le nettoyage continue, méthodique. La guerre d'Espagne devait ressembler à ce travail.

La plus grande difficulté vient de ce que l'ennemi connaît par cœur toutes les maisons, tous les recoins où il peut se camoufler en quelques secondes. C'est normal : il se fait conduire par des frontaliers qui ont habité le village et ont préféré filer en Allemagne quelques jours avant la déclaration de guerre. On devait les payer plus cher là-bas... Sur la cheminée du P. C. il y a une photographie de noces :

— Je parie qu'il y a au moins deux des garçons d'honneur de cette noce qui reviennent avec leurs nouveaux amis chaque nuit. Mais lesquels ? Si seulement nous pouvions en attraper un, nous l'examinerions attentivement et si nous le retrouvions sur la photo, il passerait un mauvais quart d'heure !

Ces hommes-là connaissent les moindres sentiers de la région depuis leur enfance. Par les beaux dimanches du temps de paix, ils devaient sûrement aller danser et boire en Allemagne.

L'organisation des patrouilles allemandes est remarquable : chaque groupe de six gosses est conduit par un frontalier qui marche trois mètres en avant. Dès qu'il s'arrête, une très faible lueur apparaît sur le sol. Elle va vers la gauche : aussitôt, trois des ombres huilées, qui le suivaient, progressent le long du mur, à toute vitesse, sur la gauche... La lueur va maintenant vers la droite : les trois ombres restantes filent sur la droite... La lueur s'éteint : ce n'est qu'une minuscule lampe électrique, fixée au bout d'une canne, qui n'éclaire que par terre en faisant un tout petit rond lumineux invisible de loin et que l'on pourrait prendre pour un reflet de lune. Avec ce joujou, on peut indiquer le passage à prendre, la maison à contourner, la mine à éviter et articuler toute la marche d'approche d'une patrouille. C'est simple : il suffisait d'y penser ou d'avoir la lampe...

Les Français y ont peut-être pensé mais n'en possèdent pas... Ni cannes ni chiens qui flairent l'ennemi à chaque fois que celui-ci essaie de tendre une embuscade. Il y a cependant longtemps que les commandants d'unités en ligne réclament ces étonnants chiens dressés !

Les groupes allemands ont également la cartouchière sur laquelle le guide peut appuyer un doigt pour qu'une autre lampe, accrochée dans son dos, s'allume le temps d'une seconde. Elle n'est visible que du chef de la patrouille qui est le premier à le suivre. Feu blanc signifie : « Mine, attention ! » Feu rouge : « Ennemi repéré »... Feu vert : « Suivez-moi, le chemin est libre. » Trois petites ampoules de couleurs différentes, fixées au dos de la salopette, permettent d'éviter beaucoup de catastrophes.

Les Français n'ont pas non plus la cartouchière qui sert de commutateur, ni les petites ampoules ni les salopettes huilées... Par contre, ils sont empêtrés dans leurs bandes molletières qui — à force de traîner dans la boue — ne sont plus devenues que d'informes bouts d'étoffe s'accrochant à tous les buissons. Ils sont accablés aussi de godillots aux semelles cloutées alors que les bottes en caoutchouc, qui ne font aucun bruit, sont réservées à ceux d'en face.

Malgré ces handicaps ridicules, on parvient à tenir tête à l'adversaire mais chaque nuit n'est faite que d'astuces qui se transforment en expédients de la dernière heure et qui, à la longue, épuisent la résistance humaine. Les nuits s'ajoutent aux nuits... Au bout de trois mois, la 2e compagnie est devenue squelettique. Quatre-vingt-dix nuits pendant lesquelles on ne peut pas dormir, suivies de quatre-vingt-dix matinées où l'on fait l'appel de ceux qui tiennent encore debout et où l'on ramasse les morceaux des autres, c'est trop... beaucoup trop quand il y a tant d'unités qui restent tranquillement cantonnées à l'arrière et qui auraient bien besoin, elles aussi, de recevoir l'indispensable baptême du feu.

Dans le poste de secours de Flastroff, le médecin-auxiliaire Lefèvre fait ce qu'il peut pour réparer les éclopés. Quand ils sont trop abîmés, il leur épingle une fiche sur la poitrine et les expédie dans une belle camionnette sanitaire toute neuve qui porte le nom d'une grande dame : la donatrice. En temps de guerre chacun ne doit-il pas offrir quelque chose ? Les uns c'est leur sang, les autres des voitures. On est quitte.

Le blessé qui part a un vague sourire dans sa barbe de quinze jours :

— A bientôt, les amis ! Je vous souhaite meilleure chance... Ne vous en faites pas : je reviendrai bientôt !

Il ne reviendra jamais.

Puis ce sont les nouvelles qui arrivent des autres points d'appui du secteur tenu par le régiment :

— Le sous-lieutenant de La Villéon a été tué le troisième jour à la tête du Corps Franc, au P. A. 75. Il a reçu une grenade en plein ventre, qui l'a étripé.

Avant de mourir il a quand même trouvé la force de murmurer : « Ma pauvre petite Monique... » Le nom de sa jeune femme qu'il laisse seule avec un bébé de deux mois. Qui sait ? Ça fera peut-être aussi un militaire pour la prochaine. Tristesse... Ceux qui ont vu La Villéon sur la civière disent que son visage était très beau dans la mort, tout pâle, presque timide comme à la popote de l'Hôtel de l'Ouest, à Mamers... C'est le premier officier du bataillon qui a été tué mais, pour peu qu'on ait de la patience, il y en aura d'autres. Le père Truc sait à présent qu'il ne le fera plus rougir, avec ses plaisanteries sur les bonniches, le petit sous-lieutenant de Saint-Cyr. En apprenant cette mort, l'Officier sans nom ne peut s'empêcher de songer :

— Cette grenade m'était destinée puisque c'est lui qui m'a remplacé au Corps Franc. Cela aussi, c'est injuste : il n'avait pas encore eu le temps de profiter de la vie comme moi.

Un matin, une autre nouvelle arrive du Harbusch : treize hommes y ont été tués au petit jour. Treize d'un coup, c'est beaucoup quand on doit rendre les premiers honneurs aux corps qui défilent devant vous sur des brancards improvisés et que l'on doit monter d'urgence pour les remplacer là où ils sont tombés. Le commandant de la 2e compagnie se retrouve au P. A. 68.

Une fois de plus, le point d'appui a été labouré par le 105. Pour peu que cela continue, son décor tendra à une vision d'Apocalypse. Une fois de plus il faut tout remettre en état pour recevoir le soir même l'adversaire comme il le mérite après un coup pareil. Le moral n'est pas fameux quand la nuit commence à descendre. Elle sera heureusement plus courte que trois mois plus tôt : avril a marqué le retour des beaux jours. Les arbres, qui ont pu résister aux bombardements, bourgeonnent. Bientôt ils seront couverts de feuilles : c'est l'éternel renouveau de la nature qui se révolte contre les lois de la guerre. La soirée s'annonce tiède et magicienne d'étoiles. S'il n'y avait pas la hantise permanente du coup de main ennemi et les relents du carnage de la veille, la nuit semblerait presque douce...

Elle le fut : l'adversaire, enivré sans doute par ce qu'il considérait comme un succès, ne vint pas. Il n'y eut pas un seul claquement de mitraillette mais, à minuit, des cloches se mirent à sonner à toute volée pendant cinq minutes :

— Cela vient de Zeurange, mon lieutenant.

C'était un village qui n'était occupé par personne : il aurait pu servir de village-type du « no man's land ». Les patrouilles franco-anglaises et allemandes s'y promenaient à tour de rôle ou y séjournaient un jour ou deux. Il leur arrivait bien parfois de s'y rencontrer : l'accrochage était alors d'une violence extrême et fulgurant. Cette nuit, ce ne peuvent être que les Allemands qui sont grimpés dans le clocher abandonné. Le lever du jour apporte l'explication :

— Regardez, mon lieutenant, ils ont planté un drapeau à croix gammée sur le clocher...

— Il n'y restera pas longtemps !

La nuit suivante les cloches restent muettes, mais le lendemain matin le drapeau tricolore a remplacé l'emblème nazi.

Enfin court la nouvelle fantastique, celle à laquelle personne ne croyait plus : dans quarante-huit heures, le régiment sera relevé et envoyé au grand repos. Après trois mois, le 102 pensait sérieusement qu'il avait été oublié pour toujours dans son secteur. Les cadres précurseurs de ceux qui vont le relever arrivent dans chaque point d'appui : ce sont des Ecossais.

Une par une, les sections de la 2e compagnie repassent, vidées, « la barrière » interdisant l'approche de la ligne Maginot.

— Halte ! crie une sentinelle. Qui va là ?

— Mangin P. A. 68 ! P. A. 69 ! P. A. 70 ! P. A. 71.

— Passez.

On peut respirer : il y a du monde en place, derrière... La marche est quand même accélérée : c'est celle d'hommes qui, cette fois au moins, ont réussi à s'en tirer. Certains soirs, au Harbusch, ils ont bien cru qu'ils ne reverraient jamais un pays civilisé. Eberswiller, avec ses boutiques et ses rues où se promènent quelques femmes, semblent un paradis. Entre les hommes du 102 et ceux du Reich, il y a maintenant les ouvrages fortifiés de la ligne Maginot : on peut donc se distraire. Les gars de l'Ouest en profitent pour se saouler au gros rouge et au cidre, par litres entiers. C'est leur façon de comprendre la fin d'un premier cauchemar. Il y a enfin trois mots qu'ils répètent tout le temps avec une sorte de délectation, trois mots dont la seule résonance permet de croire que la vie mérite encore d'être vécue : *le Grand Repos.*

On chuchote même de bouche en bouche que le 102 va être envoyé sur la Côte d'Azur pour se faire rôtir au soleil... « Ce serait tout de même merveilleux, pense le commandant de la 2e compagnie, si je recevais un billet de logement pour le Carlton de Cannes et si mes Sarthois campaient le long de la Croisette ! » C'est surtout trop beau pour être vrai : des régiments de paysans ont tout juste droit à des cantonnements dans des coins perdus. Ce ne sont pas des troupes très élégantes en ville : le 102 est ce qu'on appelle un régiment de « gros lourds ». Ce n'est que la bonne infanterie de réserve française, beaucoup plus à sa place dans la boue d'un Harbusch ou les ruines d'un Flastroff que sous le ciel trop clément de la Méditerranée.

Mais qu'est-ce que cela peut bien faire que l'on ne veuille pas de nos capotes crottées et de nos bandes molletières en loques dans des lieux enchanteurs ? Les deux choses importantes ne sont-elles pas de pouvoir prendre une bonne cuite et de savoir que l'on part vers l'arrière ?... Pour fêter ce double événement faste, il n'y a qu'à se pendre aux cloches d'Eberswiller : ça rappellera les sonneries nocturnes de Zeurange tout en flanquant la frousse aux civils qui croiront à une alerte ! Quelle bonne plaisanterie !

Mais les cloches n'ont pas le temps de tinter longtemps :

— Deuxième compagnie, rassemblement !

Ça chahute un peu sur les rangs mais tous les vivants sont là. Que c'est bon, la vie ! Il faudrait que ce soir durât toujours... Le 1er bataillon s'ébranle dans la direction de Mézières-lès-Metz où attend le chemin de fer qui ouvre toutes les perspectives de joie et de permissions.

L'Officier sans nom marche avec ses deux sous-lieutenants, le grand Georges et Bébé Cadum, dans la nuit, à la tête de sa compagnie. Les trois officiers se taisent parce qu'il y a moins de monde derrière eux que trois mois plus tôt. On approche de Luttange...

— Halte ! Dans quelques instants vous allez passer devant le cimetière où sont enterrés le sous-lieutenant de La Villéon et tous vos camarades tombés dans les différents points d'appui. Je comprends très bien que vous soyez un peu gris ce soir, un peu gais aussi... Mais il faut quand même se taire pour défiler devant eux :

Ils vous écoutent là-dessous. Il reconnaîtront, pour la dernière fois, le pas des camarades... Vous vous devez de rectifier les tenues et, bien qu'il fasse noir, mettez les baïonnettes au canon : ce sera votre façon de rendre hommage à leur sacrifice... A mon commandement : deuxième compagnie, garde-à-vous !... Arme sur l'épaule : droite !... En avant, marche !

Et dans la nuit, sous les étoiles, les sections s'avancent lourdement sur la route qui longe les barrières blanches du cimetière militaire... Une, deux ! Une, deux... Les phares des motocyclistes régimentaires ont pris en enfilade chaque rangée de croix de bois : c'est un ordre du colonel pour que les vivants puissent voir où dorment leurs amis. « Mon Dieu ! pense le commandant de la 2e compagnie. Le cimetière s'est meublé ! Au lieu de l'unique rangée aperçue quand nous montions en ligne, il y en a maintenant huit : tout cela pour notre division. Elle est gâtée. » A chaque fois qu'une section passe, le même ordre est répété :

— Têtes... Gauche !

Les visages tournent, comme mués par le même ressort. Les yeux, fatigués et brillants, regardent les croix blanches dans le halo des phares. Une ! deux... Les jarrets se raidissent : on défile pour les copains, sans galerie, rien que pour eux.

C'est fini. Les baïonnettes ont été rengainées

et le pas cadencé a été remplacé par le pas de route. Bien que les hommes aient maintenant le droit de parler, ils continuent à avancer en silence : le 102 a laissé un bout de lui-même au bord d'une route, sous la terre lorraine. Il en a gros sur le cœur.

L'embarquement en chemin de fer n'aura lieu que dans trois jours pour que tout le monde puisse se laver et reprendre figure humaine... Trois jours qui permettront d'oublier... Il faut oublier très vite en guerre si l'on veut trouver la force de la continuer. L'emploi du temps, affiché devant le P. C. de chaque compagnie, porte la simple mention : « Travaux de propreté. »

— Mon lieutenant, je vais enfin pouvoir écrire une longue lettre à ma femme...

— Mais oui, Leprovost... Tu pourras lui dire que tu reviens de ce fameux *baroud,* le mot à la mode dont ils ont plein la bouche à l'arrière ! Je pense qu'on a tort d'employer des mots pareils pour n'importe quoi... Qu'avons-nous fait d'extraordinaire, sinon perdre du monde ?

— Cependant, mon lieutenant, la vie que nous venons de mener pendant trois mois doit un peu lui ressembler, au *baroud* : ces coups de main, la nuit, ces villages encerclés, cette guérilla de bandits et la trêve de Dieu dès qu'il fait jour...

— Je suis assez mal placé pour te répondre, car je n'ai jamais autant fait la guerre que depuis que nous nous connaissons, mon bon Leprovost... Je n'étais comme toi qu'un civil.

— C'est fou comme ça peut changer un bonhomme, la guerre !

— Tu le crois vraiment ?

— Oui, mon lieutenant : en vous regardant... Mais il y a un point sur lequel vous me permettrez de ne pas être d'accord avec vous : c'est quand vous laissez entendre que, en ligne, nous n'avons rien fait ! Tout de même, au Harbusch ! Nous nous sommes défendus : ce n'est déjà pas si mal !

— Bien sûr... Veux-tu que nous fassions un pari ? Quand tu arriveras chez toi pour ta permission, tu tâcheras de retrouver un journal paru pendant chacun des jours où nous avons été en ligne et tu y liras le communiqué quotidien. Je te donne cent mille francs si tu trouves autre chose dans ce communiqué que la phrase suivante : « *Rencontres de patrouilles. Rien à signaler.* » Si tu perds, ce sera la preuve, aux yeux de la plupart de nos compatriotes, qu'effectivement nous n'avons rien fait !

— Et maintenant, qu'est-ce que vous allez faire pendant ces trois jours, mon lieutenant ?

— D'abord me laver, comme toi. Et ensuite, comme je n'ai pas de femme à qui envoyer mes impressions toutes personnelles, j'essaierai de dormir...

LE GRAND REPOS

Le 102 ne s'est pas couché pendant sa troisième nuit à Mézières-les-Metz : l'embarquement du 1er bataillon en chemin de fer doit être terminé à l'aube. Les deux premières nuits ont suffi pour se reposer et le régiment a pu se nettoyer. C'était indispensable pour partir enfin vers « le Grand Repos » et les permissions tant attendues. A 5 heures du matin, la dernière camionnette de compagnie est installée sur un wagon plate-forme. La locomotive est déja accrochée.

— Tiens ! remarque Bébé Cadum par la fenêtre du compartiment des officiers. Des avions ! Ce sont les premiers que nous voyons... Et nous sommes gâtés : il y en a au moins une centaine et de toutes les dimensions ! Des gros... des petits...

L'Officier sans nom a pris ses jumelles pour scruter le ciel sans nuage où les oiseaux d'acier étincellent dans un carrousel fantastique.

— Ils ont tous des croix gammées, dit-il.

— C'est très gentil à eux de venir nous souhaiter bon voyage, déclare Tondeur.

Mais les avions se sont mis à tourner lentement au-dessus de la gare : leur ronde devient inquiétante. Toutes les têtes des hommes du 102 paraissent aux portières des fourgons du train au moment où la D.C.A. française commence à entrer en action. De petits flocons blancs apparaissent au-dessus ou au-dessous de chaque avion, jamais sur l'appareil qui continue sa ronde sans paraître s'en préoccuper : il a déjà dû se rendre compte que la D.C.A. française n'est pas au point et que sa longue inaction de plusieurs mois ne lui a guère permis d'apprendre à ajuster un tir.

L'ennemi n'est pas long à riposter : ses bombes commencent à tomber par chapelets. Les usines entourant Mézières-les-Metz et la gare sont copieusement arrosées. Les sirènes d'alerte retentissent avec dix minutes de retard : dans la défense passive également, les guetteurs se sont enlisés dans la tranquillité. Ce n'est plus le zèle de la première nuit passée à Mamers où l'alerte était donnée pour rien. Les hommes, entassés dans les wagons, se regardent : il serait grand temps que ce train parte vers les régions plus calmes !

Voici enfin l'officier à brassard de la S.N.C.F. portant l'enveloppe libératrice qu'il va remettre au colonel. Seulement le texte du message n'est pas tout à fait celui que l'on espérait : c'est un pli du grand état-major qui annonce que toutes les permissions sont supprimées, que le train du « Grand Repos » ne part plus et que l'on doit débarquer immédiatement pour remonter en ligne. C'est le 10 mai : une date que les gens du 102 n'oublieront jamais et dont ils prendront pour toujours l'horreur... la date qui leur a volé leurs illusions de repos et de joie auxquelles ils avaient droit.

Sur le moment, ils ne rechignent pas trop pour quitter le train des espoirs enfuis : les bombes qui pleuvent un peu partout les incitent à quitter cette gare — principal objectif de l'ennemi — le plus rapidement possible. Le « Grand Repos » se résumera à un campement improvisé dans un bois voisin, à l'abri de la vue perçante des oiseaux de proie. Un nouvel ordre arrive :

— Essayez de dormir. Nous repartirons à la tombée de la nuit.

Quand celle-ci arrive, il est déjà trop tard : c'est une nuit de mai. De nouvelles cartes d'état-major ont été remises à chaque commandant d'unité : un simple coup d'œil permet de se rendre compte que la division va être envoyée sur la frontière du Luxembourg. Naturellement, le déplacement se fera, comme toujours, à pied.

Le départ s'annonce plus difficile que les précédents. Les hommes g...lent sur les rangs :

— Je t'en ficherai des grands repos comme ça !

— On aurait mieux fait de rester à Flastroff...

— Au moins, nous commencions à connaître le secteur et l'ambiance. C'était bien la peine de nous obliger à faire tous ces kilomètres supplémentaires pour du vent !

— Assez !

— Mais, mon lieutenant...

— Sac au dos ! Longez les bords de routes. Si les avions ennemis piquent, flanquez-vous sur les bas-côtés, dans les fossés, immobiles. Laissez-les passer et relevez-vous ensuite pour reprendre la marche.

Le régiment est parti. Le premier véhicule qu'il voit sur la route est un autocar carbonisé avec tous ses occupants : un avion allemand a dû le prendre pour un véhicule militaire. C'est la première fois que les hommes du 102 découvrent, à travers un massacre de civils, un visage de la guerre auquel ils n'avaient guère songé jusqu'alors. Si vraiment c'est la guerre totale — la vraie — qui commence, sera-ce bien merveilleux d'être resté civil avec ces avions pour lesquels les ouvrages les plus solides de Maginot et l'infanterie ne représentent aucun obstacle ? Et chaque homme pense à ceux qui lui sont chers et qu'il a laissés en se disant qu'il ne partait à la guerre que pour leur éviter de la voir de près. Les paysans-fantassins se demandent avec angoisse si leurs paisibles fermes de l'Ouest ne seront pas bombardées un jour comme celles de Flastroff ou de Colmen. Les soldats-citadins, eux, préfèrent ne même pas imaginer l'anéantissement systématique de leur ville. Mais nul n'ignore déjà que les bombes tomberont du ciel, la plupart du temps, au petit bonheur la chance : l'autocar pulvérisé en est la preuve.

A l'aurore, après une marche forcée harassante, le 1er bataillon traverse une agglomération : quelques visages de femmes ahuries apparaissent aux fenêtres pour regarder passer cette infanterie dont l'aviation ennemie vient de sonner l'hallali et qui, bientôt peut-être, perdra son titre glorieux de « reine des batailles ».

« Où vont-ils, ces fantassins ? semblent dire les civils. A quoi peuvent-ils bien servir maintenant qu'ils sont incapables de lutter à armes égales contre le feu qui vient du ciel ni d'empêcher que nos foyers ne soient détruits ? »

Quel est l'homme du 102 qui oserait répondre ce matin :

— A quoi nous servons ? Mais à colmater les brèches, à empêcher « les autres » de fouler votre sol ! « Ils » ne peuvent pas rester éternellement dans les nuées ! Le Ciel n'est à personne tandis que cette terre vous appartient : il faut donc l'occuper pour la défendre. Tant qu'un fantassin pourra continuer à s'accrocher à la glèbe, il en restera le seul maître. Le rôle éternel et obscur de l'infanterie ne changera pas tellement, malgré tous les avions du monde...

Sur le mur d'une maison, une inscription, faite hâtivement à la craie, porte la mention : « Abri, dix personnes. » Cela fait sourire : le bataillon y serait un peu à l'étroit.

Une femme, encore jeune, demande pendant une pause :

— Vous avez des nouvelles, lieutenant ?

— Aucune, madame. Et vous ?

— Il paraîtrait qu'*ils* auraient envahi la Belgique et le Luxembourg cette nuit.

— Depuis le temps qu'on s'y attendait, cela ne doit pas trop vous surprendre ?

— Non... Mais on finissait quand même par se dire que ça ne se produirait jamais puisqu'*ils* ne l'avaient pas fait en septembre... On pensait que les choses s'arrangeraient un jour ou l'autre...

— C'est très bien d'être optimisme, madame. Malheureusement, je pense que s'ils n'ont pas attaqué plus tôt, c'est qu'ils ne devaient pas s'estimer assez prêts. Aujourd'hui, ils le sont...

— Et vous ?

— Nous, madame ? Vous voyez : nous arrivons lentement...

— Vous montez en ligne ?

— Nous y retournons.

— Où cela ?

— Vous êtes trop curieuse... Notre halte est terminée.

Une nouvelle marche de quarante-cinq kilomètres, sous un soleil de plomb mais sans trop d'alertes aériennes ni de brusques reptations dans les fossés bordant la route, se termine à 11 heures du matin. Les hommes n'ont même plus la force de se plaindre : ils sont exténués.

— Il n'y a rien de tel qu'une longue marche pour remettre l'infanterie « dans le creux » ! affirme le père Dupied.

— Halte ! Repos jusqu'à ce soir.

C'est une nouvelle pause en pleine nature, sous des couverts riches de frondaisons printanières. Comme elle sait rester belle et calme, la nature ! Pourquoi les hommes n'essaient-ils jamais de l'imiter ?

Les avions ennemis ne se doutent pas que plus de trois mille hommes se cachent sous la verdure impassible qu'aucune brise n'agite. La seule consolation que peut avoir le fantassin français est d'espérer qu'en ce moment « notre » aviation — ces merveilleux chasseurs qui ont traversé en trombe le ciel de Paris pendant la dernière revue du 14 juillet — doit être en train de rendre la monnaie de leur pièce aux troupes allemandes qui tentent de se déplacer...

Le P. C. très provisoire de la 2e compagnie est installé sous un chêne immense qui porte deux dates inscrites sur une banderole de fer rouillé peinte en bleu-blanc-rouge : *1870-1918*. C'est, paraît-il, « l'arbre du Souvenir » destiné à symboliser le retour de la Lorraine annexée à la France. La rouille donne une certaine discrétion au symbole, sinon il pourrait faire croire aujourd'hui à une plaisanterie.

Le nouveau départ s'effectue à 8 heures du soir. Une marche interminable commence. Le 102 doit revenir de la frontière du Luxembourg à la Meuse en traversant de tristes régions : les anciens champs de bataille de Verdun avec leurs restes d'abris et de barbelés qui pourrissent sur place pour rappeler que la guerre précédente n'est pas si lointaine. On comprend que la population, qui regarde passer la troupe, la déteste : elle en a trop souffert et ne peut plus la voir, quelle que soit la couleur de l'uniforme. C'est la haine du guerrier — ou de celui qui l'incarne même s'il y a été contraint — qui n'apporte que la destruction, la ruine, la mort.

A Mogeville, où Maginot fut sergent, le régiment subit un nouvel embarquement en chemin de fer : le plus morne de tous ceux qu'il ait connus. Pendant le voyage, les hommes apprennent — tout se sait vite aux différents échelons de l'armée qui a été baptisée à tort « la grande muette » — que le 102 fait maintenant partie de la « réserve générale ». Ceux qui, tel le père Dupied, ont fait l'autre guerre, savent ce que cette expression ampoulée veut dire : le régiment est jugé bon pour tous les coups durs depuis qu'il a fait ses preuves en Sarre. Il servira à boucher un trou de la fameuse « poche » qui s'agrandit désespérément de jour en jour et d'heure en heure... Le débarquement a lieu à Rozet-Saint-Albin, un petit village charmant et riant de l'Aisne. Grâce à sa marche en crabe, le 102 s'est rapproché de Paris qui n'est plus qu'à une centaine de kilomètres. Les paysans de l'Ouest seront peut-être affectés à la défense de la capitale ? Si on leur avait fait cette prédiction, quand ils défilaient dans la banlieue parisienne au milieu de l'euphorie générale de la population, ils ne l'auraient pas crue. Il n'y en a pas un qui n'aurait répondu :

— Nous ne sommes plus au temps d'une bataille de la Marne ! Cette fois-ci, nous ne nous battrons pas sur notre territoire mais en Allemagne ou, au pire, en Belgique ! Vous oubliez donc que la ligne Maginot est infranchissable !

Au fait, qu'est-elle devenue dans toute cette déroute, la fameuse ligne ? Et les points d'appui de Flastroff, de Colmen, de Waldweistroff ?

Et le mémorable Harbusch ? Les Ecossais, qui ont fait la relève quinze jours plus tôt ne doivent pas être à la fête en ce moment. Et les porteurs de bérets qui narguaient la bonne vieille infanterie de ligne à l'entrée du Michelsberg et de tous leurs splendides ouvrages fortifiés ? Le 102 se demande déjà s'il n'a pas rêvé...

Il n'aperçoit pas un seul être vivant dans Rozet-Saint-Albin.

— Mon lieutenant, le village a dû être évacué précipitamment cette nuit par la population. Voyez...

Le spectacle est aussi ahurissant que désolant : partout, dans les jardinets et dans l'unique rue, les lapins et les poules courent en liberté. Avant de s'enfuir, les habitants ont ouvert les portes des clapiers et des poulaillers pour que les animaux ne crèvent pas de faim, enfermés. Ne se débrouilleront-ils pas mieux que les hommes ? Peut-être se replieront-ils vers le sud, eux aussi, dans l'espoir d'être mangés moins vite ? Dans les champs, les vaches meuglent pour que l'on vienne les traire... Toutes les portes sont ouvertes. Quand on pénètre dans une maison, on y voit des lits en désordre, qui devaient être occupés quelques heures plus tôt et sont encore tièdes... Des aliments inachevés attendent dans des plats sur les tables des salles à manger... Le vent de panique a balayé Rozet-Saint-Albin. Les Allemands en sont cependant encore loin ?

Au moment où le 102 ne pensait plus devoir rencontrer une figure humaine dans le village, une très vieille femme paraît sur le seuil d'une masure. C'est la seule habitante qui soit restée, n'ayant pu se résigner à abandonner sa modeste demeure. Elle semble très lucide, la vieille :

— C'est une véritable honte, lieutenant, ce départ en pleine nuit ! Si vous les aviez vus, tous ! C'est un conseiller municipal qui a semé la panique en embarquant toute sa famille dans sa voiture sans donner la moindre explication à personne ! Il faut reconnaître aussi que — pendant toute la journée d'hier — des autos et toutes sortes de véhicules, venant de la région de Laon, n'ont pas cessé de passer ! Il y avait de quoi devenir fou : « Partez, filez ! *Ils* arrivent ! *Ils* sont derrière nous ! » criaient les voyageurs penchés aux portières des voitures sans même que celles-ci ralentissent. A écouter tous ces gens affolés, on avait l'impression que chaque automobile était « la dernière » qui avait réussi à passer avant l'arrivée des avant-gardes ennemies. Vers 1 heure du matin, après le départ de « nos » habitants, le calme est revenu : je n'ai plus entendu passer une voiture, ni vu personne... Et j'ai pensé que c'était le véritable signe de l'approche des Allemands...

J'étais bien décidée à les attendre. Pourquoi s'en prendraient-ils à une vieille femme comme moi ? Ils ont déjà tué mes trois fils à l'autre guerre... Ils ne pourront pas me faire plus de mal ! Ce matin, quand j'ai entendu passer des motocyclistes, j'ai bien cru qu'*ils* arrivaient réellement... Mais ce n'étaient que des hommes de votre régiment. J'ai respiré... Si vous saviez comme cela fait plaisir de voir des troupes de son pays alors que l'on prévoyait celles de l'ennemi ! C'est une très belle émotion que je n'avais pas encore connue, malgré mes quatre-vingts ans. Pendant l'autre guerre, je n'habitais pas ici où je ne suis venue me retirer qu'en 1921. En tout cas, je puis vous affirmer qu'aujourd'hui je suis la seule habitante que vous trouverez à Rozet-Saint-Albin. Voulez-vous que je fasse réchauffer un peu de café ? Et j'y ajouterai même...

Elle n'eut pas le temps d'achever sa phrase, la bonne femme. Les avions gris-fer fonçaient... Les hommes, inquiets, avaient tous levé la tête.

— Camouflez-vous ! Si vous voulez être tranquilles ici, donnez l'impression que le village est vraiment inhabité. S'ils s'aperçoivent de là-haut qu'il y a de la troupe, ils bombarderont.

Grâce à ce camouflage, qui fut respecté, trois jours paisibles s'écoulèrent : ce fut presque la vie de château. On ne recevait aucune nouvelle mais on ne s'en portait pas plus mal. La 2e compagnie était même confortablement cantonnée : une villa charmante, entourée d'un magnifique potager descendant jusqu'à la rivière, lui servait de P. C.

C'était presque dommage que Duval ne fût plus là ! Il aurait trouvé d'admirables légumes sans être dans l'obligation de réchauffer les veuves ! « Le roi de la roulante » devait être, à l'heure actuelle, sur un quelconque lit d'hôpital après avoir sérieusement écopé dans le coup de main où La Villéon avait été tué. Tel qu'on le connaissait, il devait se morfondre en se demandant où pouvait bien être maintenant son régiment.

Malgré son absence, jamais la 2e compagnie ne fit pareille bombance : autant en profiter. Le plaisir serait de courte durée.

— Mangez tout ce que vous trouverez : lapins, poulets, légumes !

— Vous m'avez bien dit qu'un mécanicien avait été chercher votre voiture à Mamers pour la ramener à Paris ?

— Oui, pourquoi cette question saugrenue, Tondeur ?

— Pas si saugrenue que cela ! Comme il y a peu de chances qu'un régiment comme le nôtre soit envoyé à Paris, nous pourrions peut-être faire venir Paris à nous, sous la forme agréable de petites alliées ? Je connais deux ou trois jolies filles qui ne demanderaient sûrement pas mieux que de venir nous rendre visite... Votre voiture pourrait servir à les transporter. Et nous avons la possibilité unique de leur offrir un repas digne de Maxim's ! La voiture doit pouvoir venir facilement : nous ne sommes pas en zone interdite, ici. Voici les adresses de mes petites « copines », que vous pourriez envoyer à votre mécanicien.

— L'idée n'est pas déplaisante.

La lettre part aussitôt.

Quelques habitants commencent à rentrer, avec une grande prudence, le matin du troisième jour. Ils n'ont tous qu'une seule question à la bouche :

— Les Allemands ne sont donc pas venus ?

— Vous le regrettez ?

— Oh ! pas du tout ! Nous sommes tellement contents de trouver des Français chez nous que nous vous permettons de prendre dans nos potagers tout ce dont vous aurez besoin pour vos hommes.

— Merci de l'autorisation mais c'est déjà fait. Comme vous aviez laissé vos portes grand ouvertes en partant, j'ai pensé que vous ne verriez aucun inconvénient à ce que les premiers venus se servent ?

— Tout de même, mon lieutenant !

— Vous seriez partis d'ici sur ordre d'une autorité civile ou militaire, les choses se seraient passées différemment : rien n'aurait été touché. Mais ce n'est pas le cas : vous n'avez obéi qu'à votre propre initiative qui s'est vite transformée en instinct de conservation et a encore contribué à augmenter la panique dans la région.

— Mais... qui va me payer mes dommages de guerre ?

— Vous y pensez déjà pour quelques bottes de poireaux ou de carottes, des lapins et de la volaille ?... Mes félicitations ! Vous ne perdez pas de temps... Voulez-vous un bon conseil ? Attendez donc que la guerre soit finie pour vous adresser au Ministère compétent... Rassurez-vous : il y en aura certainement un ! Chaque guerre nous vaut un ministère des Dommages et de la Reconstruction ! Maintenant, je vous pose une seule question : si vous aviez trouvé ce matin chez vous les Allemands au lieu de nous, auriez-vous eu l'aplomb de leur poser la même réclamation ?... Non ? Alors filez !

Les jolies conquêtes de Georges doivent arriver le soir même pour le fameux dîner : ce sera la seule détente de ce « Grand Repos » manqué et chacun se prépare à recevoir dignement la tendre expédition... 7 heures déjà ! « Elles » devraient être là... La table est merveilleusement parée : ce ne sont pas les belles nappes qui manquent à Rozet-Saint-Albin ! Ni les roses de printemps, ni d'excellentes bouteilles dans les caves ! Que cette France est donc riche !

Le cuisinier de la popote s'est surpassé... Si l'on pouvait agrémenter le tout d'un peu de musique douce créant l'ambiance propice à ce genre de réception, tout serait parfait... Ce poste de radio suffira. N'offre-t-il pas également l'avantage — depuis que l'on est dans le village — de ne diffuser que de la musique ? Les rumbas et les valses s'y sont succédées du matin au soir. Tous les bavards habituels de la radio se sont tus : peut-être ont-ils déjà déménagé pour reprendre bientôt leurs « parlotes » inutiles devant le micro de Radio-Andorre ? A la frontière des Pyrénées, ils pourront déverser leurs flots d'éloquence en toute tranquillité et sans entendre le bruit de la guerre... Le seul texte qui s'intercale entre deux disques est le communiqué du G. Q. G. : il est d'un laconisme discret et n'apprend rien. Ce qui permet de tout supposer : le mieux ou le pire. Qui donc prétendait que la radio française était bavarde ? Ne fait-elle pas preuve d'une grande psychologie en ne répandant actuellement que l'harmonie, seule capable d'unir les hommes ? Tous les airs à succès et toutes les rengaines s'y succèdent entre la « Marseillaise » et le « Chant du Départ » destinés à ranimer la flamme cocardière que chacun voudrait continuer à porter dans son cœur... La soirée s'annonce divine.

Un bruit de moteur sur la route ? Le jeune état-major de la 2e compagnie se précipite : c'est sûrement la voiture des « Belles » !... Non ! Ce n'est qu'un motocycliste casqué apportant un pli du chef de bataillon. L'ordre est éloquent dans sa brièveté : on part dans deux heures et on remonte vers Soissons.

— Mais nos invitées ?

— Vous en attendiez donc, mon lieutenant ? répond le motocycliste en souriant. Je crains que ces dames n'arrivent pas ce soir : la route est barrée depuis midi, à quarante kilomètres en arrière. Ces aimables personnes ont dû être refoulées si elles ont seulement eu le courage de partir de Paris dans cette direction ! Ne pensez-vous pas qu'elles se seraient plutôt dirigées vers le Sud ?

Toujours ce satané « Sud » dont on parle de plus en plus !

Pour ne pas en perdre l'habitude, départ en pleine nuit. Sur la route de Soissons, des camions passent, tous feux éteints, en files interminables qui obligent le fantassin — continuant à se traîner lourdement à pied — à marcher sur le bas-côté, dans les ornières, avec tout son barda sur le dos.

L'entrée dans Soissons se fait au petit jour : c'est la première grande ville, abandonnée par ses habitants, que le 102 traverse. Jamais ville n'a semblé plus triste. La Légion étrangère s'y est installée. Y aurait-il un coup dur en perspective ?

— Essayez de vous reposer jusqu'à midi, ordonne le colonel à ses officiers qu'il a tous réunis. Les commandants de compagnie partiront en reconnaissance à 1 heure pour préparer la relève du 27ᵉ alpin qui aura lieu cette nuit au bord du canal de l'Ailette... Oui, messieurs, les Allemands ont avancé beaucoup plus que vous ne le pensiez : le canal est la dernière barrière naturelle qui borde la pointe extrême de la poche qu'ils ont faite dans le dispositif de défense en profondeur français...

Cette déclaration est accueillie dans un silence glacial.

— La 2ᵉ compagnie occupera la gauche du 1ᵉʳ bataillon, entre Vauxaillon et Pinon...

A 3 heures de l'après-midi, le premier contact est pris avec le lieutenant de chasseurs que l'Officier sans nom va remplacer.

— C'est à peu près calme pour le moment, déclare l'alpin. L'ennui est que l'on ne voit pas grand-chose de l'autre côté du canal. La position n'est pas excellente parce que les Allemands ont la chance d'avoir, en face, des hauteurs avec des sous-bois. Sur cette rive-ci, nous n'avons pas grand-chose comme observatoires.

A 6 heures, les commandants de compagnie sont revenus à Soissons pour donner leurs dernières instructions avant le départ nocturne qui devient une nouvelle montée en ligne. Dès qu'il fait nuit, les compagnies partent par sections échelonnées et déjà réparties selon les différents points qu'elles devront occuper le long du canal. La 2e traverse le plateaux de Laffaux en passant devant son moulin, de sinistre mémoire pour ceux de 14-18. A droite, c'est l'amorce du « Chemin des Dames » : un autre nom dont la poésie donne le frisson... Vauxaillon marque le lieu où la compagnie se scinde en trois tronçons. Son commandant donne un dernier ordre :

— Je pars le premier avec le centre du dispositif et les mortiers de 81... Rouillaut, vous ferez votre relève par l'extrême droite en partant du village de Pinon et vous vous rabattrez sur votre gauche en longeant le canal jusqu'à ce que vous ayez fait la jonction avec Tondeur qui effectuera la même manœuvre en opérant par l'extrême-gauche.

C'est une relève délicate qui ne se termine qu'à 8 heures du matin, en plein jour. C'est très long, une relève qui dure douze heures...

Avant de s'en aller, les alpins donnent un dernier conseil :

— Méfiez-vous de leur avion d'observation ! C'est un vieux « coucou » qui passe très lentement juste au-dessus de ce P. C. deux fois par jour : à midi et à 8 heures du soir. Faites bien attention, à ces heures-là, de camoufler votre nouveau dispositif et vos travaux : de là-haut, ils prennent sûrement des photos.

— Depuis combien de jours passe-t-il, cet avion ?

— Huit. Il vole assez bas.

— Vous l'avez signalé ?

— A chacun de ses passages ! J'ai envoyé compte rendu sur compte rendu mais il n'y a pas un seul avion de chasse ami qui se soit dérangé pour venir l'abattre ! C'est aussi incroyable que stupide parce que cet oiseau-là fait un travail rudement utile pour ceux d'en face !

— Pourquoi n'avez-vous pas tenté de le descendre vous-mêmes avec vos mitrailleuses ?

— Nous avons essayé cinq fois et j'ai de bons tireurs ! Il n'y a rien à faire...

Le vieux « coucou » d'observation était le type d'appareil le mieux blindé de toute l'aviation allemande : c'était une première raison pour laquelle il ne se gênait nullement. La seconde était qu'il savait, lui, qu'il n'y avait déjà plus d'avions pour l'abattre... Le fantassin français ignorait encore qu'une bonne partie des appareils dont disposait l'armée française — et qui auraient pu lui venir un peu en aide — avaient été écrasés par les puissantes escadres de Goering sur les terrains d'aviation dès le matin du 10 mai, avant même d'avoir pu s'envoler ! Il valait mieux, d'ailleurs, que le fantassin ne le sût pas : après les promenades insensées qu'on venait de lui faire effectuer dans toutes les directions, il avait bien assez de sujets d'inquiétude. Ces quelques journées avaient suffi pour l'arracher à sa torpeur béate et lui faire comprendre que « les choses » n'allaient pas toutes seules. Confusément aussi, il commençait à se demander si on ne l'avait pas trompé depuis des années et si la France avait réellement les moyens de se défendre. Il ne jugeait pas le haut commandement : il en était totalement incapable et il n'en avait plus le temps. Il ne lui restait qu'à agir, c'est-à-dire à se défendre pour essayer de limiter les dégâts qui devaient être déjà immenses. Mais, dans le fond de son cœur, il commençait à éprouver la crainte atroce d'assister bientôt au gigantesque écroulement de son pays. Heureusement, l'Allemand était à vingt mètres, de l'autre côté du canal, pour l'empêcher de trop penser...

La première journée se passa à aménager de nouveaux emplacements de combat et à camoufler avec soin le groupe des mortiers de 81. La chaleur de ce début de juin était accablante. Les hommes, casqués et en bras de chemise, avaient été répartis par petits postes dans le remblai, le long du canal ... ce qui ne faisait pas beaucoup de défenseurs en première ligne.

Chaque compagnie du 102, squelettique depuis la Sarre, tenait un front de cinq cents mètres alors qu'elle n'avait plus d'effectifs que pour en couvrir à peine deux cents.

La doléance qui montait de chaque poste, à chaque tour d'inspection, était la même :

— Le pire, mon lieutenant, ce ne sont pas les Allemands mais les moustiques ! Nous en sommes dévorés, ici !

— Tu finiras par en prendre l'habitude, Derouineau... Et en face, qu'est-ce qu'*ils* préparent ?

— Je n'arrive pas à *les* voir... *Ils* se cachent dans les bois... Je ne sais pas trop ce qu'*ils* fabriquent mais je vous garantis qu'*ils* travaillent ! On les entend taper sur des enclumes.

— Ils ont peut-être amené de la cavalerie pour franchir l'obstacle du canal aussi aisément que la rivière d'Auteuil... Et ils ferrent leurs chevaux...

Une détonation toute proche, sur la gauche, interrompit la médiocre plaisanterie et, presque aussitôt, une voix cria :

— Mon lieutenant, Ménager est touché !

L'homme était très pâle, les doigts crispés sur son fusil-mitrailleur.

— Ils t'ont eu, vieux ? Tu as dû trop te faire voir.

— Non, mon lieutenant ! Mussac a aperçu un officier de chez eux qui se tenait debout sur le remblai d'en face et parlait tranquillement avec deux de ses soldats...

— La moutarde m'a monté au nez ! avoua le sergent Mussac. J'ai trouvé qu'il ne manquait pas de « culot », ce Fritz ! Et je n'ai pas pu résister : j'ai tiré... Il a roulé dans le canal. Pas loupé, le frère ! Seulement les autres se sont vengés en balançant tout de suite une grenade.

— Où es-tu touché, Ménager ?

— Aux jambes... et aux « parties » !

— Montre.

Une nouvelle détonation retentit, assourdissante. Des éclats voltigent en projetant de la terre.

— Ah, ça ! *Ils* ne veulent donc pas que je te sorte de ce sacré remblai, mon vieux Ménager ? Mussac, remplacez-le au F.-M. pendant que je l'emporte... Allons, Ménager, un peu de cran ! Mets-toi sur mon dos en passant tes bras autour de mon cou... Ça y est ? On y va... Puisque les infirmiers n'osent pas s'aventurer jusqu'ici, je vais essayer de te ramener...

L'étrange promenade commence pour s'éloigner du canal.

— Ne g...le pas comme ça, mon gars ! Cela ne sert à rien. Je me doute bien que tu as mal...

Sept cents mètres, c'est interminable sous un soleil de plomb, avec, sur le dos, un poids inerte de soixante-dix kilos dont les jambes pendent lamentablement et du sang qui tache tout... A chaque avion ennemi, il faut se coucher le plus doucement possible avec le fardeau qui pleure...

Des brancardiers arrivent enfin :

— Allongez-le en évitant tout mouvement brusque.

L'homme est maintenant sur le brancard. Ses yeux marquent une reconnaissance infinie pendant que ses lèvres font un effort pour balbutier :

— Tais-toi ! Pourquoi fais-tu ces gros bons yeux de chien battu ? Ce qui vient de t'arriver est un peu normal : tu oublies que tu en as descendu quelques-uns en Sarre avec ton F.-M. ! Comme *ils* ne t'ont pas eu là-bas, ils ont essayé de se venger aujourd'hui... C'est une loi de la guerre ! Aujourd'hui c'est toi, demain ce sera peut-être moi ou ton ami Mussac.

— Mais ma femme ?

— Ta femme ? Qu'est-ce qu'elle vient faire ici ?

— Je vais rester infirme « là où je pense », mon lieutenant !

— Tu es fou ? S'il le faut, les médecins te feront une greffe... Je finis même par croire que tu es un veinard : tu vas être évacué tout de suite et toi tu l'auras, au moins, le « Grand Repos »...

Le soir tombe : il n'y a aucun accrochage le long du canal. Tout paraît calme.

— Largier, je vais en profiter pour faire un calque sérieux de la position : il sera très utile au colonel qui me l'a demandé.

Pour ce travail, le commandant de la 2e compagnie s'installe dans un vieil abri bétonné et oublié de l'autre guerre. Il faisait partie de la « ligne Hindenburg » et a été construit un quart de siècle plus tôt par les Allemands. Tout se retrouve...

Mais la fatigue accumulée et le besoin de dormir — contre lequel aucune volonté ne peut lutter — sont tels que l'officier s'endort. Le sommeil sera de courte durée et interrompu vers minuit par la brusque irruption de Largier dans le P. C. :

— Mon lieutenant, nous sommes encerclés !

— Quoi ?

— Le P. C. est cerné par les Allemands.

— Tu te f... de moi ? Comment auraient-ils pu passer puisque le front est continu le long du canal ? Tu te crois encore au Harbusch ?

Il sort quand même rapidement de l'abri. Autour de lui, les balles sifflent et claquent : Largier n'a pas menti. Mais alors, ce serait donc vrai cette histoire de parachutistes dont on parle depuis des mois sans en avoir jamais rencontré un seul ? Ce qui lui donne le plus d'authenticité cette nuit est qu'aucune arme ne tire sur le canal...

Là aussi, il faut deviner en quelques secondes le plan de l'ennemi sinon on risque d'être pris au piège sans avoir même pu se défendre : les Allemands tentent d'isoler les P.C. des commandants de compagnies. Qui sait si le chef de bataillon et le colonel ne sont pas dans le même cas actuellement ? Ça tiraille sur les arrières... Si l'ennemi réussissait, ce ne serait plus ensuite pour lui qu'un jeu de franchir le canal en n'ayant à enfoncer qu'une faible ligne de résistance dont les chefs de section ne recevraient plus d'ordres et où les hommes seraient privés de munitions et de ravitaillement. La première chose à faire, urgente, est de nettoyer le bois entourant le P. C... Heureusement, celui-ci est relié par un téléphone de campagne avec le P. C. du commandant de la compagnie installée à droite.

— Allô ! Gontolin ? Je suis obligé de t'appeler par ton prénom : on ne nous a donné aucun indicatif... Quoi ? Tu es coupé de l'arrière, toi aussi ? Plus de liaison avec le bataillon ? C'est encore heureux qu'ils n'aient pas repéré notre fil ! Nous allons d'abord faire un nettoyage entre ton P. C. et le mien : j'ai l'impression que nous ne sommes ennuyés que par quelques « pouilleux »... Je pars à ta rencontre : dès que notre jonction sera faite, nous en rétablirons une avec le canal. Ensuite nous nous occuperons de l'arrière. En joignant les effectifs qui nous restent, nous y arriverons...

La promenade nocturne sous bois commence, l'arme à la main.

— En voilà un, mon lieutenant !

C'est le premier prisonnier : un soldal feldgrau qui semble complètement exténué et ne parle qu'allemand.

— Derouineau, conduis-le tout de suite auprès du colonel. Ils pourront l'interroger là-bas : il y a là plusieurs interprètes. Profite de cette balade pour voir si nos liaisons avec l'arrière sont coupées. Si tu ne peux pas passer, reviens avec ton « protégé ».

— En voilà un autre, mon lieutenant !

C'est le braconnier Favereau, dit « lapin », qui amène le deuxième prisonnier :

— Largier, garde-le à mon P. C... C'est un feldwebel : il m'intéresse. Je l'interrogerai dès que ma jonction avec le capitaine Gontolin sera faite.

Celle-ci ne tarde pas : le nettoyage du bois a été rapide. Dès qu'il est revenu à son P. C., le commandant de la 2e compagnie commence l'interrogatoire du jeune feldwebel, grand garçon blond dont les yeux bleus étonnent dans une figure noircie par le combat. Le regard paraît candide mais il ne faut pas trop se fier à cette douceur apparente. Le prisonnier a conservé les mains croisées sur son casque.

— Baissez vos mains.

Il obéit, étonné.

— Je vois que vous comprenez bien le français ?

— Oui.

— Comment êtes-vous arrivé dans le bois ? Vous n'avez pas passé le canal à la nage ?

Un silence obstiné remplace toute réponse.

— Vous ne voulez pas parler ? Pourquoi portez-vous un brassard de la Croix-Rouge ? Les brancardiers marchent donc en tête de l'armée allemande à présent, avec une mitraillette sous le bras ?

Le feldwebel reste toujours muet.

— Vous avez faim ? Mangez ce morceau de pain et buvez un peu de « pinard »... Vous ne savez peut-être pas ce que c'est ?

— Oh si ! Monsieur l'officier... C'est bon, le vin !

— La langue commence à se délier... Quel âge avez-vous ?

— Vingt ans.

— Et vous êtes déjà feldwebel ?... C'est-à-dire que vous avez le même grade que papa Mirbal qui a vingt-cinq ans de plus que vous ! C'est merveilleux d'avoir des adjudants-chefs de vingt ans ! Ça ne m'étonne plus que leurs cadres soient aussi agiles...

— Vas-tu parler ? lui hurle Largier dans l'oreille.

— Laissez-le, Largier. Si vous étiez à sa place, votre devoir serait d'adopter la même attitude.

Emmenez-le et faites-le conduire auprès du colonel... Je voudrais tout de même, avant qu'il ne nous quitte, lui mettre quelques idées en tête car j'ai un peu l'impression qu'on leur a affirmé que cette guerre ne serait pour eux qu'une promenade...

Il s'était retourné vers le jeune Allemand :

— Puisque vous comprenez si bien le français, souvenez-vous d'une chose : ici nous ne sommes que sur l'Ailette et pas à la Marne ! Vous savez ce que cela veut dire ? Si c'était nécessaire pour vous arrêter, il y aurait une nouvelle bataille de la Marne... Il y aurait peut-être également un nouveau Verdun. Vos pères ou vos oncles ont dû souvent prononcer devant vous ce nom qui n'a pu leur rappeler que de mauvais souvenirs... Même si cette nouvelle Marne ou ce nouveau Verdun nous étaient funestes, nous nous retrouverions sur la Seine, sur la Loire, sur toutes les rivières de notre pays. Vous avez compris, jeune homme ? On ne vous a sans doute pas appris ce que pouvait être la volonté de résistance du peuple français ?

Le feldwebel blond aux yeux bleus avait écouté passivement, sans que son visage eût marqué la moindre réaction, avant de répondre d'une voix très calme en allemand.

— Qu'est-ce qu'il raconte ?

Largier, qui était Lorrain, tenta de traduire :

— Il demande quand on va le fusiller pour

pouvoir faire ses prières... On leur a dit que c'était inutile de se rendre parce que les Français fusillaient tous les prisonniers.

— Jeune Allemand, vous auriez pu poser cette question saugrenue en français ! Apprenez que les Français respectent les lois de la guerre et qu'ils n'ont jamais fusillé un prisonnier portant l'uniforme. C'est un privilège qui n'est réservé qu'aux espions ou aux francs-tireurs... Et si je ne vous ai offert que ce morceau de pain, que vous dévorez, c'est parce que je n'avais rien d'autre.

— On nous avait dit aussi, continua en français le feldwebel, que nous aurions des nègres en face de nous et que toutes les troupes françaises venaient d'Afrique.

— Ça, Largier, c'est un vieux restant de la terreur panique que les Allemands ont toujours eue des Sénégalais de Mangin au lendemain de l'autre guerre... Feldwebel !

Après avoir claqué les talons, l'homme blond s'était raidi dans un garde-à-vous impeccable.

— Feldwebel ! Sachez d'abord que les Noirs de nos colonies sont français comme nous... Ensuite, qu'avec ou sans troupes indigènes, nous finirons quand même par gagner cette guerre.

— Non, *Herr Leutnant !* répondit doucement le prisonnier. Vous ne la gagnerez pas, cette fois... Il y a vous, les combattants, qui avez du courage mais il y a aussi tous les autres, à l'arrière, qui ne croient déjà plus à votre victoire, qui n'y ont jamais cru et qui ne la désirent pas parce qu'ils s'en moquent... Cela fait près de vingt années que l'esprit de défaite ronge votre beau pays où l'on n'a fait que s'amuser pendant que nous nous préparions tous, dans la misère de notre grande Allemagne, à effacer un jour l'affront du *Diktat* de Versailles ! Vous, les Français, vous ne pouviez pas comprendre... Vous ne le vouliez pas, surtout !

— Emmenez-le, Largier ! Il commence à m'agacer avec tous ses discours !

Le feldwebel était un étudiant de Heidelberg.

Les armes automatiques venaient de commencer à tirer le long du canal.

— Mon lieutenant, un pli pour vous...

L'écriture était hachée, couchée sur un feuillet arraché d'un petit carnet que le commandant de la 2e compagnie connaissait bien : c'était le répertoire où se bousculaient les adresses des petites alliées du grand Georges.

« *Sous-lieutenant Tondeur à commandant 2e compagnie.*

Ils essaient de forcer pour franchir le canal. On tient. Cadence accélérée. Envoyez urgence munitions V. B., caisses de bandes mitrailleuses, grenades F. 1. Envoyez brancardiers et renforts. »

Un billet résumant admirablement la situation dans laquelle devaient se trouver en ce moment tous les chefs de section le long du canal.

— Le Moing, portez-vous avec votre groupe sur le canal pour vous placer entre les deux sections des sous-lieutenants Tondeur et Rouillaut. Cela leur permettra de resserrer leurs dispositifs en récupérant les hommes échelonnés qui assurent leur liaison.

Les blessés qui peuvent se traîner commencent à arriver du canal en apportant des nouvelles :

— Il y a pas mal d'Allemands descendus, mon lieutenant : ils flottent dans l'eau... Ça ne sent pas bon et ça va attirer encore plus les moustiques... Nous sommes un peu amochés mais nous sommes quand même bien contents parce que nous avons vu nos sous-lieutenants au « boulot » ! Ils n'ont pas peur de prendre le F. M. et ils savent s'en servir ! Ça se sent en face quand ce sont eux qui tirent.

— Tu es blessé à l'épaule, Leclinche ?

— Ce n'est pas grand-chose, mon lieutenant.. Mais nous avons caché le corps de mon camarade Molière vite sous des branchages parce que nous n'avions pas le temps de creuser : je lui ai fabriqué une petite croix que j'ai taillée avec mon couteau... Le lieutenant Tondeur nous a dit de ne plus penser et de tirer... Rouillaut grognait, comme toujours ! Il avait du chagrin... C'était un chic type, Molière...

— Je le sais. Malgré ton épaule, peux-tu porter ce pli à Tondeur ? Je n'ai plus personne à lui envoyer depuis que le groupe Le Moing est parti.

— J'y vais, mon lieutenant. Je suis bien arrivé dans ce sens, il n'y a aucune raison pour que ça n'aille pas dans l'autre...

Leclinche n'arriva jamais sur le canal.

— Gérard, file au bataillon. Dis que l'on m'envoie d'urgence une chenillette avec des V. B. et des bandes de mitrailleuses.

Gérard passera. C'était un dur, le cheminot communiste qui n'avait pas voulu être affecté spécial à la S.N.C.F.

— Voilà leur sale coucou d'observation qui rapplique avec le jour ! remarqua Largier.

L'avion tournait et personne, du côté français, ne semblait oser le gêner dans son travail qui préparait la mort en ronronnant doucement...

Bientôt l'artillerie ennemie, qui devait être camouflée à six ou sept kilomètres de la rive opposée, s'en mêla. L'Allemand reprenait son éternelle méthode : l'écrasement qui abrutit le fantassin ennemi sous un déluge de feu et d'acier de façon à créer « le moment psychologique » où les vagues d'assaut pourront être lancées et enlèveront la position.

Pour être sûrs de ne rien manquer, les artilleurs allemands tirent sur les deux rives du canal : cent mètres chez eux — tant pis ! ils ont de la jeunesse à faire massacrer — cent mètres chez nous. Ainsi tout le monde sera quitte : quand *ils* auront tué tout le monde, la place sera nette.

Un prisonnier, qui vient d'être interrogé hâtivement, vient d'avouer que sur le seul front d'un bataillon français, il y a trois régiments qui se relaient toutes les quatre heures. Leurs hommes sont amenés en camions blindés jusqu'à quelques centaines de mètres du canal. La 2e compagnie ne dispose plus que de cent dix hommes au lieu des deux cents qui constituent son effectif normal. Cent dix contre mille qui sont bien reposés parce que le commandement allemand a l'intelligence de ne pas les amener à pied d'œuvre par des marches épuisantes. Comme au Harbusch, le front français tient quand même, à coup d'astuces, mais cela ne durera pas si les munitions n'arrivent plus de l'arrière.

En fait de munitions, quatre hommes nouveaux, croulant sous un matériel volumineux, se présentent au P. C.

— Mon lieutenant, nous sommes envoyés ici pour le repérage par le son.

— C'est une plaisanterie ? Et qu'est-ce que vous voulez que je fasse de vous ? Vous n'avez même pas de mousquetons !... Enfin ! Installez quand même votre matériel puisque vous en avez reçu l'ordre. Quand vous serez à l'écoute, traduisez-moi au fur et à mesure ce que vous entendez : ça peut m'être très utile.

Le « coucou » à croix gammée tourne toujours.

— Il y a un as là-haut, déclare l'opérateur du repérage par le son, dont le matériel a été vite mis en place. Il parle tout le temps « en clair » sans perdre son temps à utiliser un code... Je vous traduis, mon lieutenant : « *Je vois P. C. en 72.34. Colonne de ravitaillement à cinq cents mètres Vauxaillon.* »

Maintenant, au-dessus du « coucou », des bombardiers à croix gammées tournent très lentement, eux aussi, comme des vautours qui attendent de foncer sur leur proie. Encore plus haut, dans le ciel, on aperçoit des petits avions de chasse brillants : les Messerschmitt.

L'opérateur, le casque à écouteurs sur la tête, continue à traduire :

« *En 73.44 batterie camouflée.* »

« *Répétez !* »

Ce « répétez » a été lancé par le directeur du tir allemand. Il est à terre, lui, dix kilomètres en arrière de leur ligne de combat, installé dans une voiture blindée : c'est le cerveau qui dirige par ondes. Et l'observateur du « coucou » reprend :

« En 73.44 je dis batterie camouflée. »

La voix du directeur de tir donne aussitôt l'ordre :

« Escadrille 27... Anéantir batterie en 73.44. »

Les bombardiers foncent en piqué. Et la batterie de 75, placée à six kilomètres derrière le P. C. de la 2e compagnie, voit toutes ses pièces sauter les unes après les autres. Ses servants et ses officiers sont tués sur place. La batterie a continué à tirer, malgré tout, tant qu'elle a eu une pièce intacte. Elle a fait cela pour aider l'infanterie, comme à Verdun...

Les bombardiers allemands peuvent être satisfaits de leur travail : après avoir rempli leur mission, ils reprennent de la hauteur. Ils sont repus.

Le ruban sonore n'arrête plus. La voix démoniaque ne se taira que lorsqu'il ne restera plus de vie apparente sur le terrain.

« Je répète P. C. en 72.34. »

— C'est le vôtre, mon lieutenant ! dit l'opérateur.

— Camouflez-vous ! Répartissez-vous dans les bois, un par un, à plat ventre ! Dès que ce sera fini, vous reviendrez ici.

Le directeur de tir allemand transmet immédiatement :

« Ordre escadrilles X. 60 et X. 28 mitrailler P. C. en 72.34. »

Cette fois, ce sont les Messerschmitt qui foncent, quatre par quatre. Le premier, très détaché de ceux qui le suivent, lance une rafale avec ses mitrailleuses, sans viser, uniquement pour bien indiquer aux autres l'emplacement exact qu'il a repéré. Les trois autres piquent derrière lui, échelonnés en quinconce. Ils passent en rase-mottes : le premier prend d'enfilade le boyau qui conduit à l'ancien abri de la ligne Hinderburg. La mort se perd dans la glaise. Le deuxième, légèrement décalé sur la gauche, vise tout ce qu'a manqué le premier et qui remue encore : ils se sont terrés là ! Le troisième achève ce qui a échappé par miracle aux deux premiers... Et tout ce « travail » se fait à six cents à l'heure.

Les Messerschmitt sont déjà loin, invulnérables, se moquant des faibles rafales de quelques F. M. français qui ont quand même essayé de riposter : la réponse désespérée d'une poignée de paysans-fantassins qui ont encore l'illusion d'avoir en main une arme pour se défendre... Pour la 2e compagnie du 102, comme pour toutes les unités de l'infanterie française, le véritable drame commence.

Ce sont maintenant les bombardiers qui relaient les Messerschmitt pour que le soldat français n'ait pas le temps de relever la tête. S'ils foncent un peu moins vite, c'est pour pouvoir lâcher leurs chapelets de bombes qui vont parachever la destruction.

Le ruban sonore continue à se dérouler, implacable :

« *Je vois toujours activité P. C. 72.34.* »

— Il n'y aura donc pas un seul avion de chez nous pour le descendre, ce sacré voyeur ! hurle le caporal Guillaumet. Mais où sont-ils, « nos » avions, mon lieutenant ? Et les fameux Curtiss américains dont on nous a rabâché les oreilles ? Qu'est-ce qu'on a pu nous bourrer le crâne !

— Tais-toi ! Souviens-toi plutôt de la note que nous avons reçue avant-hier du G.Q.G. et que je vous ai lue. Elle était destinée à chacun de nous et disait : « *Combattant français, si tu ne vois pas d'avion ami au-dessus de ta tête, c'est que l'on a besoin d'eux ailleurs pour faire un travail plus utile.* »

— Si vous trouvez que c'est réconfortant, ce « laïus », mon lieutenant ! Mais, bon sang, il devrait y en avoir ici, des avions ! Les Allemands en ont, eux ! Vous voyez bien qu'ils sont en train de tout écraser !

— Mon lieutenant — c'est l'opérateur du repérage par le son —, prenez mes écouteurs deux minutes... Vous *les* entendez ? *Ils* ont des milliers de petits postes de radio portatifs mais il est pratiquement impossible de repérer leur emplacement exact car ils les manipulent tous de la même façon. C'est formidable, une préparation et une discipline pareilles ! On nous a dit, pendant notre entraînement, qu'ils employaient des aveugles pour opérateurs parce que ces gens-là ont l'ouïe et le toucher beaucoup plus sensibles que les voyants... Tandis que chez nous ! Non, mais écoutez-moi ça : quelle misère ! Vous entendez ce cafouillis ? Ce sont deux postes français qui se gênent mutuellement... Ils ne manipulent pas pareil, ceux-là ! Grâce à cette différence, les Allemands peuvent repérer immédiatement l'emplacement de nos P. C. divisionnaires. Ils n'ont plus qu'à envoyer leur « coucou » pour vérifier et, quelques minutes plus tard, leurs bombardiers qui démolissent tout. Ce n'est pas plus malin que cela !

Les Messerschmitt recommencent à foncer sur le P. C., toujours quatre par quatre, suivis des bombardiers Heinkel, trois par trois.

— Mon lieutenant, un pli pour...

Mais l'homme reste la bouche grand ouverte : il est devenu violet en une seconde. Ses yeux injectés de sang lui sortent de la tête. Il s'affaisse en tenant toujours son pli à la main : il est mort. C'est le soldat de 2e classe Jean Sauvage. Il est tombé face au sol : son dos est fendu de la nuque au bas de la colonne vertébrale par les balles de mitrailleuses d'un Messerschmitt. A la cadence de trois cents balles à la seconde, il a été labouré, le paysan ! Découpé en lamelles... Et voilà Heurteloup qui hurle :

— Mon lieutenant, où êtes-vous ?... Je n'y vois

plus et il fait grand jour ! *Ils* m'ont crevé les yeux... J'ai ressenti un choc dans la tête...

L'homme se traîne par terre, à quatre pattes, comme dans sa petite enfance. Il continue à geindre :

— Je veux voir la lumière !

Ses yeux pendent, sanguinolents, en bouillie...

— Je suis là, Heurteloup, appuie-toi sur moi... Prends mon mouchoir... Applique-le doucement sur les trous : le sang coulera moins... Garde-le en bandeau... Mets ta main sur mon épaule : je vais te conduire jusqu'à un brancard... Tu vois que tu n'es pas mort puisque tu marches très bien ! Tu as plus de chance que Sauvage : il y est resté, lui...

— C'était mon meilleur copain, mon lieutenant. Ah ! Les vaches ! Ils nous ont sonnés... Mais qu'est-ce qu'on leur a fait, bon Dieu ?

— Il paraît que nous leur avons déclaré la guerre... alors ils la font ! Tu te souviens de Sauvage, en Sarre, quand nous avons reçu du 105 au Harbusch ?... Il avait fichu le camp et couru jusqu'à Flastroff ! Il n'en était revenu que quatre heures plus tard, tout penaud, quand c'était fini... Tu te souviens, Heurteloup ?

— Oui, mon lieutenant.

— A son retour, il m'avait même raconté une bonne blague.

— Une bonne blague ?

— Oui... Il m'a affirmé qu'il n'était parti aussi vite que pour aller chercher des renforts ! Tu te le rappelles ?... Attention ! Lève la jambe : il y a un tronc d'arbre... Eh, oui ! J'ai fait semblant de le croire ce jour-là, Sauvage, et je ne l'ai pas eng...lé parce qu'il avait eu peur. Ça nous est arrivé à tous et à moi le premier !

— Oui, mon lieutenant.

— Toi, tu es courageux, Heurteloup ! Tu viens de le prouver... Voilà le brancard : allonge-toi. Ça va ?

— Merci, mon lieutenant.

— A bientôt, Heurteloup !... N'oublie jamais que ton ami Sauvage n'a pas eu peur aujourd'hui : comme au Harbusch, il a assuré la liaison, mais cette fois c'était sur mon ordre et il n'est tombé qu'une fois sa mission terminée... Il était devenu brave ! Quand tu seras à l'hôpital et que les journées te sembleront un peu longues, pense à lui...

— Mais moi, je ne pourrai plus jamais voir ma femme, ni mes gosses !

— Tu n'en sais rien ! On a fait de tels progrès en ophtalmologie... Même si tu ne devais plus jamais voir ceux qui t'entoureront, tu sais très bien qu'eux te verront et t'aimeront encore davantage. Emmenez-le.

— Mon lieutenant, ce que je vais vous dire ne va pas vous sembler très gentil de ma part mais je voudrais que vous soyez blessé et allongé sur un lit d'hôpital à côté de moi. Vous pourriez alors me dire toutes ces choses que j'ai écoutées pendant que vous me conduisiez à ce brancard.

Ce fut l'adieu d'Heurteloup.

Le carrousel aérien s'était interrompu pour laisser le champ libre aux 105 Skoda. Ne fallait-il pas que tout le monde, en face, participât à la curée ? Les obus s'étaient mis à tomber comme en Sarre : quatre minutes, une minute, quatre minutes... la cadence de tir allemande.

— Qui donc prétendait que leurs artilleurs tiraient mal ? gouaille Mordret, l'homme de Belleville. Ça « nous pleut » sur « la cafetière » comme une vraie bénédiction !

Les Messerschmitt et les Heinkel ont fait sauter les batteries divisionnaires, une à une. Il n'y a plus une seule pièce d'appui direct derrière le 102 : l'artillerie allemande peut s'en donner à cœur joie et écraser, en toute tranquillité et avec méthode, le fantassin français qui essaie de s'accrocher à son bord de canal.

Les rares instants d'accalmie servent à panser les blessures et à enterrer les morts pour éviter que les corps ne se décomposent rapidement sous la chaleur torride.

— Préparez un trou pour Sauvage et donnez-moi le contenu de ses poches.

Celui-ci se résume à un pauvre portefeuille

dans lequel on trouve l'adresse d'un frère cadet matelot-torpilleur sur *Le Jaguar*. Il doit être quelque part du côté de Dunkerque si son navire n'est pas déjà au fond de l'eau. Il y a de pauvres familles en France, en ce moment...

Une enveloppe jaune, sur laquelle l'adresse du destinataire a été écrite par une main enfantine, s'échappe du portefeuille.

— Il n'était cependant pas marié et n'avait pas d'enfant ?

— Pas que je sache, mon lieutenant.

— Lis-moi cette lettre, Largier.

— Elle est signée : « *Micheline, Jeanne, Solange, trois petites élèves de l'Ecole Primaire de Cholet.* »

— Vite !

— « *Cher filleul, nous sommes bien contentes d'apprendre que vous pouvez enfin vous reposer après de vilains moments...* »

— C'est daté de quand ?

— Le 9 mai.

— Il devait conserver cette lettre sur lui comme un porte-bonheur ! Continuez...

— « *Vous avez écrit à Mademoiselle que vous viendriez nous voir dès que vous auriez votre permission. Prévenez-nous à temps pour que nous puissions vous préparer un grand goûter. Toute la classe fait des économies pour qu'il soit très bon ! En attendant, nous vous envoyons un colis qui contient quatre mouchoirs sur lesquels nous avons brodé vos initiales J. S. et le numéro de votre régiment. Nous vous embrassons bien fort, cher filleul, en vous disant vive la France !* »

— Largier, remettez cette lettre dans le portefeuille et envoyez le tout à l'officier des Détails... Je sais que ce garçon était orphelin et qu'il avait été élevé, ainsi que son frère, par l'Assistance publique. Ce n'est pas beaucoup, « une famille » qui se résume à un matelot perdu sur un torpilleur et à trois petites filleules qu'il n'a jamais dû voir...

L'artillerie ennemie a repris ses tirs d'écrasement.

— Si cela continue, mon lieutenant, je crains que toutes nos sections ne pourrissent bientôt dans l'eau du canal ou sur la berge, dévorées par les moustiques.

Des hommes arrivent, affolés, au P. C.

— Qu'est-ce que c'est que cette débandade ?

— 1re compagnie, mon lieutenant... Nous sommes complètement enfoncés sur la droite. Le régiment qui tenait Pinon a été anéanti : il n'y a plus rien. Alors notre capitaine a décidé de se rabattre sur vous pour que nous fassions front ensemble. D'ailleurs, le voici.

C'est Gontolin, qui a remplacé le père Dupied jugé un peu âgé pour une besogne pareille. En confiant la 1re compagnie à Gontolin, le colonel avait fait un excellent choix : il était difficile de trouver un homme plus remarquable et plus compréhensif. Professeur dans la vie civile, ce Beauceron savait faire preuve de la même psychologie à l'égard de ses hommes que lorsqu'il se trouvait devant ses élèves : il avait compris, dès le premier jour de la mobilisation, que des hommes mobilisés redeviennent des enfants terribles. Il n'élevait jamais le ton de sa voix lorsqu'il parlait :

— Groupons ce qui nous reste puisque ta 2e compagnie tient toujours sa « portion » de canal. Essayons de monter rapidement un dispositif de combat plus solide, une sorte de carré si c'était possible. Je suis mort de fatigue...

— Je suis d'accord avec toi mais je prends le commandement de l'ensemble : ici c'est mon sous-quartier et tu es chez moi. Il faut d'abord que ta compagnie fasse la jonction sur sa gauche avec l'extrême droite de Rouillaut : ce sera la charnière. Ainsi la droite de tout le dispositif sera couverte et le front restera continu... Les Allemands ont donc franchi le canal à Pinon ?

— Oui.

— C'est bien dommage...

Un homme de liaison arrive en courant :

— Mon lieutenant, un pli du lieutenant Lamachère...

Lamachère est le très « chic type » qui commande la 6e compagnie placée à gauche, de l'autre côté de Vauxaillon. Son message est lapidaire : « *Chez moi, ça tient comme chez toi. Bonne liaison entre tes hommes et les miens. A ma gauche, la 5ᵉ compagnie résiste bien mais le régiment, qui était à sa gauche, a été bousculé.* Ils *ont franchi le canal. La 5 est obligée de se rabattre normalement pour couvrir son flanc gauche. On va essayer de tenir comme cela.* »

— Hurrah ! Tu vois, Gontolin : il se débrouille très bien, ce Parisien de Lamachère... Il a amorcé exactement la même manœuvre que toi : notre dernier carré de résistance est en train de se former. Puisque nous n'avons plus de liaison avec le bataillon, c'est la seule solution qui nous reste. Maintenant, il faut à tout prix protéger nos arrières... La compagnie de Sauquet, la 3ᵉ, est-elle toujours en deuxième position derrière Vauxaillon ?

— Oui, mais il ne reste plus qu'elle.

— Cela suffit. Maurice, porte en courant ce pli au lieutenant Sauquet. Tu dois passer coûte que coûte, sans te faire prendre par les parachutistes qui pourraient encore traîner près de l'entrée de Vauxaillon.

Il griffonne vite un billet pour le commandant de la 3ᵉ compagnie :

« *Mon dispositif et celui de Lamachère n'ont pas bougé. Gontolin s'est rabattu sur ma droite pour protéger le flanc droit, la 5ᵉ compagnie en a fait autant sur la gauche de Lamachère pour protéger son flanc gauche. C'est à toi de protéger notre arrière car je n'ai même plus un demi-groupe de combat à y mettre. Dès que Gontolin le pourra, sa 1re compagnie reprendra sa place initiale. Je compte sur toi.* »

Sauquet comprend très bien la manœuvre désespérée et il fait exécuter sur place une volte-face à tout son dispositif : le carré du 1er bataillon est fermé. Dès que l'agent de liaison revient en apportant la confirmation qu'il n'y a pas à craindre de surprise sur l'arrière, l'Officier sans nom peut confier à l'ami Gontolin :

— Nous sommes parés... Au fond, ces Allemands emploient toujours la même tactique dans leur guerre de mouvement : ils essaient de refermer une tenaille. C'est ce que Ludendorff a raté sur une grande échelle pendant l'autre guerre et qui lui a fait perdre la bataille de la Marne... Ici nous sommes plus modestes : essayons de leur faire perdre un combat sur l'Ailette.

— Regardez, mon lieutenant ! crie un observateur. *Ils* commencent à jeter des passerelles sur le canal...

— Ribière ? Tes mortiers de 81 sont prêts ?...

Tondeur et Rouillaut ont compris : ils font reculer leurs sections de quelques mètres pour qu'elles ne soient plus juste au bord du canal et ne reçoivent pas leurs « pruneaux ». Ils sont épatants, mes jeunes sous-lieutenants ! Ils ont déjà deviné que je vais préparer une belle réception aux petits amis d'en face... Dès que les premiers Allemands auront mis le pied sur notre rive, grâce à leurs passerelles, tu les arroseras avec tes obus de 81, Ribière... Ecrase-les jusqu'au dernier ! Ça les calmera pour un bout de temps !

L'ordre est exécuté : la machine de guerre du « dernier carré » fonctionne avec la précision d'un mécanisme d'horlogerie. Les obus des mortiers de 81 — tout ce qui reste au bataillon comme artillerie d'accompagnement directe — commencent à tomber lourdement sur l'assaillant : c'est un projectile sans rémission, qui tue. Les dégâts qu'il occasionne sont très supérieurs à ceux du canon de 75. Et comme le tir se fait à vue, à peine à mille mètres, le résultat dépasse les prévisions les plus optimistes. Les Allemands sont stoppés net dans leur élan, ils hésitent et commencent à se bousculer en se gênant les uns les autres... Ceux qui ont atteint notre rive voudraient bien utiliser leurs passerelles en sens inverse pour rejoindre précipitamment leurs bases de départ de l'autre côté de l'eau mais ils n'en ont pas le temps. Le grand Georges et « Bébé Cadum » se sont déjà rapprochés du canal, en portant les mitrailleuses à bras et ils commencent à faucher tous ceux que les 81 n'ont pas eus.

Malgré ce feu roulant, les vagues d'assaut ennemies se multiplient. De chaque côté de leurs passerelles, sur leur rive, se trouvent des plaques blindées latérales derrière lesquelles des officiers feldgrau peuvent s'abriter des balles françaises tout en continuant à hurler, le revolver en main, à leurs hommes :

— *Alles heraus !*

Aussitôt une foule compacte d'hommes se précipite en courant sur les passerelles. Des hommes ? Plutôt des géants nordiques, nus jusqu'à la ceinture, portant des branchages sur leurs casques pour se camoufler, tirant avec leurs mitraillettes individuelles et hurlant en chœur le *Deutschland über Alles*... Cela évoque les invasions de toujours, les masses teutonnes, les hordes germaniques... C'est l'éternelle histoire qui recommence avec des envahisseurs qui ont l'allure de jeunes dieux et qui vont à la mort en chantant.

— *Heraus !* hurlent encore les voix d'officiers.

— *Heil Hitler !* répondent des milliers de voix nazies.

Si l'un de ces jeunes garçons a un moment d'hésitation devant les balles des mitrailleuses françaises qui balaient les passerelles en enfilade, l'officier ou un feldwebel le pousse en avant à coups de pied dans le derrière... S'il a une défaillance, l'officier l'abat d'une balle de son revolver. Ils n'ont pas le choix pendant leur attaque : s'ils ne tombent pas sous les balles françaises, ils seront assassinés par les leurs. De toute façon, la race des demi-dieux y passera : c'est une façon comme une autre de la renouveler. Cela s'appelle aussi faire la guerre...

Il semble que leurs réserves d'hommes soient inépuisables. *Ils* tombent, les uns après les autres, dans le canal et sur les berges, où leurs corps s'entassent. Les eaux tièdes, infestées de moustiques, sont rougies. Mais chaque homme supprimé est immédiatement remplacé par un autre, bien vivant, hurlant sa joie de vaincre ou de mourir.

Pendant toute la soirée, le système de défense français résiste aux assauts répétés. Un étrange phénomène psychologique se produit : plus la volonté de briser la ténacité des Français est grande chez l'Allemand, plus la rage du Français le pousse à continuer la lutte. Le 102 n'a d'ailleurs qu'une alternative : s'il fléchit, il sera anéanti. Il doit tenir jusqu'à l'arrivée de renforts que le haut commandement ne peut pas ne pas lui envoyer...

Les mortiers de 81 réussissent à tirer plus de deux cents coups — toute leur dotation en munitions y a passé — jusqu'à ce que l'ennemi, qui a mis huit heures à repérer leur emplacement exact, parvienne à les écraser à son tour avec du 105 Skoda. Finis les 81 ! Ils sont morts en beauté... Ils ont permis au 1er bataillon de continuer à remplir sa mission : *Je m'accroche et je mords...* Vers 10 heures du soir, quand la nuit de printemps est enfin venue, la 1re compagnie réussit à réoccuper, mètre par mètre, le terrain perdu sur la droite. A 11 heures, elle tient à nouveau « le bout de canal » qui lui avait été confié. Installé à son P. C., Gontolin appelle :

— Allô ? J'y suis enfin !... *Ils* n'avaient pas coupé le fil !... Dis-moi : ça m'a l'air de tirer très loin derrière nous ?

— Nous devons être en pointe...

Le commandant de la 2e compagnie ne se trompe pas trop : l'ennemi n'essaie plus de franchir ce tronçon de l'Ailette. Pourquoi s'obstinerait-il puisqu'il sait déjà qu'à quelques kilomètres plus à droite et plus à gauche, d'autres unités françaises ont flanché et qu'il a la voie libre. Il va se contenter de déborder le 102 en opérant un plus vaste mouvement enveloppant qui lui permettra d'avoir enfin la peau de ces paysans qui se cramponnent à leur bout de canal.

Mais il commence à avoir faim, le 102. Et il n'a plus de munitions. Gontolin rappelle :

— Allô ? Epatant ! As-tu reçu un pli du bataillon te disant qu'on te félicite ?

— Je m'en contre-f... !

— ... Et que les *Diables bleus* préparent une

contre-attaque sur la droite de Pinon pour refouler les Allemands qui ont passé à droite ?

— J'aime mieux cela...

— Les Alpins vont attaquer avec des chars, vieux !

— Hurrah ! Enfin des blindés !

— Ils vont essayer de m'envoyer un officier de liaison avant leur attaque qui aura lieu au petit jour.

— Bien. Permets-moi de te donner un conseil, vieux. Comme *ils* ont l'air de ne plus trop forcer sur le canal où ils ont été sérieusement mouchés, tu devais déplacer tes mitrailleuses en les orientant vers ta droite... D'après la carte que j'ai sous les yeux — et qui est la même que la tienne — tu sembles avoir un excellent champ de tir de ce côté...

— C'est exact.

— Quand les Allemands seront contraints de reculer au petit jour sous la poussée des Alpins, tes hommes n'auront plus qu'à tirer dans le tas par bandes entières... « Les autres » seront pris de flanc et ils s'en souviendront pour toujours !

— Vu.

Sur le canal, on n'entend plus que quelques coups de fusil français espacés ou, de temps en temps, l'éclatement d'une grenade-pigeon allemande. Les armes automatiques, les obusiers et l'artillerie ne tirent plus. Le ciel étoilé est également silencieux. On n'y entend plus le ronronnement exaspérant du « coucou » d'observation : il doit se reposer d'avoir si bien orienté la mort et la nuée de vautours qui l'accompagnaient est en train de faire son plein d'essence et de bombes. Demain, un nouvel acte du drame wagnérien se jouera : sera-ce le dernier ? En ce moment, ce n'est qu'un étrange entracte qui ressemble à une féerie lumineuse... Des fusées de toutes couleurs montent le long de la rive allemande comme si l'ennemi voulait offrir à l'adversaire un feu d'artifice gigantesque. Du côté français, c'est le silence : on essaie de panser tant bien que mal, dans l'ombre, les blessures... On épie aussi le moindre réflexe, la moindre ruse du terrible combattant qui semble prendre un plaisir extrême à éclairer le canal. Les fusées retombent dans l'eau en pluie d'étincelles : à chacune d'elles, pendant quelques secondes, les paquets de corps recroquevillés sur les berges, dans toutes les positions, apparaissent là où il y avait des passerelles pendant le jour... C'est un casque qui brille, un vêtement qui flotte, une odeur de cadavre dans la nuit chaude de juin... Par moments, on y voit comme en plein jour.

Tout à coup, la féerie devient rouge : tout le canal semble embrasé. Les Allemands ont allumé des feux de Bengale sur la portion de canal qui est face aux sections de Tondeur et de

Rouillaut : les sous-lieutenants sont vraiment gâtés.

— Qu'est-ce qu'*ils* peuvent bien préparer dans ce coin-là, mon lieutenant ?

— Je l'ignore, Largier, mais je vous garantis que nos mitrailleuses doivent les attendre... Peut-être vont-ils nous offrir l'une de ces bacchanales nocturnes qu'ils adorent outre-Rhin ?

L'explication de la féerie rouge apparaît sur la rive allemande sous la forme d'un calicot de toile blanche que l'ennemi a accroché à deux mâts sur la berge du canal et où il a peint, en lettres noires immenses, l'inscription massue destinée à démoraliser l'adversaire : « FRANÇAIS, LA SITUATION ACTUELLE DE L'ARMEE FRANÇAISE EST IMPOSSIBLE. VOUS FERIEZ MIEUX DE VOUS RENDRE. »

Il y a au moins là, chez eux, un effort de renouvellement : ils ne crient plus comme au Harbusch, ils écrivent ! Comme les Latins, ils pensent que — mieux que les paroles — les écrits durent... Et pour que l'effet soit saisissant, ils ont utilisé l'éclairage indirect des feux de Bengale. C'est à la fois enfantin et grand-guignolesque. La réponse ne se fait pas attendre longtemps : les mitrailleuses de Georges et de Bébé Cadum répondent par deux courtes rafales qui ne tuent personne parce que l'adversaire n'est pas assez fou pour se montrer sous le calicot mais qui coupent la banderole en deux... Des tac-tacs qui veulent dire : « Votre petite plaisanterie est appréciée à sa juste valeur. »

— Cette riposte de mes chefs de section n'est tout de même pas suffisante, Largier ! Tu vas te débrouiller avec deux malins comme Dérouineau et Favereau pour me confectionner un calicot de la même taille sur lequel tu peindras, en lettres encore plus grosses, les quatre mots que j'inscris sur ce bout de papier... Vous profiterez d'un moment où leur feu d'artifice s'interrompra pour planter les mâts de votre calicot. Quand ils recommenceront leurs illuminations, ils seront assez surpris. Vous m'avez compris ?

— Oui, mon lieutenant.

Deux heures plus tard, les Allemands purent lire, éclairée par leurs propres feux de Bengale, la courte inscription suivante : UNMOGLICH IST NICHT FRANZOSISCH. La politesse n'exigeait-elle pas, puisqu'ils avaient poussé la délicatesse jusqu'à nous avertir de notre situation en français, de leur répondre dans leur langue ?

Minuit, 1 heure, 2 heures du matin passèrent. Enfin Gontolin appela :

— Allô ! Je suis un peu ennuyé : je n'ai toujours pas vu l'officier de liaison des alpins annoncé... Et la contre-attaque est prévue pour 4 heures, dès que le jour poindra... Je te signale pourtant que j'entends derrière moi des vibrations sourdes : on dirait des moteurs qui tournent au ralenti. Ce sont peut-être nos chars ?

— Sûrement ! Tu as fait ce que je t'ai dit ?

— Oui.

— Alors tout ira bien.

A 4 heures du matin, ça se déchaîne sur la droite.

— Ecoutez tous ! Nos chars arrivent, enfin !

Le bruit de ferraille des chenilles est vite couvert par la fusillade intense qui vient de reprendre sur le canal.

— Mon lieutenant ! Il y a un blessé français qui hurle dans le bois...

— J'y vais.

Les plaintes, de plus en plus faibles, viennent d'un fourré. La voix répète avec peine : « A boire ! »

— Toudret, mon pauvre vieux...

— J'ai continué à crier, mon lieutenant, parce que j'étais sûr que vous viendriez me chercher comme vous l'avez fait pour Ménager avant-hier... Je ne peux plus marcher...

— Tu es quand même venu du canal jusqu'ici ?

— Les brancardiers ont essayé de m'emmener hier soir mais le bombardement d'artillerie a commencé... Alors vous pensez s'ils ont déguerpi en vitesse sans se préoccuper de moi !

Je ne les ai pas revus... Je n'avais plus qu'à me traîner sur les mains et sur les avant-bras pour essayer de rejoindre votre P. C...

L'homme s'évanouit, épuisé par sa reptation qui a duré toute la nuit : ses deux jambes sont broyées.

Il n'y a qu'une façon de le porter : sur le dos en laissant pendre les lambeaux de jambes dans le vide. Le retour vers le P.C. commence.

— Je sais bien, Toudret, que mon dos n'est pas très confortable mais tu avances tout de même un peu plus vite qu'en te traînant par terre... Je sais aussi que tu ne peux pas me répondre parce que tu as perdu connaissance... Mais moi j'ai quand même besoin de te parler, comme si tu m'entendais, pour trouver la force de te porter jusqu'au P. C... Rien ne prouve que tu ne t'en tireras pas. La seule question que je puisse me poser est de me demander s'il est préférable pour toi de continuer à vivre, pendant des années interminables, avec deux jambes articulées ou de mourir tout de suite.

Sur la droite, la fusillade se rapproche : des hommes arrivent du bois en courant.

— Gontolin ! Qu'est-ce que tu fais ici ?

— Je n'ai plus assez de monde pour tenir. Voilà tout ce qui reste de ma compagnie : l'effectif de deux sections. Les chars étaient allemands ! Et nous n'avons pas vu un seul alpin !

Il y en avait cependant eu — mais on ne le

sut que plus tard — au moulin de Laffaux. Un bataillon entier venait d'être anéanti à dix kilomètres en arrière après avoir chargé six fois de suite héroïquement. Il n'était appuyé que par quatre vieux chars Renault qui avaient tous flambé : de ce côté, la question était réglée.

— Il faut prendre une décision, continue Gontolin, sinon nous serons tous encerclés.

— Je n'ai toujours pas reçu l'ordre de bouger. C'est donc que je dois essayer de tenir... Le mieux est de nous regrouper comme hier et de reformer le carré qui nous a sauvés.

— Tu as raison.

Gérard revient du bataillon : il a réussi à passer à travers la tenaille ennemie qui se referme. Il est à bout de souffle et doit attendre quelques secondes avant de pouvoir parler :

— Mon lieutenant, je n'ai pas de pli écrit parce qu'*ils* auraient pu me prendre... Le commandant vous fait dire de vous replier progressivement, section par section, sur son P. C. La 3e compagnie est déjà en place pour protéger le repli. Il faut être sur la nouvelle position pour midi.

— Transmettez aux chefs de section et aux chefs de groupe isolés...

Le repli, avec tout ce qui reste de matériel utilisable, commence. Il est méthodique, sans précipitation qui amènerait la débandade. Pendant qu'un groupe continue à tirailler pour retarder l'adversaire, l'autre se faufile... et ainsi de suite jusqu'à ce qu'il ne reste plus un homme entre Pinon et Vauxaillon. Quatre kilomètres de repli stratégique, en plein jour, paraissent interminables.

A midi la 2e compagnie occupe sa nouvelle position sur le flanc gauche du plateau de Laffaux. Les hommes sont exténués.

— Mon commandant, il faudrait absolument que mes hommes mangent.

— Il n'y a plus rien.

— Et les munitions ?

— Faites comme les autres : débrouillez-vous !

Il vient de recevoir en pleine figure le plus beau commandement de l'armée française : le seul auquel on pourra obéir maintenant. N'est-il pas grand temps que chacun fasse preuve d'initiative ? Immédiatement, au P. C. du bataillon, un rapide conseil est tenu par les différents commandants de compagnie.

— A l'heure actuelle, le colonel doit être coupé de nous. Il n'y a plus de liaison.

— Vous estimez qu'il y en avait donc une ? Votre poste de radio ne marche même pas !

Le « coucou » d'observation vient de réapparaître dans le ciel : c'est l'heure de sa petite tournée d'inspection. Il est aussitôt suivi par les Messerschmitt qui recommencent leurs mitraillades en piqué selon la tactique qui a fait ses preuves.

Il n'y a plus un homme du bataillon qui n'ait compris que les renforts n'arriveront pas, mais chacun garde ses pensées pour lui. Le fantassin n'a plus que le droit de se taire et d'occuper la position qui vient de lui être assignée sans pouvoir répondre à l'adversaire puisqu'il n'a même plus le moyen de riposte. La nuit sinistre du troisième jour commence à envelopper le plateau... Dans la plaine, on voit s'allumer un peu partout des feux... Ce sont des meules de paille incendiées par les avant-gardes ennemies pour constituer de nouveaux triangles de feu qui permettront à l'artillerie allemande d'avoir des repaires de tir. Elle se déplace avec une rapidité foudroyante, leur artillerie ! Elle est entièrement motorisée. La nôtre agonise le long des routes ou des chemins en longs convois hippomobiles qui restent immobilisés et obstruent tout depuis que leurs chevaux ont été tués par les avions. Les artilleurs ne peuvent même plus dételer les caissons des cadavres de chevaux couchés en travers, empêtrés dans leurs harnais inutiles. Accroché au flanc du plateau, le 1er bataillon du 102 a assisté, impuissant, au carnage avant que la nuit n'ait recouvert l'horreur. Tous ceux qui pourront s'échapper conserveront en mémoire, pendant le restant de leur vie, la vision dantesque d'un crépuscule de juin sur une plaine de France.

Les villages que l'on vient d'abandonner brûlent : adieu Pinon, Vauxaillon ! Adieu, les plus belles fermes de l'Aisne qui avaient été reconstruites, toutes neuves, avec les indemnités versées pour les dommages de la guerre précédente dans la certitude qu'il n'y en aurait plus jamais... C'est la vraie richesse de la France qui s'effondre sous les regards de paysans de l'ouest qui attendent la mort près du « Chemin des Dames ». Cela ressemble à une farce monstrueuse : on a pris les mêmes qu'en 1914 et on les a placés dans les mêmes paysages pour recommencer la lugubre aventure.

— Le plateau est presque encerclé, mon lieutenant ! *Ils* lancent des fusées indicatrices à intervalles réguliers... Elles se rapprochent... Nous ne pourrons plus passer.

— Si nous en recevons l'ordre, nous passerons ! S'il n'arrive pas, nous resterons... Pense à autre chose, Gérard. C'est préférable... Nous allons tout de même tenter de faire évacuer les grands blessés d'ici une heure. Une section sera désignée pour assurer le transport à travers champs en profitant de la nuit et dans la direction de l'espace qui semble encore libre entre les fusées.

Mais le miracle, que personne n'attendait plus, se produit, annoncé par un bruit de moteur : un motocycliste divisionnaire arrive en apportant au chef de bataillon l'ordre de décrochage. C'est la première fois que ce mot — qui sera employé si souvent pendant les jours suivants — résonne douloureusement.

— Oui, mon vieux Sauquet, tu es comme moi : tu ne l'aimes pas ce mot !

L'ordre est précis : « *Repli général sur Soissons. Le dernier pont sur l'Aisne sautera à 4 heures du matin.* »

Et il est déjà 11 heures du soir ! Il ne reste plus que cinq heures à peine pour faire vingt-cinq kilomètres sans emprunter les routes... Mais, puisque c'est un ordre, il n'y a qu'à obéir.

Les « restants » de compagnies partent, échelonnés. Le commandant de la 2ᵉ — qui doit assurer la couverture de la retraite — entre une dernière fois dans la masure qui vient de servir de P. C. très provisoire de bataillon, pour voir s'il n'y reste pas des documents importants que l'ennemi pourrait trouver.

Un homme est assis tranquillement dans le P. C. C'est le Dr Lefèvre, ancien médecin-auxiliaire qui vient d'être promu médecin-chef du bataillon dix jours plus tôt : d'adjudant, il est devenu sous-lieutenant.

— Qu'est-ce que tu attends-là, « toubib » ? Tu ne sais donc pas que tout le monde est parti et que je suis le dernier avec mes bonshommes ? Les Allemands ne doivent pas être bien loin...

— Tant mieux ! Je les attendrai moins longtemps...

— Ah, ça ? Tu es complètement fou ?

— Tu oublies que tu parles au nouveau médecin-chef du bataillon ?

— Et alors ?

— Alors c'est un « Monsieur » qui doit rester avec les deux gars de ta compagnie que tu vois allongés au fond de cette baraque... Ils sont intransportables. J'ai fait partir mon médecin-auxiliaire, Guillemin, avec tous les blessés qui pouvaient encore supporter un déplacement... mais ceux-là !

— Tu crois qu'ils vivront ?

— Certainement pas ! Ils n'en ont plus pour bien longtemps mais on ne pouvait quand même pas les laisser seuls dans des heures pareilles. N'est-ce pas le rôle du médecin-chef de rester ? Qu'aurais-tu fait si tu avais été à ma place ?

L'Officier sans nom était incapable de répondre. Pour la première fois depuis le début de la guerre, il sentait les larmes affluer à ses yeux. Mais le Dr Lefèvre continua en souriant :

— Ne t'en fais pas trop pour moi !... Ça, on pourra dire dans les annales du bataillon que ma carrière de médecin-chef aura été courte ! Et moi qui enrageais de ne pas l'être ! Quelle rigolade !

— Oui...

— Tu te souviens ? Je te disais toujours que les vieux médecins d'active faisaient tout pour empêcher les jeunes médecins de réserve d'avoir des galons... Eh bien, cette fois, ils m'ont donné ma ficelle juste à temps pour qu'elle serve à quelque chose... Nous avons de bons souvenirs, toi et moi ! Tu es le premier qui m'a accepté à ta popote quand je n'étais encore que sous-officier. En me voyant rester ici avec deux grands blessés de ta compagnie, tu penseras peut-être que je méritais de m'asseoir à ta table... Ce sera aussi pour moi une façon comme une autre de te remercier de ton hospitalité... Ensuite, nous nous sommes pas mal vus en Sarre... J'en ai recousu quelques-uns de tes bonshommes, à Flastroff ! On se plaignait déjà, à ce moment-là mais c'était presque la belle vie en comparaison de cette nuit !... Au revoir vieux ! Tes hommes piétinent d'impatience... Donne-moi la main... Il faut être « sport » jusqu'au bout, comme tu le dis, n'est-ce pas ?

Une poignée de main pareille, on ne peut pas l'oublier quand on est lieutenant d'infanterie ou simplement un homme.

DÉCROCHAGE

« *Le dernier pont de Soissons sautera à 4 heures du matin.* » La phrase obsédante bourdonnait aux oreilles des hommes qui accéléraient le pas. Il fallait atteindre à tout prix ce pont avant l'heure fatidique, sinon ce serait l'isolement et l'encerclement définitif par les Allemands. Le drame était que ceux-ci continuaient à être transportés en camions blindés alors que l'infanterie française était toujours à pied.

— Camouflez-vous ! Ne bougez pas !

Une fusée éclairante venait d'être lancée par l'ennemi pour repérer l'itinéraire de repli de ce régiment qui lui avait résisté sur le canal de l'Ailette et qu'il aurait bien voulu voir derrière des barbelés. La durée de combustion de la fusée était longue pour permettre aux avions, volant très bas dans la nuit, de repérer enfin la petite colonne en retraite. On avait même l'impression que l'Allemand connaissait mieux la région que les gens du 102. Enfin la fusée s'éteignit.

— En avant ! Et d'une traite !... Il n'est pas question de faire une halte-repos.

Personne d'ailleurs n'en avait envie : il semblait que chaque paysan eût des ailes... Ce n'était nullement le désir de fuir qui animait les hommes mais celui d'éviter d'être pris bêtement, inutilement surtout, comme des lapins au collet. Tous s'étaient battus — à chaque fois qu'on leur en avait donné l'ordre, mais la hantise de la défaite leur était venue de l'arrière avec le mot « décrochage ».

Sur la grande route de Laon à Soissons, l'artillerie tractée allemande — dont les mises en batterie étaient de plus en plus fulgurantes parce qu'elles n'étaient gênées par rien — harcelait les dernières unités d'infanterie en train de se replier. Tous les croisements ou carrefours étaient bombardés systématiquement à intervalles réguliers. Pour les traverser, sans éprouver des pertes trop lourdes, il fallait étudier la cadence du tir ennemi. Des ruines se dressaient déjà dans la nuit : d'immenses raffineries de betteraves avaient leurs cheminées écroulées, leurs verrières défoncées, leurs portes béantes.

Une nouvelle fois, Soissons apparut au 102 mais vue du versant opposé : quand le régiment y était passé quatre jours plus tôt, dans l'autre sens, c'était avec l'espoir de trouver un front stable sur l'Ailette, quelque chose de solide... Il ne s'y était vu qu'isolé le long du canal en éprouvant la pénible impression d'avoir été abandonné à son sort. Combien de régiments s'étaient ainsi trouvés dans une situation identique pendant ces mêmes heures ? A peu près tous ceux dont la mission avait été de tenir la première ligne... Unités qui n'avaient pas été longues à comprendre que si les renforts n'étaient pas arrivés, c'était tout simplement parce qu'il n'y avait plus derrière elles qu'une immense débâcle.

— Passez vite le pont ! Il ne reste plus que dix minutes avant l'explosion !

Le gros de la 2e compagnie passa tranquillement mais son arrière-garde, commandée par Tondeur, dut franchir le pont au pas de gymnastique. Les techniciens du génie étaient pressés d'accomplir leur besogne. La 5e compagnie, qui était en retard, s'engagea sur le pont juste au moment de l'explosion. Après avoir été projetée à trente mètres en l'air dans un volcan de pierres, la 5e retomba en lambeaux dans la rivière où un bouillonnement succéda à la déflagration : seuls quelques casques flottèrent à la dérive. Adieu la 5e ! Pour elle, la guerre était terminée.

La 1re compagnie fut étripée par l'une des

dernières batteries françaises de 75 qui tirait encore du haut des collines dominant la ville à l'ouest et qui avait dû la prendre pour une unité allemande. Elle n'a pas eu de chance, non plus, la 1re !

Les blindés ennemis étaient déjà arrivés sur la rive opposée mais ne pouvaient plus passer : dans leur rage, ils mitraillèrent les quelques retardataires qui s'étaient jetés à l'eau et essayaient de remonter sur la rive restée française en utilisant les restes du pont démoli. Les Messerschmitt et les Heinkel foncèrent en piqué pour se joindre à la curée habituelle.

Pendant ce temps la 2e compagnie se faufilait dans la ville en rasant les murs.

— Attention !

D'un bond, une section s'était plaquée contre les maisons de droite : le mur, bordant la rue à gauche, venait de s'écrouler dans un fracas qui couvrit les cris. On n'entendit plus que quelques râles sous des amas de pierres.

Dans la côte de Courmelles, stationnait, orientée en sens inverse, une longue file d'autobus parisiens dans lesquels des hommes étaient entassés : c'étaient des troupes fraîches, enfin ! Et, naturellement, ce régiment arrivait encore de l'Ouest. Formé de Bretons jeunes et calmes, c'était une excellente unité d'active à laquelle on pouvait faire confiance et qui tiendrait le coup pendant les quelques heures dont le 102 avait besoin pour se reposer. Justement il y avait, un peu en arrière, un bois où l'on pouvait se mettre à l'abri des avions et où le colonel parvint à rassembler les effectifs qui lui restaient. Il fut admirable de flegme, le colonel. C'était beaucoup grâce à lui que le régiment avait pu être sauvé de la tenaille qui, maintenant, s'était refermée sur le plateau de Laffaux. Mais cela, les hommes ne l'apprirent que beaucoup plus tard. Sur le moment, ils n'avaient vu que ce qui s'était passé dans leurs sections ou dans leurs groupes. Ils ne pouvaient pas comprendre que conduire des hommes à l'échelon régimentaire dans une pareille retraite, continuer à les tenir en main, faire l'impossible pour les nourrir et les ravitailler en munitions, est une tâche écrasante quand les services compétents de l'arrière se sont déjà repliés depuis longtemps. A chaque nouvelle mise en place du régiment, il fallait tout réorganiser. Le colonel du 102 resta toujours à son poste, incarnant l'autorité.

Le malheur voulut qu'un avion ennemi repérât la fumée d'une roulante, qui montait audessus des arbres. Il ne restait cependant plus qu'une roulante au lieu de quatre pour nourrir chaque bataillon. Les autres, privées de chevaux, avaient dû être abandonnées. Les bombardiers allemands s'en donnèrent à cœur joie : les arbres du bois se couchèrent, frappés à mort eux aussi. Il n'y avait plus qu'à déménager, une fois de plus.

Un abri inespéré mais très relatif fut offert par la ferme de Montrebœuf dont l'immense cour carrée se transforma vite en fortin. Ceux qui ne furent pas dans l'obligation d'en assurer la garde se jetèrent, exténués, sur la paille. Chacun pensait :

« Si je pouvais dormir, ne serait-ce qu'une heure, pour tout oublier ! »

La ferme fut épargnée pendant la courte nuit mais l'aurore ramena les vautours insatiables qui étaient de plus en plus nombreux. C'était à se demander s'ils n'avaient pas alerté tous les rapaces du voisinage en leur disant, dans leur langage de mort ponctué par les vrombissements des moteurs et le crépitement des mitrailleuses : « Venez vite ! Nous avons enfin repéré ce régiment que nous n'avons pas pu écraser complètement sur l'Ailette. » Le nouveau bombardement dura plusieurs heures : les avions se succédèrent par vagues au-dessus de la ferme qu'il fallut évacuer rapidement. Les pertes étaient lourdes. L'infirmerie régimentaire, installée dans une « creute », était débordée. Le capitaine-médecin mettait des agrafes pour empêcher les blessures de trop s'agrandir pendant que les infirmiers épinglaient des étiquettes sur les blessés : il restait heureusement quelques ambulances automobiles que l'aviation allemande avait épargnées et qui partaient au petit bonheur la chance, entre deux raids aériens, vers un hôpital de l'arrière. Mais les colonnes de ravitaillement d'artillerie, abandonnées par leurs conducteurs, obstruaient toutes les routes et les « sanitaires » étaient le plus souvent contraintes à traverser les champs. Sous les secousses on entendait les blessés qui hurlaient à l'intérieur.

Les nouvelles de la bataille engagée pour la défense de Soissons arrivèrent, transmises par des fuyards :

— La division fraîche, amenée en autobus, a été enfoncée avant même d'avoir pu être mise en place ! Les autobus incendiés par les bombardiers ennemis achèvent de brûler sur la route nationale... La résistance de Soissons n'aurait d'ailleurs servi à rien car les chars allemands ont réussi à passer en masse sur un pont, situé à dix kilomètres au nord, et que le génie français a oublié de faire sauter !

Un ordre bref du colonel mit rapidement fin à la psychose de panique, apportée par les unités en déroute qui passaient devant le 102 impassible :

— Formez le régiment en carré autour de la ferme de Montrebœuf de façon à bloquer les voies d'accès. Et arrêtez les fuyards !

Les bataillons se mirent en position sans

grande conviction : le 102 n'était pas parti en guerre pour jouer les gendarmes et remplacer la Prévôté aux Armées qui s'était déjà repliée « vers le sud » où elle devait trouver moins dangereux de régler l'intense circulation de la population civile sur les routes. Il n'était plus possible de stopper le lamentable défilé d'hommes découragés et abrutis par les bombardements aériens auxquels ils n'avaient pas pu répondre : toute l'armée française savait maintenant qu'elle n'avait plus d'avions et qu'elle n'en avait toujours eu qu'une quantité dérisoire... Elle s'était également rendu compte que ses effectifs en chars et en voitures blindées étaient ridicules par rapport aux redoutables *Panzerdivisions*... L'armée française savait qu'on lui avait menti, depuis des années, dans tous les domaines : sa rage silencieuse n'avait d'égale que sa honte.

Des milliers et des milliers d'hommes déferlaient en désordre vers l'arrière sans savoir même où ils allaient. La plupart d'entre eux n'avaient plus qu'une idée en tête : fuir le plus loin possible pour trouver un endroit perdu — oublié sur les cartes de l'état-major allemand — où il n'y aurait pas de *Panzers* contre l'acier desquelles la volonté humaine se sentait impuissante, pas de croix gammées non plus qui obscurciraient le ciel... Les milliers d'hommes partaient à la recherche impossible d'un ciel serein, d'un matin calme, d'un crépuscule sans incendies.

Ils continuaient à passer devant le 102, toujours immobile, dont les dernières mitrailleuses et les quelques canons de 25 encore indemnes étaient en position sur les routes, attendant l'adversaire qui ne serait pas long à venir puisqu'il n'avait même plus à combattre, à de rares exceptions près. Le rôle de ses « divisions de pointe » se bornait à talonner les fuyards et à faire prisonnières des divisions entières qu'il entourait de ses tentacules d'acier. Perdu, isolé à nouveau dans ce désarroi, le régiment de l'Ouest attendait de remplir la mission de retardement qui venait de lui être confiée pour limiter, pendant quelques heures, la ruée allemande dans ce coin de France.

— Pourquoi restez-vous là ? demanda en passant un homme d'une unité en déroute. C'est peut-être très beau, mais complètement inutile ! Dites-vous que, même si vous résistez au choc, le front a déjà craqué ailleurs ! Vous serez encerclés comme tous ceux qui ont voulu jouer les héros...

Et il disparut, entraîné par la masse. A quoi cela aurait-il servi de l'abattre pour propos défaitistes ? Son corps aurait été piétiné par les milliers de fuyards qui le suivaient. Il n'y avait pas non plus assez de munitions pour obliger ces hommes à s'arrêter : celles dont disposait encore le 102 seraient plus utiles contre l'ennemi.

Ce ne fut qu'en fin de journée que le flot de la déroute diminua. Bientôt, il ne passa plus un seul traînard : ce qui voulait dire que les autres venaient d'être faits prisonniers et que l'Allemand était tout près. Le bataillon placé à l'est, dans la disposition en carré, fut accroché le premier par l'implacable adversaire pendant que l'on entendait déjà au sud le claquement caractéristique des mitraillettes : l'ennemi n'était plus qu'à quelques centaines de mètres quand un nouvel ordre arriva de la Division : *Décrochage des éléments de couverture à 22 h 30. Repli général sur l'Ourcq où l'on s'installera sans esprit de recul.*

Cela rappelait étrangement le célèbre ordre du jour lancé par Joffre avant la bataille de la Marne mais l'esprit n'était plus le même que celui de 1914.

Grâce à l'obscurité, le 102 parvint à faire un décrochage miraculeux, sans trop de pertes. Le commandant de la 2e compagnie ne pouvait plus marcher : ses pieds étaient en sang dans des bottes qu'il n'avaient pas quittées depuis huit jours. Les pieds avaient gonflé sous le cuir durci : la chair était à vif.

Le chef de bataillon dut s'en rendre compte quand il lui ordonna :

— Prenez la moto de liaison et faites la reconnaissance de l'itinéraire de repli en direction de Marizy.

— Mais mon plan directeur ne va pas jusque-là !

— Le mien non plus : débrouillez-vous !

Cette fois, ce « débrouillez-vous » avait une résonance tragique. Il fallait quand même obéir.

— Tondeur ! Prenez l'arrière-garde de protection de la compagnie. Rouillaut, vous marcherez en tête de colonne. Je vous attendrai aux différents carrefours.

Mais la moto s'embourba et ne put pas passer dans les champs. Il fallut la remplacer par une simple bicyclette.

La nuit était totale : on ne voyait rien sur la nouvelle plaine de désolation. Au loin, sur la droite, un village flambait. Son clocher restait silencieux pendant que les flammes commençaient à lécher les murs de l'église : il n'y avait plus de sonneur pour faire tinter le tocsin... Dans le noir, à un carrefour, surgit l'enseigne d'un café éventré où l'on ne boirait plus avant un bout de temps. La 2ᵉ compagnie arriva après que son chef l'eut attendue pendant plus de vingt-cinq minutes : les hommes n'en pouvaient plus.

— Rouillaut, je viens de repérer un itinéraire défilé. Suivez ce chemin creux, où vous serez abrités, jusqu'à la route que vous longerez à droite et sur laquelle vous retrouverez le gros du régiment qui doit être à peu près à quatre kilomètres en avant. Pendant ce temps je vais essayer, en coupant à travers champs, de rejoindre la 1re compagnie et surtout de voir si notre roulante a pu passer !

Il fallait absolument que les hommes aient bu quelque chose de chaud avant de se mettre à nouveau en position sur l'Ourcq, au petit jour. Après une demi-heure de progression épuisante dans les champs, pendant laquelle il dut porter plusieurs fois sa bicyclette à dos, il réussit à rejoindre enfin la 1re compagnie.

— C'est toi, Gontolin ?

— Oui, répondit une voix dans le noir.

— Qu'est-ce que vous attendez à piétiner ici ?

— Des ordres...

— Où est le reste du 102 ?

— Devant, je pense...

— Je vais essayer de retrouver ma roulante : mon sergent-chef est très débrouillard. Je tâcherai de faire préparer quelque chose pour tout le monde.

— Vu.

Il pédalait sur la route déserte. Pour se diriger il ne lui restait qu'une mauvaise carte qu'il avait découverte au verso d'un almanach des P.T.T. ramassé dans la côte de Courmelles. C'était parfait pour se tromper.

Chouy : un nouveau carrefour... Ils doivent

être à gauche ? Rien ! Il n'y a qu'à revenir vers Troësmes, plus à droite... Personne ! Voilà l'Ourcq : c'est sûrement dans ces parages que l'on va prendre position ?

Une voix crie à l'entrée d'un pont :

— Qui va là ?

— Lieutenant X... 2e compagnie du 102.

— Capitaine Y... du 93. Dépêchez-vous ! Je fais sauter le pont. Les Allemands sont tout proches.

— Mais le 102 n'est pas encore passé !

— Je n'ai pas reçu d'ordres à son sujet. Il doit franchir l'Ourcq beaucoup plus au sud. Vous vous êtes certainement trompé d'itinéraire !

— C'est assez possible.

— Vous avez une route qui longe l'Ourcq dans la direction de La Ferté-Milon où vous trouverez le 102.

— Merci.

Le pont saute : un de plus ! Il semble même qu'il ait donné l'exemple dans la région : tous les autres ponts sautent, à intervalles réguliers, comme s'ils étaient atteints par la même traînée de poudre. Dans le silence de la nuit, les explosions sont sinistres.

La route repart vers l'Ouest ? Ce n'est plus du tout la direction indiquée ! Le mieux est d'abandonner la bicyclette encombrante pour pouvoir longer le bord de l'Ourcq jusqu'à La

Ferté-Milon : cette marche lui fait comprendre que l'Ourcq ne peut pas être une barrière pour l'envahisseur. La rivière où l'on doit tenir « sans esprit de recul » se résume à un mince filet d'eau serpentant dans les roseaux et évoquant une mare à grenouilles. Avec les maigres effectifs qui lui restent, le 102 ne pourra couvrir que deux kilomètres et ce sera déjà beaucoup ! Il trouvera, aussi bien sur sa droite que sur sa gauche, des espaces énormes où il n'y aura personne pour s'opposer au franchissement de la rivière et où les Allemands n'auront qu'à jeter de simples passerelles, en toute tranquillité. La ligne de résistance choisie s'annonce très défectueuse.

La Ferté-Milon est déserte mais on s'y bat déjà à une barricade nord : les balles sifflent comme à Flastroff. Une porte s'entrouvre tout doucement dans la nuit pour encadrer la silhouette voûtée d'une vieille femme qui rappelle celle de Rozet-Saint-Albin. Les vieilles de chez nous auraient-elles été désignées par un destin implacable pour garder nos villes abandonnées ? Une voix cassée demande :

— Qu'est-ce qui se passe, monsieur l'officier ?

La question est si imprévue qu'elle prêterait presque à rire si elle n'était pas posée à une pareille heure et dans de telles circonstances. Peut-être n'est-elle au courant de rien, après tout, la bonne vieille ? Pourquoi des gens plus jeunes auraient-ils perdu leur temps à lui faire comprendre que la guerre approchait de sa porte avec son cortège d'horreur. Il n'y avait qu'une réponse à lui faire :

— Nos affaires ne vont pas toutes seules, madame...

— Ah ? C'est donc la raison pour laquelle tous mes voisins sont partis depuis cinq jours.

— Vous n'avez pas eu envie de les imiter ?

— Où aurais-je été ? Je suis trop âgée pour m'aventurer sur les grandes routes... Mais nous allons quand même la gagner, cette guerre ?

— Certainement, madame... mais pas tout de suite !

— Je viens de mettre le nez dehors parce que j'entends du bruit au nord de la ville depuis un bon quart d'heure.

— Vous devriez rentrer vous mettre à l'abri chez vous, madame... Une balle perdue arrive vite... Ce serait si bête, à votre âge !

— Quatre-vingt-huit ans... Croyez-vous qu'ils s'attaqueront aux personnes âgées ? S'ils le faisaient, ce ne seraient pas des hommes mais des brutes...

— Ce ne sont pas des brutes mais plutôt des hommes qui ont une conscience très nette de leur force.

Les petits yeux de la vieille le regardèrent avec un étonnement mêlé de stupeur. Puis elle rentra dans sa maison en refermant lentement sa porte au moment où trois hommes passaient en courant dans la rue.

— Où allez-vous ?

Les soldats s'arrêtèrent, ahuris d'entendre une voix familière :

— C'est vous, mon lieutenant ?... Ça, c'est une veine ! Nous sommes de la 5e compagnie mais nous vous connaissons bien.

— La 5e qui a sauté sur le pont de Soissons ?

— Oui... le pauvre lieutenant Vincent ! Vous vous souvenez que vous l'aviez relevé au Harbusch la première nuit où vous êtes monté en ligne ? Nous y étions aussi... Il pressentait depuis le départ de Mamers qu'il lui arriverait quelque chose mais comment aurait-il pu prévoir que ce serait le génie français qui le ferait sauter sur un pont !

— Vous avez réussi à passer avant l'explosion ?

— Nous faisions partie du groupe de tête et venions juste d'atteindre la rive française quand tout a sauté derrière nous.

D'autres hommes en kaki arrivent, affolés : ce sont des artilleurs du 231e qui se sont mêlés aux fantassins. Une voiture sanitaire légère passe avec un lieutenant-médecin qui se penche à la portière pour demander :

— Vous n'avez pas vu le 130 ?

— Il fait partie de ma division mais j'ignore

où il se trouve. Moi-même je ne retrouve plus mon 102. Savez-vous où il est ?

— Non.

— Et le reste de la division ?

— En demi-compote, mon vieux ! J'ai été affecté comme médecin au 130 hier soir à 16 heures : il paraîtrait que tous les médecins de ce régiment auraient été tués ou faits prisonniers. Le seul renseignement que je puisse vous donner est que l'état-major de la division, qui se trouvait à Neuilly-Saint-Front, a déménagé hier soir en vitesse pour une destination plus au sud...

La voiture est repartie. Il faut absolument que le commandant de la 2e compagnie rejoigne Marizy. Une plaque indicative Michelin inespérée apparaît sur un mur. Hurrah ! le nom de Marizy-Sainte-Geneviève s'y étale, indiquant une distance de quelques kilomètres. En route ! Toujours à pied, naturellement.

Dans Marizy, il ne rencontre que deux fuyards du 102, deux pauvres bougres.

— Halte !

— Mais, mon lieutenant...

— Vous avez des mousquetons et des balles ? C'est suffisant. Vous appartenez à une C. A. ? Restez sous mon commandement. Où est le régiment ?

— Nous ne savons plus, mon lieutenant.

— En tout cas il n'est pas ici... Et voilà les Allemands qui rappliquent !

— Nous avons vu passer tout à l'heure un motocycliste qui nous a dit qu'il y avait un nouvel ordre de décrochage pour la Marne où la défense était solide.

— Suivez-moi.

La Marne ! Ils y vont, comme leurs aînés vingt-cinq années plus tôt. Il faut le nom prestigieux pour que le recul s'arrête. Les deux hommes semblent hésiter.

— Nous allons nous débrouiller sans cartes, leur dit-il. Dès que nous trouverons enfin un commandement stable, donnant des ordres précis et ne répandant pas de racontars, nous stopperons pour faire front avec lui. J'espère que, cette fois, la ligne de résistance sera étoffée et continue !

Il repart, suivi des gars qui ne sont pas très enthousiastes. Le jour s'est levé. Ils sont sur une petite route déserte au-dessus de laquelle passent des Messerschmitt qui foncent en piqué sur les trois hommes dès qu'ils les aperçoivent. Vingt fois il faut se coucher dans le fossé pour éviter les rafales.

— J'en ai marre, mon lieutenant, de cette gymnastique ! Autant crever tout de suite...

— Ta g...le ! Debout !

Et ils se relèvent.

— J'ai faim, mon lieutenant.

— Tu n'es pas le seul.

L'entrée de Mary-sur-Marne est gardée par quelques pionniers, dotés de vieux fusils Gras et commandés par un sergent de la garde mobile. Serait-ce tout ce qu'il y a pour résister victorieusement devant la Marne ? La mauvaise blague devient monstrueuse. Cette poignée d'hommes de quarante-cinq ans ignore tout de ce qui se passe et n'a qu'une question sur les lèvres :

— Sont-*ils* encore loin ?

— Fichez-moi la paix ! Nous avons peut-être encore le temps de nous organiser ici et de faire du bon travail. Qui est votre chef ?

— Le commandant Giron.

Il arrive. C'est un brave, un vieux briscard de 14-18 rappelant le père Dupied. Il sait donner des ordres qui n'admettent pas la discussion et sont les plus difficiles parce qu'ils sont irrémédiables dans la défensive : ceux de la dernière heure.

— Mon commandant, il faut absolument que je retrouve le 102 avec ces hommes qui lui appartiennent.

— Non ! J'ai besoin de vous ici, lieutenant : c'est plus urgent. Je vous donne le commandement de deux sections d'Espagnols d'un régiment de marche de la Légion... Vous me mènerez ces gens-là au pas et à l'œil. Compris ? Débrouillez-vous pour les faire manger et je veux que tout soit sur pied dans deux heures. Je vais me renseigner pour tâcher de savoir où l'on regroupe les restes de votre D. I. dont j'ai vu passer beaucoup d'éléments.

Deux heures plus tard, un embryon de nouvelle compagnie était né sans cadres, avec un seul officier.

— Lieutenant, je viens de recevoir un fil pour vous. Rejoignez immédiatement votre unité avec tout ce beau monde, que je vous passe, à Trilport par Armentières. Voilà un camion : vous y serez plus vite. Ils ont besoin de renforts là-bas. Ici, j'ai assez d'hommes avec mes vieux.

— Je ne le pense pas, mon commandant.

— Ne vous en faites pas. J'en ai vu d'autres ! Ça ira !

Cela n'a pas « été » du tout...

Dans le camion — le premier où il ait voyagé depuis le début de la guerre —, les hommes veulent poser des questions :

— Où nous emmène-t-on, mon lieutenant ?

— Ça ne vous regarde pas mais je pense que l'on va nous incorporer dans le dispositif de défense éloignée de Paris.

Le voyage s'annonçait presque trop confortable : le camion tombe en panne.

— Tout le monde en bas ! En route !

La marche à pied recommence sous le soleil éclatant qui semble prendre plaisir à mettre en pleine lumière l'écroulement du plus beau pays du monde.

A Trilport, il n'y a pas de 102 : le renseignement « officiel » était erroné, lui aussi. C'est à Tublaines qu'il faut aller et là, un véritable miracle — que l'Officier sans nom n'espérait même plus dans tout ce désarroi — se produit : il est accueilli par un colonel souriant.

— Mon petit, lui dit cet officier aux tempes argentées, je sens que vous n'en pouvez plus mais je vous demande quand même de m'aider. Comme vous êtes commandant de compagnie, je vais vous donner pour adjoints un lieutenant et un sous-lieutenant car votre tâche ne sera pas aisée. Nous avons recueilli ici, depuis quarante-huit heures, pas mal d'hommes de votre division qui m'ont tous fait une excellente impression. D'après ce que je sais, c'est une belle division qui s'est aussi bien battue en Sarre que sur l'Ailette : en réunissant des nouveaux qui se trouvent ici, on doit pouvoir reconstituer une solide unité. Vous allez trouver des hommes du 102, du 93 et du 130, tous exténués mais dont l'esprit combatif n'a pas flanché. Il y a également des sous-officiers que vous devez connaître et qui vous serviront à refaire un encadrement sérieux. Vous pouvez constituer avec ces éléments une très grosse compagnie volante qui aura presque l'effectif d'un demi-bataillon et dans laquelle nous incorporerons les restes d'une compagnie antichar polonaise qui a été en partie volatilisée, quelques Tchécoslovaques du 11e régiment de marche de la Légion et vos lascars espagnols.

— Mon colonel, ce sera une vraie brigade internationale !

— Justement : vous êtes tout à fait l'homme qu'il me faut pour la mener... Et dites-vous qu'à l'heure actuelle, on ne peut plus faire un tri : on prend ce qu'on trouve !

Une heure plus tard, l'étrange compagnie était formée pour être jetée dans la bagarre. Son armement hétéroclite allait des vieux fusils mitrailleurs à chargeurs circulaires, abandonnés par des pionniers, à deux mitraillettes anglaises qui avaient atterri en ces lieux on ne savait trop comment. Il faudrait également utiliser trois sortes de cartouches différentes... Tant pis ! A la guerre comme à la guerre...

A ce moment, une autre nouvelle commença à courir dans Tublaines : les Italiens venaient de se déclarer nos ennemis et s'étaient mis de la partie pour nous prendre à revers sur le front des Alpes... Mais prudents, ils avaient attendu que l'hallali fût proche.

Puis ce fut, vers 1 heure de l'après-midi, le nuage de fumée inouï qui imprégna tout : il provenait des immenses dépôts d'essence de Rouen qui étaient en flammes... Fumée opaque dont les Allemands surent profiter pour franchir la Marne où ils trouvèrent encore un pont que l'on n'avait pas eu le temps de faire sauter. Ainsi il n'y aurait pas de bataille de la Marne au calendrier de cette guerre.

Un ordre est transmis au commandant de la nouvelle compagnie : « *Départ immédiat avec tous vos hommes pour le centre de regroupement de La Houssaye.* »

Encore un départ ! L'Officier sans nom n'ose plus compter tous ceux qu'il a vécus depuis un mois et il a le cœur serré à la pensée que, malgré tous ses efforts, sa vieille 2ᵉ compagnie s'éloigne de plus en plus... Evidemment, il a toujours avec lui des sous-officiers et des hommes du 102 mais ce n'est pas avec ceux-là qu'il a connu le premier départ, un soir en gare de Mamers.

— J'exécute l'ordre, mon colonel, tout en vous signalant que ces hommes ont faim... Et l'étape nous offre une perspective de quarante-cinq nouveaux kilomètres à pied !

— Je le sais : il faudra quand même franchir cette distance.

Plusieurs hommes tombèrent de fatigue en route et l'arrivée à La Houssaye ne se fit que très tard dans la nuit. Le centre de regroupement était installé dans un château qui aurait pu appartenir à une Belle au Bois dormant... Demeure irréelle dont les fossés remplis d'eau reflétaient de gracieuses tourelles qui se découpaient sur un fond de lune. Serait-ce vraiment dans ce décor enchanteur et reposant que l'on allait essayer de redonner le goût de la lutte à des hommes écœurés ? Pour le moment, ceux-ci dorment, affalés sur les marches du perron et sur les pelouses. Quelques-uns, trop fatigués pour trouver le sommeil, regardent arriver les nouveaux venus avec une totale indifférence : leurs regards restent hébétés.

C'était la vision la plus déprimante de la guerre que l'Officier sans nom avait eue jusqu'à ce jour : ce ramassis d'hommes, n'ayant plus de volonté, évoquait les pantins désarticulés ou l'un de ces mauvais chromos, dus à l'inspiration facile de peintres spécialisés dans les scènes de vie militaire et qui s'intitulent « soir de retraite ». Cela rappelait aussi les vers tonitruants du « père Hugo » racontant à sa manière une retraite de Russie mais « il ne neigeait pas » et l'on n'était pas « vaincu par sa conquête »... On se savait écrasé par l'organisation méthodique de l'adversaire, on se sentait anéanti devant l'imprévoyance dont les hauts responsables avaient fait preuve depuis des années, on demeurait bouleversé à la pensée qu'il n'avait suffi que de quelques semaines de guerre véritable — depuis le matin du 10 mai — pour aboutir à ce néant.

Et pourtant, il se trouvait encore au milieu de cet abandon général deux hommes énergiques : deux capitaines de réserve de cavalerie, deux magnifiques officiers de spahis repliés de Senlis auxquels avait été confié le commandement de ce centre improvisé hâtivement.

— Lieutenant, dit le plus âgé, vous m'êtes annoncé avec vos hommes. Vous allez vous mettre tout de suite à la tâche avec nous. Notre plus grande difficulté actuelle est de n'avoir des rations alimentaires que pour huit cents hommes alors que nous en avons déjà regroupé près de trois mille : l'effectif d'un régiment ! Ce soir, la seule chose que puissent faire les nouveaux que vous nous amenez est de dormir.

« Qui dort dîne », prétend un autre proverbe. Ce doit être vrai mais pas chez l'homme exténué que la faim tient éveillé. Toutes les pelouses du parc étaient occupées, toutes les rues de la petite ville étaient jonchées de souches humaines qu'il fallait enjamber... A 2 heures du matin un nouvel ordre arriva au centre. Pour peu que la cadence de ces messages portés par motocyclistes continuât à s'accélérer, on n'aurait même plus le temps d'exécuter un seul ordre ni même de s'arrêter ! C'est la preuve la plus certaine que le haut-commandement ne sait plus où donner de la tête. Le nouvel ordre indique également qu'il ne cherche plus maintenant à limiter les dégâts : « *Départ immédiat. Direction Melun, Fontainebleau, en contournant Paris. Chaque commandant d'unité regroupée au centre rejoindra Recloses avec ses hommes comme il le pourra... Paris est déclaré ville ouverte.* »

Un sergent du 102 affirme :

— Les Allemands y entreront demain !

Un autre du 93 surenchérit :

— Il paraît qu'ils sont déjà à Rennes...

— Qu'en savez-vous ? Tout cela est faux !

— Non, mon lieutenant. Tout est vrai.

La marche infernale recommence autour de la capitale. L'Officier sans nom ne peut s'empêcher de penser aux trains militaires qui étaient acclamés au début de septembre dans ces mêmes parages... Aujourd'hui, la grande banlieue ne dit même plus bonjour à la troupe : elle la méprise ou la hait, ne faisant aucune discrimination entre les unités qui se sont battues ou ne continuent qu'à obéir à des ordres et d'autres qui n'ont même pas vu le vrai visage de la guerre et se sont déjà repliées vers le Sud depuis plusieurs jours.

L'immense flot des civils déferle, dans des véhicules de toutes sortes, sur les plus petites routes : une mer humaine qui reflue vers le Sud en un fantastique troupeau de Panurge, bloquant tout, paralysant le déplacement de l'armée. Des tracteurs d'artillerie lourde sont immobilisés : la populace, qui a retrouvé la force herculéenne des masses, les pousse dans le fossé parce qu'ils la gênent pour fuir et empêchent les voitures de tourisme de passer.

— Pour l'amour du ciel, supplie une femme, donnez-moi de l'essence, mon lieutenant !

— Vous vous fichez de moi ? Où voulez-vous que j'en trouve ? Vous voyez bien que je suis à pied avec mes hommes et que nous ne portons pas de citernes sur le dos !

Une portière de conduite intérieure, stationnée dans la file interminable parmi des milliers d'autres, s'ouvre :

— Lieutenant, votre devoir est de me faire passer avant les autres voitures !

— Mon devoir, madame, est d'exécuter les ordres que j'ai reçus. Je n'ai pas encore été chargé de la circulation routière.

— Mais je suis avec ma vieille mère impotente, assise dans ma voiture. Je le dirai à qui de droit ! Maman est veuve de l'autre guerre et je suis fille d'officier supérieur !

— Il y en a beaucoup, madame...

Melun offre un spectacle insensé avec des chenillettes et des sanitaires qui foncent dans la foule en tentant de se faufiler à tout prix bien qu'elle ne transportent que des civils ou des femmes qui se sont fait des coiffures avec des foulards pour se protéger d'un soleil torride.

Tout ce qui peut encore rouler est sur les routes : les plus vieux tacots ont été exhumés du fond perdu des garages de la région parisienne mais les fantassins du 102, du 93, du 130 sont toujours à pied, portant leurs armes et leur barda. Les gars simples de l'Ouest continuent à marcher, silencieux : ils comprennent toute cette misère dont ils ne sont pas responsables.

— France, tu f... le camp !

— Halte !

La pause est nécessaire : les hommes se sont assis sur un talus. Face à eux, placardées sur un mur, de vieilles affiches délavées de la mobilisation de septembre ont été en partie recouvertes par une autre, plus récente, sur laquelle on peut lire, imprimée en lettres gigantesques, une inscription lapidaire : NOUS VAINCRONS PARCE QUE NOUS SOMMES LES PLUS FORTS. Affiche que l'on retrouve sur tous les pans de murs, à chaque carrefour où il faut prendre position pour retarder les avant-gardes de l'ennemi qui doit être étonné en la lisant.

Cette proclamation n'est d'ailleurs pas seule sur les murs de France qui disparaissent sous une littérature de commande. Cela rappelle les époques de crise où il faut une publicité massive pour vendre un produit capillaire ou un dentifrice miraculeux. L'office de publicité de la boutique gouvernementale a fonctionné au maximum. L'une des affiches les plus tristement risibles est celle signée d'un ministre de la Guerre — qui est trop vieux routier de la chose publique pour ignorer que, depuis longtemps dans cette IIIe République, le ridicule ne tue plus — sur laquelle on peut lire LA ROUTE DU FER EST BARREE. Au pied de l'affiche s'entasse un amas de casseroles inutilisables, de robinets usagés et de roues tordues de bicyclettes symbolisant « la récupération des ferrailles locales ».

— Depuis combien de temps cette ferraille est-elle là ?

— Au moins quatre mois, mon lieutenant ! répond un indigène. La population d'ici a donné tout ce qu'elle pouvait en vingt-quatre heures pour aider à la Défense Nationale... Nous avons fait vite dans l'espoir que cela permettrait de construire des chars et les engins blindés destinés à vous venir en aide. Le matériel a été déposé ici, à l'endroit qui nous avait été indiqué par la mairie, pour être enlevé par camions le lendemain ! Il faut croire que nos usines en avaient trop puisque ça attend toujours...

— Si cela peut vous consoler, dites-vous que quand « les autres » se trouveront en présence de « nos » tas de ferrailles patriotiques, ils ne seront pas longs avant de les utiliser.

Le fleuve humain coule toujours sous les regards désespérés des soldats qu'il faut quand même conduire à Recloses où l'on doit arriver à la tombée de la nuit.

— J'espère, mon lieutenant, que l'on va regrouper toutes les unités encore valides sur la Loire pour *les* stopper définitivement ?

— Je le souhaite comme vous. Allons, debout ! Nous repartons.

A Fontainebleau, il est contraint de se faire « charcuter » rapidement le pied par le premier toubib militaire rencontré. Ce n'est pas grave mais depuis le temps, avec les kilomètres qui se sont allongés, il tirait trop la jambe.

Une grande brasserie, installée à la sortie de la ville, offre des canettes de bière à tous ceux qui passent, civils et militaires. Ce sont les employés eux-mêmes qui assurent la distribution gratuite. C'est chez eux un geste de solidarité : le premier dont profitent les paysans de l'Ouest depuis le commencement de la retraite.

Les avions allemands survolent les routes encombrées mais ne les mitraillent plus et ne jettent pas de bombes. Ils doivent avoir reçu l'ordre d'éviter à tout prix de s'attaquer à la population civile pour préparer une popularité future : « Nous venons en Kamarads... » Ils savent aussi que ce serait un carnage inutile et des munitions perdues : dans quelques jours, quelques heures peut-être, la France sera obligée de demander grâce. Les pilotes ennemis se contentent de tourner en sarabandes infernales pour affoler encore un peu plus la foule qu'ils frôlent à quelques mètres de hauteur avant de redresser leurs appareils vers le ciel. Ce carrousel leur sert d'exercice d'entraînement qui doit les faire sourire : pour eux ce n'est qu'un meeting populaire destiné à montrer leur virtuosité et la supériorité écrasante de leur matériel. Le résultat obtenu par ce procédé est exactement celui qu'ils espéraient :

— Ils nous mitraillent, lieutenant ! hurle une femme en pantalon, aux cheveux décolorés, maquillée outrageusement.

— Non, madame. Ils cherchent seulement à vous effrayer. Vous feriez mieux de vous taire plutôt que de dire des bêtises : si vous aviez été réellement mitraillée, vous ne seriez plus en train de crier.

A Recloses, il n'y a qu'une petite auberge — charmante d'ailleurs et qui devait être un lieu de week-end idéal pour les Parisiens en temps de paix. L'affolement à l'intérieur de l'établissement est indescriptible : tout le monde y plie bagages avant de se joindre au courant du fleuve qui draine, malgré eux, les gens les plus calmes vers le Sud ! La psychose de fuite est tellement ancrée maintenant dans les esprits que rien ne pourra plus l'arrêter.

— Vous n'avez rien à manger pour mes hommes ?

— Fermé provisoirement ! répond le patron goguenard.

Lui, il se moque de tout ce qu'il voit : il n'a jamais fait d'aussi bonnes affaires. Et qui sait ? L'avenir et une occupation ennemie vont peut-être lui en réserver de meilleures ? C'est un bonhomme pratique qui a compris que si la guerre est la ruine de beaucoup de gens, elle peut aussi apporter la fortune aux malins.

Les deux officiers de cavalerie, commandant le centre de La Houssaye, sont là, attendant l'arrivée des différentes unités qu'ils avaient réussi à regrouper en un temps record. Ces deux cavaliers font leur métier : ils ont préparé des cantonnements provisoires pour que les fantassins puissent se reposer pendant quelques heures avant de repartir le lendemain pour Sully où ils seront incorporés définitivement à « l'Armée de la Loire »... Une armée que l'on prétend bien organisée avec des troupes fraîches et entraînées, amenées d'Afrique du Nord... Tout cela paraît presque trop beau pour être vrai mais ne faut-il pas se raccrocher à un dernier espoir, si frêle soit-il ? Le seul point noir est cette masse de civils qui se presse, de plus en plus compacte, sur les routes. Que va-t-on faire au moment de la bataille finale d'où dépendra le salut ou le désastre ? Il paraît difficile d'escamoter des millions de gens... Va-t-on les abandonner à leur sort en se battant comme s'ils n'étaient pas là ? C'est à devenir fou.

Au moment du départ, le lendemain, de lourds camions américains, flambant neufs et conduits par de jolies filles en uniformes d'une élégance rare, veulent absolument passer avant tout le monde.

— Halte !

— Priorité ! répond avec autorité la dame galonnée qui règne sur cette troupe en jupons.

Mais ni ses menaces ni les sourires des conductrices ne produisent le moindre effet. Il n'y a plus de priorité ou passe-droits : dans l'immense pagaïe, tous ces trucs-là sont bien finis ! Elles ont cependant des papiers en règle, les jolies filles : elles transportent le Ministère de l'Armement qui se replie en beauté vers l'extrême-sud, avec ses dactylos et ses innombrables « affectés spéciaux ». Leur malheur est qu'il n'y a plus un Français — à part le ministre peut-être ? — qui puisse prendre au sérieux un Ministère pareil... Le fantassin de l'Ouest a trop vu ce qui lui avait manqué sur l'Ailette pendant la grande valse. Il faudra raconter les éternels bobards à d'autres, à des apprentis... Il est vrai que, pour compenser l'absence de chars et d'avions, le Ministère a multiplié à l'infini les belles conductrices : cela a permis à des maisons de couture de ne pas chômer en créant de charmants uniformes destinés à rehausser le prestige de la Beauté. Enfin on ne peut pas tout avoir à la fois dans un pays :

les belles filles et les engins blindés. L'un ne va pas forcément avec l'autre...

Et ça continue : les pouilleux de fantassins — mêlés aux spahis sans chevaux, aux artilleurs sans canons et aux aviateurs sans avions — sont ballottés d'un point à l'autre, à l'aveuglette et au petit bonheur la chance, dans l'intention de boucher quelques trous par-ci, par-là, dans le fameux dispositif de « défense en profondeur ». A-t-il seulement jamais existé ailleurs que sur le papier, ce dispositif ? Plus les heures de désastre s'allongent et plus on a l'impression que la pitoyable tactique de « dépassement » dans laquelle le fantassin devait s'enterrer dans son fameux « trou Gamelin » — pour laisser tranquillement passer les chars ennemis et faire une brusque réapparition quand il a derrière lui, coupant ses arrières et son ravitaillement, un nombre respectable de *Panzerdivisions* — a fait ses preuves... A l'heure actuelle les ouvrages fortifiés de la ligne Maginot, dans lesquels se trouvaient des troupes d'élites, ont été largement « dépassés » sans avoir pu tirer un seul coup de canon sur les arrières de l'ennemi puisque toutes les pièces ne pouvaient être orientées que vers l'Est. Aucun technicien ni stratège n'a prévu, depuis vingt années, que « la ligne » pourrait être attaquée par l'Ouest à la suite d'une manœuvre d'encerclement ennemie venue du Nord ! Les milliards engloutis dans Maginot n'ont servi à rien...

La Loire — ce fleuve majestueux du « val de France » — est enfin atteinte par les unités regroupées au pont de Sully.

Où est la grande armée annoncée ? Où se cache-t-elle ? Se serait-elle camouflée en une assemblée grouillante de femmes, d'enfants et de « repliés » qui se lavent dans le maigre lit du fleuve presque à sec en cette deuxième quinzaine de juin ? Mais alors, il n'a vraiment existé aucune organisation de défense sérieuse depuis le canal de l'Ailette ? L'Officier sans nom comprend enfin — il a été très long à comprendre parce qu'il conservait, enraciné au plus profond de son âme, un fonds d'espoir insensé — son illusion folle : la Somme, l'Aisne, l'Ourcq, la Marne, la Seine, la Loire, n'ont été « des barrières infranchissables » que dans les communiqués répandus par la radio. Devant le spectacle qu'offre ce pont de Sully, les derniers rêves s'envolent. C'est le réveil définitif : le cauchemar était vrai. Il n'y a plus rien...

Et, pour augmenter la confusion, des avions italiens — pris d'un excès de zèle tardif — viennent jeter des bombes sur la ville de Sully. C'est un affolement indescriptible parmi les civils qui abandonnent leurs voitures, serrées les unes contre les autres sur la place. Conducteurs et occupants se réfugient, en courant, dans les maisons. En quelques secondes, il ne reste plus sur la place que les voitures vidées de leur cargaison humaine et surchargées de bagages. De l'une cependant montent des cris perçants... L'Officier sans nom s'en approche avec ses hommes et se trouve devant un tableau digne de Daumier : à l'arrière d'une conduite intérieure familiale, attachée à l'extérieur de la carrosserie au moyen de cordes, assise sur l'aile gauche, les pieds s'appuyant sur le pare-chocs arrière, une vieille dame d'allure respectable geint tant qu'elle peut :

— C'est abominable, lieutenant ! Mes propres enfants m'ont abandonnée sur la voiture pendant le bombardement... Ils se sont précipités pour aller se mettre à l'abri sans même songer à couper ces maudites cordes qui m'empêchent de bouger ! Je suis à demi-morte !

— Non, madame. Vous êtes encore bien vivante ! Le raid est terminé. Qui a eu l'idée de vous installer dans cette position ridicule ?

— Mon gendre ! Qui voulez-vous que ce soit d'autre ?

Ce dernier reparaît quand tout danger est écarté. Il a la bonne « trogne » couperosée d'un confortable tabellion, ou pharmacien de l'Ouest.

— Vous êtes complètement fou d'avoir attaché votre belle-mère sur une aile de votre voiture !

— Ce n'est pas moi qui l'ai voulu, mon lieutenant, mais elle ! Au moment où nous allions abandonner notre maison d'Angers avec ma femme, ma belle-sœur et mes deux neveux et quand tout le chargement laborieux de la voiture était terminé, ma femme s'est écriée : « Mon Dieu ! Nous avons oublié ma mère ! » Je lui ai répondu : « Où veux-tu que nous la mettions ? Elle tient une place énorme et la voiture est déjà archi-pleine ! Le mieux pour elle est de rester dans sa chambre... » Ma femme s'est mise en colère et m'a traité de sauvage qui n'hésitait pas à abandonner sa belle-mère comme otage aux Allemands ! J'ai bien été obligé de la prendre en supplément mais, comme nous n'avions plus le temps de tout redéfaire à l'intérieur de la voiture, je lui ai proposé de l'attacher en long sur la galerie du toit où elle aurait pu surveiller le ciel et nous crier si elle y apercevait des avions... Mais elle n'a jamais voulu ! Il ne restait que la solution de l'asseoir sur une aile en l'attachant solidement. Au bout de quelques kilomètres, elle semblait ravie de voyager ainsi...

— Jusqu'au bombardement ! Vous n'aviez donc pas de couteau pour couper rapidement ces cordes ?

— Si vous croyez que l'un de nous y a pensé ! Dans ces moments-là, chacun pour soi !

Il faut quand même exécuter jusqu'à la fin

les ordres reçus mais personne en France n'a envie d'accueillir les soldats harassés qui, en quelques jours, sont devenus pour la population l'incarnation vivante de la défaite et du malheur. De « héros en puissance » que l'on choyait à chaque permission et qu'ils furent jusqu'au 10 mai, ils venaient de passer brutalement au rang des lâches. La foule ne se tourne que vers le succès. Elle est ingrate aussi, estimant plus prudent d'aboyer avec les loups. Après tout, ces nazis dont une propagande haineuse a fait un tableau terrible depuis des années, ne sont peut-être pas aussi mauvais et inhumains qu'on le prétend ? Ce M. Hitler est un homme très intelligent et énergique qui ne pourra qu'apprécier l'esprit français et notre culture incomparable ! Qui sait même si ce coup de balai gigantesque n'est pas nécessaire pour nettoyer enfin chez nous les écuries d'Augias qui pourrissent le pays depuis des années ? Voilà ce que pense tout bas une bonne partie de la population française depuis qu'elle sait la bataille perdue. Dans certaines villes, la municipalité ne craint plus d'afficher ouvertement ses opinions qui reflètent la pensée des administrés : ce drapeau blanc, qui flotte déjà au faîte d'une mairie devant laquelle l'Officier sans nom passe avec ses hommes, en est la preuve mais la réaction du combattant est immédiate :

— Déchirez-moi ce torchon ! Où est le maire ?

— Il vient de partir en auto, répond timidement un employé municipal. Que voulez-vous, mon lieutenant ! Il attendait l'arrivée des Allemand d'une minute à l'autre et ce sont encore des troupes françaises qui ont paru ! Il croyait qu'il n'y en avait plus... Si encore ces troupes avaient été en fuite mais celles qui passent depuis une demi-heure — et dont vous faites partie — semblent disciplinées et organisées. On a même l'impression qu'elles veulent se battre ! Ce n'est plus de jeu ! Vous vous rendez compte de ce que cela donnerait ici, avec ces milliers de réfugiés qui dorment dans la rue ?

Pour accompagner cette profession de courage civique, le chœur des civils répète de plus en plus fort :

— Vite l'armistice !

Cri auquel les gens bien renseignés — il y en a toujours — répondent :

— L'armistice est demandé : les Allemands sont d'accord pour cesser le feu. On n'attend plus que la réponse de l'Italie...

— Ça c'est le comble ! L'Italie, qui n'a rien fait dans cette bagarre, veut des reliefs du festin ?

Tout bourdonne, tout s'agite inutilement autour des fantassins : la France tourne en rond sur elle-même comme le fauve blessé qui cherche l'endroit où il va s'allonger pour mourir.

A Sully-sur-Loire, un ordre était arrivé disant que le regroupement définitif des forces françaises se ferait sur la Garonne mais plus personne n'y croit. La première étape prévue est Poitiers.

Sur le bas-côté de la route, un groupe d'enfants de huit à douze ans, aux visages faméliques, s'est assis sur les énormes paquets qu'ils ont dû réussir à traîner jusque-là mais on sent qu'ils n'en peuvent plus et que leurs petites jambes refusent de les porter.

— Que faites-vous là, les enfants ?

Il n'y a pas de réponse : les gosses semblent muets.

— Où allez-vous ?

— Nous ne le savons pas ! répond la voix frêle d'une fillette.

Ils sont comme les millions d'autres Français qui avancent sur les routes droit devant eux, sans savoir où ils s'arrêteront une fois pour toutes... Pourquoi ces bambins n'auraient-ils pas imité leurs aînés ?

Vingt kilomètres plus loin, les fantassins sont immobilisés par un embouteillage inextricable. Un monsieur à canotier gesticule dans une traction et pose la question-ritournelle :

— Mon lieutenant, est-ce qu'ils sont encore loin ?

— Qui cela, monsieur ?

— Mais... les Allemands !

— Si on vous le demande, vous répondrez comme moi que vous n'en savez rien.

— Vous me rassurez un peu. Cela m'ennuierait qu'ils fussent très près d'ici à cause de mes élèves... Vous ne les auriez pas vus, par hasard, sur la route ?

— Ne serait-ce pas ce groupe d'enfants affalés sur des paquets ?

— Oui... Je suis instituteur et secrétaire de mairie.. J'ai pris les devants avec ma femme dans ma voiture... Comme je ne pouvais pas emmener toute la classe, j'ai dit aux enfants de nous suivre...

— En portant les bagages et à pied ?

— Notez bien que je les attends aux étapes importantes...

Et comme il sent que l'excuse n'est pas suffisante, il ajoute, larmoyant :

— Ma femme est assez souffrante... Ces événements l'ont bouleversée : elle ne pouvait pas supporter l'idée de rester...

A quoi bon répondre ? L'Officier sans nom préfère s'éloigner avec ses hommes en se disant que sa seule consolation est d'avoir connu, au feu, des professeurs merveilleux comme le capitaine Gontolin qui n'avaient pas craint, eux, d'abandonner leurs paisibles écoles pour aller se battre... ou de très jeunes instituteurs, tel

« Bébé Cadum » qui s'étaient conduits en véritables chefs sur l'Ailette. Le bon souvenir des uns effacerait, à la longue, la mauvaise impression laissée par d'autres. Il faut du bon et du moins bon pour faire un monde et tous les instituteurs, contrairement à ce qui a été dit, ne se sont heureusement pas ressemblés pendant cette guerre. Quelques-uns même, morts en héros pendant les derniers combats, ont grandi l'honneur de la profession.

A Poitiers, un train de munitions explose juste au moment où les fantassins passent à proximité de la gare. Si les militaires s'en tirent miraculeusement indemnes, il n'en est pas de même pour la population civile : deux cents morts ou blessés de plus donnent le bilan. Poitiers se déclare ville ouverte : la ville-musée aux cent églises ne pouvait pas faire autre chose. N'était-il pas préférable de sauver un patrimoine artistique qui réussirait peut-être à défier la loi de destruction ?

Le collège Saint-Joseph, transformé en hôpital, regorge de blessés.

— Mademoiselle, vous êtes infirmière ici ?

— Oui, mon lieutenant.

— Pouvez-vous me faire un pansement sommaire au pied ?

Ce maudit pied qui recommence à saigner. Depuis Fontainebleau, il y a eu du chemin parcouru...

— Venez.

— Je n'ai pas beaucoup de temps et je profite d'une pause de mes hommes. En principe, nous ne devons pas stationner dans la ville mais la contourner. Une ville ouverte ne doit pas contenir de troupes... Combien êtes-vous d'infirmières dans cette bâtisse ?

— Nous ne sommes pas très nombreuses : une quinzaine de jeunes filles sous la direction d'une infirmière-major. Nous sommes un peu débordées mais ce n'est pas parce qu'il y a quelques bombardements ou explosions que nous partirons : notre devoir est de rester.

Cette jeune Française, calme et modeste, rachète les trop belles conductrices en uniforme du Ministère de l'Armement « en déplacement ». Elle aussi rétablit l'équilibre comme un Gontolin ou un « Bébé Cadum » : elle est le visage grave et douloureux de la France.

Dès que le pansement est fait, il rejoint ses hommes où un message, envoyé par les deux officiers de spahis commandant le centre de regroupement, lui dit : « *Rejoignez d'urgence Ranville où s'est replié le dépôt de votre unité venant de Mamers. Vous participerez avec tous vos hommes à la défense de la ville.* »

La défense de Ranville, près d'Angoulême, semble une mission à peine croyable à ceux qui se battaient cinq semaines plus tôt à la frontière du Luxembourg ! Mais ce message remplit cependant de joie l'officier : il va retrouver une bonne partie de ceux avec qui il est parti en guerre de la petite ville sarthoise. Le cycle infernal sera enfin bouclé.

A Ranville, l'ordre est de rester sur place, en position de combat, pendant la soirée et la nuit, à l'entrée nord de la ville : l'atmosphère combative du 102 est retrouvée.

Le premier officier qu'il rencontre est le lieutenant Gauthier, le petit vicaire qui avait béni l'ennemi au P. A. 68 du Harbusch avant de le faucher avec son fusil-mitrailleur.

— Gauthier, mon vieux ! Et ton bras ?

— Il s'est à peu près rétabli... Ce qui va moins bien est le reste. Quelle pagaïe ! Crevé ?

— Un peu. Où sont les autres ?

— Le 102 est réparti en plusieurs tronçons : voici le mien...

— Des restes...

— Oui. Sais-tu que, depuis hier soir, nous avons un nouveau gouvernement ?

— C'est possible ! Si tu crois que j'ai eu le temps d'écouter tous les bobards que l'on raconte depuis ces dernières semaines ! J'ai déjà assez de mal à savoir où j'en suis moi-même ! Et qu'est-ce que cela changera, ce nouveau gouvernement ?

— Mystère !

Ranville reste calme pendant la nuit : l'autorité militaire y règne. Les hordes de civils ont pris bien soin de ne pas s'y aventurer : c'est trop dangereux d'être à proximité d'un régiment qui n'hésiterait pas à combattre. Les Allemands non plus n'y viennent pas : pourquoi perdre leur temps en face de quelques énergumènes ou fanatiques de la dernière heure quand il leur est si facile de passer ailleurs, l'arme à la bretelle ? Toutes les villes — grandes ou petites et jusqu'aux moindres bourgades — n'ont-elles pas pris la décision, les unes après les autres, de se déclarer villes ouvertes ?... C'est pire qu'une maladie contagieuse : la floraison de drapeaux blancs a remplacé en quelques heures les trois couleurs sur les mairies de France. Il n'était plus possible de lutter contre l'épidémie.

Au petit jour, un ordre de repli arrive, assez imprécis, spécifiant cependant que toutes les unités combattantes — ou présumées telles — doivent se retirer derrière la Garonne avant une heure X...

— Pourquoi cela ? Nous sommes très bien ici : la position de défense n'est pas trop mauvaise, pour une fois !

— Les blindés allemands sont déjà en train de contourner Bordeaux, en mettant eux-mêmes autour de la ville de petits drapeaux blancs.

— « Nos » envahisseurs sont vraiment remplis de bonnes intentions ! Pour peu que cette sorte de galanterie de l'occupation continue, ils deviendront vite populaires...

— J'en ai peur ! répond l'abbé Gauthier. Seulement, cette popularité ne durera pas : si tu te réfères à l'Histoire, tu t'aperçois que les Germains n'ont jamais su occuper intelligemment un pays dont ils avaient fait la conquête. Très vite, ils commettent de grosses gaffes qui les font détester. La lente psychologie d'une occupation est infiniment plus délicate que celle d'une guerre-éclair menée à coups de bombes aériennes et de blindés. Quand la machine est passée, il reste toujours un homme dont la conquête morale est encore à faire et ça, c'est plus difficile ! L'Allemand enfin, qui prend tout au sérieux, a toujours eu tendance à oublier que le Latin est l'être le plus versatile de la terre et qu'il change vite d'opinion...

Un ordre, le dernier de la triste campagne, est transmis à tous les échelons. C'est le plus court qui ait été reçu par les commandants d'unités depuis le commencement de la guerre. Il ne comporte que trois mots qui, le 11 novembre 1918, avaient provoqué un déferlement d'allégresse et ouvert tous les espoirs à un monde libre mais qui, ce 25 juin 1940, font tomber le rideau sur le premier acte de l'un des plus grands drames des temps modernes : CESSEZ LE FEU !

L'armistice a été également signé avec l'Italie.

L'ordre est venu trouver les paysans de l'Ouest dans une toute petite ville de Dordogne. Après avoir été transmis par motocycliste, il a été répété par la radio française afin que nul ne l'ignore. Les hommes du 102 viennent de l'entendre, diffusé sur la place publique, par le haut-parleur d'un café. Il est bientôt suivi d'un message adressé au peuple français par le nouveau chef de l'Etat.

— Nous restons quand même sur un lambeau de terre française, murmure doucement Gauthier.

— Oui...

— Eh bien, lieutenant, vous ne dites rien ?

— Que pourrais-je dire, mon commandant ? Il vaut mieux me taire... Bonsoir à tous !

Il grimpe dans une mansarde, qui lui servira de chambre cette nuit et où il sera enfin seul avec ses pensées, avec lui-même... Il ne se sent même plus le courage de retirer ses bottes ou de griller la « der des der » selon l'expression de papa Mirbal. Il n'a même plus la force de pleurer comme un enfant : cela lui aurait cependant fait un bien immense. Il voudrait bien s'endormir, comme il l'avait fait après les nuits du « no man's land », mais, malgré lui, ses yeux restent grand ouverts. Il n'a qu'une pensée fixe : que va devenir la France ?

Cette nuit lui parut la plus longue de sa vie. Les premiers rayons du jour pénétrèrent dans la mansarde en même temps que le tintement des cloches de la petite église de la ville qui sonnait un réveil inutile. Personne n'avait dû dormir, cette nuit, en France... Ces cloches de Gascogne faisaient penser à celles que l'on n'entendrait plus avant longtemps dans les villages proches de l'Ailette et aux joyeux carillons d'Eberswiller qui avaient marqué la fin du séjour aux avant-postes : les gars de l'Ouest, un peu ivres, ne se pendraient plus aux cloches pour faire une bonne farce à la population.

Par la lucarne mansardée, l'officier solitaire pouvait contempler les paisibles coteaux de Monbazillac au pied desquels étaient venus mourir, la veille, les derniers bruits de guerre... Sur une petite route blanche serpentant entre les vignobles, une paire de bœufs blancs attelés à une antique charrette avançaient lentement sous la conduite d'un vieux paysan. Il semblait que rien ne se fût passé pour ce bonhomme... C'était lui qui devait avoir raison : ne faudrait-il pas beaucoup de vin en France pour faire oublier ou pour réchauffer les cœurs qui restaient glacés malgré la matinée de soleil ? N'était-il pas nécessaire que tous les paysans de chez nous, encore valides, continuassent à se pencher sur la terre nourricière puisque la vie n'est qu'un perpétuel recommencement ?

L'Officier sans nom croyait même entendre la voix du paysan, parlant au nom de tous les autres :

— Quand « le » fils sera de retour ici, mon lieutenant, il faudra qu'il trouve tout en place. Il aura l'impression que rien n'a changé depuis son départ, en septembre dernier, à un moment où la vigne était belle.

— « Le » fils reviendra, brave homme, quand on voudra bien vous le rendre...

Sur la petite place, une cérémonie se préparait : l'Hommage aux Morts de cette guerre. Elle aurait lieu devant les plaques de marbre noir qui portaient, gravés en lettres d'or, les noms de ceux qui avaient donné leur vie pour gagner la précédente. Il en serait ainsi, ce matin, dans la moindre agglomération de France. Les hommes de l'Ouest — ses gars de la 2e compagnie qui étaient tombés à ses côtés — seraient peut-être un jour, eux aussi, sur le granit de Bretagne ?

Le maire venait d'arriver. L'Officier sans nom avait envie de lui crier :

— Non, monsieur le maire ! Je vous en supplie... Par pitié pour nos morts et pour nous, épargnez-nous un discours inutile ! Vous ne comprenez donc pas que tous ces vieux « trucs électoraux » ont préparé l'agonie de notre pays ? Il y a trop de gens chez nous qui ont cru aux discours... Aujourd'hui, il nous faut autre chose, monsieur le maire... Une cérémonie beaucoup plus simple, sans gerbes de fleurs ni bouts de rubans tricolores. Ne pensez-vous pas qu'une messe, ressemblant à celle que j'ai entendue une nuit de Noël dans les Ardennes, serait ce qu'il y aurait de mieux ?... Messe nécessaire pour ceux qui — comme moi — croient encore dans les destinées de leur pays, pour ceux aussi qui n'ont plus foi dans son relèvement, pour ceux enfin qui n'ont pas eu le temps de voir l'issue de la bataille et qui ne réclament plus que des prières... Quant à vous, monsieur le maire, ce n'est pas parce que vous avez ceint votre écharpe tricolore et mis votre belle redingote des dimanches que vous incarnez ce matin le Pouvoir ou l'Autorité ! Sous votre déguisement officiel, vous ne me faites penser qu'à un personnage de Carnaval. Le masque sinistre, dont vous avez cru bon de recouvrir votre visage pour la Cérémonie du Souvenir qui va se dérouler devant ce monument aux Morts, ne me plaît pas : il est trop « de circonstance ». Je sais que si, demain, l'occupant venait vous déclarer quelque chose, ce masque deviendrait subitement aimable... Il vaut mieux rester tel que vous êtes, monsieur le maire : un homme ne cherchant qu'à conserver son poste municipal et n'ayant pas encore compris le drame que son pays vient de vivre. La charmante ville que vous administrez n'est-elle pas restée sereine et intacte ? Le sort des cités de l'Est ou du Nord ne vous touche que de très loin... Mais, franchement, estimez-vous équitable que ce soient toujours les mêmes régions qui pâtissent ? Jamais votre ville n'a connu une telle affluence de monde ! Ce qui ne doit pas être non plus pour vous déplaire : tous ces réfugiés et ces militaires, pour qui la guerre est terminée, feront marcher le commerce. Vos affaires seront prospères ! J'aime cependant vos bons gros yeux, monsieur le maire : ils me rappellent ceux du brave Portepoids... Comme lui, vous possédez sûrement le bon sens paysan : alors taisez-vous !

M. le maire avait du bon sens : il ne parla pas. Dès que la cérémonie fut terminée, les premières formalités de démobilisation commencèrent.

Un télégramme, signé Kespern, annonçait que le reste du 102 ne rejoindrait pas le C. M. 43 replié en Dordogne et serait démobilisé sur place dans une petite cité du Limousin.

« Le règlement dit que, n'est-ce pas ? »

C'était le Breton qui commandait ce tronçon de régiment : c'était justice. Puis ce fut la visite à la clinique de Bergerac où était soigné le Parisien Lamachère, le voisin de gauche sur l'Ailette :

— Vieux, si nous parlions d'autre chose ?

— Oui. Les « récits de guerre » ne peuvent se faire qu'entre gens qui en ont gagné une, comme nos pères. Pendant vingt années, ils s'en sont servi pour animer leurs veillées familiales ou leurs banquets d'anciens camarades. Ce qu'ils ont pu nous en rabâcher les oreilles pendant notre jeunesse !

— Eux, ils avaient le droit de le faire.

Le courrier, renvoyé par la poste aux armées, arrive, volumineux, au dépôt. Chaque lettre porte, marquée sur le coin gauche avec un tampon, l'une des mentions : DISPARU, TUE A L'ENNEMI, DISPARU... L'alternance se fait avec une régularité effrayante. Il y a d'énormes sacs, bourrés de lettres dans lesquelles doivent être exprimées les angoisses d'une jeune femme ou les dernières recommandations d'une maman : « *Je t'aime... Fais attention surtout... Ne prends pas froid...* » Dans quelques-uns de ces messages doit se trouver parfois la compréhension d'un père qui sait que les heures ont été dures pour son fils parce qu'aucune guerre, même courte, n'est une partie de réjouissance.

La besogne la plus utile que peut accomplir maintenant un commandant de compagnie est d'aider au tri de cette triste correspondance pour les hommes dont il connaît les noms.

Cette petite enveloppe rose, par exemple, vient de Toulouse : le nom et le secteur postal du destinataire y ont été écrits, sur le papier de mauvais goût, par une écriture de femme. Mais, dans le coin gauche, il y a la marque au tampon mise par l'administration militaire et portant la mention qui met le point final à toute correspondance entre deux êtres : TUE A L'ENNEMI.

La lettre sera renvoyée un jour à celle qui l'a écrite mais comme elle n'était ni sa mère, ni sa femme légale, ni sa parente, l'administration — avec son indifférence — n'éprouvera pas la nécessité de lui envoyer un faire-part dans lequel elle exprimera quelques regrets sous la forme de vagues condoléances. La petite enveloppe rose repartira, au bout de six mois — il faut un délai légal pour que la nouvelle soit officiellement confirmée — avec les trois mots tamponnés en travers. Est-ce juste, cela aussi ? Ils s'aimaient...

« Je connais cette femme sans l'avoir jamais vue, pense l'Officier sans nom. Elle était son amie. Il m'a montré un jour sa photographie avec une sorte de fierté enfantine : je me souviens que la fille était brune et avait de beaux yeux. Bien qu'ils ne fussent pas mariés, il parlait souvent d'elle à ses camarades en la nommant *ma femme !* Elle l'était dans son cœur. Puisque j'ai eu l'honneur d'être son chef, je dois répondre à cette lettre. Ce n'est pas de l'indiscrétion c'est une réparation. »

Il avait ouvert la pauvre missive, bourrée de fautes d'orthographes. Celle-ci a-t-elle jamais compté dans les moments graves ?

Il disait, le papier rose :

« Mon Jacques, je ne sais plus très bien où tu peux être en ce moment. D'après ta dernière lettre, j'ai essayé de te suivre sur mes cartes de « Paris-Soir » que j'ai collées au mur de ma chambre. J'ai un petit drapeau tricolore en papier monté sur une épingle, qui est toi et que je déplace au fur et à mesure... Tu en as fait du chemin, mon amour, depuis ces derniers jours ! Cela a dû être très pénible pour toi, qui as horreur de la marche... As-tu encore de ce produit que je t'ai envoyé pour guérir les ampoules des pieds ? Je travaille toujours dans mon magasin mais on m'a changée de rayon : je suis aux jouets et je vois beaucoup d'enfants. C'est merveilleux de voir leurs visages devant ce qu'ils convoitent ! Ils rient... Parfois aussi ils pleurent, parce que leurs mamans ne peuvent pas les leur offrir. Si j'étais propriétaire du magasin, je ferais certainement faillite : je ferais cadeau de tout ! C'est terrible de refuser un jouet à un enfant ! C'est un peu comme pour toi... Ces gosses me donnent des tas d'idées pour l'avenir : nous en aurons, Jacques... Peut-être ton père comprendra-t-il mieux que c'est

très sérieux quand la guerre sera finie ? Si j'allais lui faire une visite ? Ne crois-tu pas que cela lui ferait plaisir de me connaître et de parler de toi avec moi ? En économisant sur mon mois, j'arriverais à payer un aller et retour en troisième pour Agen. Je pourrais m'y rendre un dimanche.

« Mais je sais que je dois t'ennuyer avec tous mes projets. Je te promets que l'on ne parlera pas de tout cela quand tu viendras en permission. Celle-ci doit approcher ? Tu m'avais écrit dans ton avant-dernière lettre que tu aurais le droit d'en avoir une à ta descente de ligne. Tu verras : nous nous amuserons bien et tu m'emmèneras au cinéma. Comme tu auras droit à deux destinations, tu pourrais d'abord te rendre chez tes parents et venir ensuite passer les derniers jours avec moi. C'est très normal qu'ils te voient les premiers. Je t'embrasse un million de fois. Ta Suzanne. »

— Donnez-moi une plume.

Et ce fut la réponse :

« Mademoiselle, je me suis permis — en tant que commandant de la 2e compagnie à laquelle appartenait votre ami — de décacheter votre lettre du 5 mai pour vous informer que Jacques est mort en brave devant l'Ailette. Il a été enterré sur place : sa tombe est surmontée d'une petite croix de bois que ses camarades ont fabriquée avec leurs couteaux.

« Jacques m'avait parlé de vous plusieurs fois : je sais qu'il avait la ferme intention de vous épouser. Je le lui avais d'ailleurs conseillé pour régulariser une situation. Il vous considérait déjà comme étant sa femme, moi aussi.

« Je sais, hélas, que l'administration militaire ne vous aurait prévenue que dans quelques mois et assez sèchement. Je crois de mon devoir de vous dire la vérité, si cruelle soit-elle, pour que vous ne puissiez pas vous bercer d'illusions inutiles pendant ces mois d'attente. Je devine trop ce que pourrait être votre angoisse durant ce temps ! Je comprends aussi l'immense peine que doit vous apporter la lecture de cette lettre et j'aurais voulu employer des termes plus atténués pour vous dire ces choses. Mais je n'en ai pas la force car je vois passer en ce moment sous mes yeux trop de pauvres enveloppes marquées sur le coin gauche... Si vous en éprouviez le besoin et que cela pût contribuer, pour une bien modeste part, à vous aider à supporter votre douleur, n'hésitez pas à m'écrire. Je vous répondrai aussitôt et vous raconterai tout ce que j'ai vu et su de Jacques pendant les mois où il fut avec nous.

« Soyez courageuse, surtout ! Continuez à vendre des jouets aux gosses de France qui n'ont pas besoin, eux, d'être mêlés à une tristesse qu'ils ne comprendront que plus tard. Croyez-moi : vous trouverez dans l'accomplis-

sement de votre travail quotidien les seules satisfactions qu'une Française puisse attendre en ce moment. »

— Mon lieutenant, vous venez d'affecter à ma popote de compagnie un jeune aspirant du 41ᵉ arrivé hier pour être démobilisé ici... Il est charmant mais c'est quand même ennuyeux ! Nous sommes déjà quatre et cela chambarde tout notre bridge : il ne sait pas jouer !

— Vous avez raison, monsieur Devalde ! Vous avez fait toute la guerre au dépôt alors, forcément, vous ne pouvez pas comprendre... J'ai eu le plus grand tort de vous envoyer ce gamin : j'aurais dû le prendre tout de suite à ma table puisqu'il appartient à un régiment qui s'est fait écraser devant Soissons pour permettre au nôtre de se ressaisir. Et je vous dois une petite confidence : quand j'étais moi-même sur l'Ailette à mon P. C. de simple commandant de compagnie, savez-vous ce que j'avais devant moi, opposant la seule barrière humaine à la ruée allemande ?... Quelques aspirants et sous-lieutenants qui n'hésitèrent pas à empoigner le F.-M. ou la mitrailleuse pour « tenir »... Derrière moi, je n'avais plus grand-chose ! C'est uniquement parce que ces jeunes gens ont été devant moi à cet endroit, m'apportant la cuirasse de leur fougue et de leur courage, que je suis ici aujourd'hui. Et s'il n'y avait pas eu, disséminés un peu partout sur le front et aux endroits où l'on se battait, perdus avec leurs sections squelettiques, ces aspirants et ces sous-lieutenants, vous, monsieur Devalde, replié d'un dépôt, auriez terminé la guerre de l'autre côté de la Bidassoa... La seule chose que je puisse me reprocher est d'avoir commis une lourde erreur : j'avais pensé vous faire un honneur en vous envoyant ce garçon. Vous voyez comme on peut se tromper quand on n'est qu'officier de réserve ! Je garde désormais l'aspirant à ma table : l'honneur sera pour moi.

— Mon lieutenant, vous êtes démobilisé. Nous vous accompagnons tous à la gare.

— Je n'en vaux guère la peine ! Je préfère partir seul pour rentrer incognito dans la foule...

Il se croyait seul sur le quai de la petite gare mais un grand gaillard blond en civil, qui le voyait en uniforme, s'approcha :

— Mon lieutenant, excusez-moi de vous déranger mais j'ai absolument besoin d'un conseil... Je devais partir avec le contingent d'octobre... Que va-t-on faire de nous à présent ? Serons-nous appelés, maintenant que l'armée est très réduite ?

— Quel âge as-tu ?

— Vingt ans. Que vont devenir tous ceux de ma génération ? C'est désespérant !

— Es-tu fou ? A vingt ans, on se moque d'abord du qu'en dira-t-on et on n'a pas le droit d'avoir du respect humain. On va de l'avant et on ose parce qu'on se sait jeune : c'est une première force. La deuxième pour toi est d'être un jeune de France. Ton pays restera toujours une grande nation. Les défaites passent aussi vite que les victoires... De plus, cette défaite n'est pas la tienne mais celle de ceux qui ont tout mis en œuvre pour nous élever dans l'ignorance et le mépris de ce qui fait la vraie valeur d'un peuple.

— Ce n'est qu'une défaite de vieillards !

— Si tu le veux... Tes aînés directs, qui viennent d'être jetés dans la bagarre, ont fait ce qu'ils pouvaient. Ce sont les meilleurs d'entre eux qui ont été tués ou faits prisonniers parce qu'ils n'ont pas f.. le camp. Tu as pu t'en rendre compte, le mois dernier, sur nos routes !

— Oui.

— Si tu avais été mobilisé en octobre, tu aurais obéi à des ordres. Mais aujourd'hui, c'est à toi seul de choisir. A quelle profession te destinais-tu ?

— Je voulais être ingénieur...

— J'ignore si tu pourras poursuivre facilement tes études mais, quoi qu'il arrive, tu dois avoir une activité. Essaie de trouver le plus tôt possible un chantier de travail, intellectuel ou physique.

— Qui m'aidera ?

— Ce sera comme pour nous : personne ! Essaie quand même d'être un « chic type » qui pense net et voit clair. Flanque à la porte toute idée mesquine qui pourrait te traverser la tête à l'époque bizarre que tu vas vivre. Rêve grand ! Réfléchis que tu as de la chance de ne pas être mobilisé au moment où tes plus belles années vont commencer...

— Pensez-vous que l'on va enfin se décider à organiser le sport en France ? Je suis sûr que si les Allemands nous ont battus, c'est parce qu'on leur en a fait faire à outrance avant de les mobiliser.

— Je viens de faire, pendant ces dix mois, un drôle de sport qui vaut tous ceux que tu pourras pratiquer ! Mais tu n'as pas tort : ta force morale ne sera que le souffle animant ta vigueur physique qui doit être totale. Tu penses sérieusement pouvoir devenir un athlète taillé pour la lutte sous n'importe quel climat ?

— Oui.

— Alors n'aie pas peur de te promener torse nu, les cheveux au vent ! Débarrasse-toi des oripeaux. Reviens à la nature qui, elle, ne t'a pas lâché. Elle n'est pas ingrate comme les hommes. Regarde autour de toi comme elle est restée belle pour ton plaisir...

— C'est vrai.

— C'est toi, jeune ami, qui l'a quittée pour t'enfermer dans les villes. Voulant nous imiter, tu n'as fait preuve que de bêtise. Cesse d'être bête et tu seras Français !

— En résumé, mon lieutenant ?

— En résumé ?... Tu es jeune, tu as du muscle, tu as des réserves prodigieuses d'enthousiasme et une immense bonne volonté. Voilà toute ta richesse que d'autres — déjà des ratés — t'envient. Pense que s'il y a encore quelques « vieux jeunes » comme moi, il ne faudrait plus voir chez nous un seul « jeune vieux »... Et, si tu sens qu'un petit sentiment te prend aux tripes quand tu entends un de tes aînés vanter avec admiration ta force, c'est que tu es devenu enfin un homme. Tu as compris ? Mais finis les sermons ! Excuse-moi : voilà mon train. Bonne chance...

Le train était bourré de monde : on s'y écrasait dans les couloirs et dans les soufflets. Les civils et les militaires démobilisés, portant obligatoirement un brassard blanc, s'y mêlaient. Un homme, entre deux âges, regardait l'Officier sans nom perdu au milieu de tant d'autres, anonymes comme lui.

— Vous rentrez chez vous, mon lieutenant ?

— Oui.

— C'est égal ! Un million huit cent mille prisonniers... Qu'est-ce qu'*ils* vont en faire ?

— Je l'ignore mais je pense que la France

aura quelques comptes à leur rendre quand ils reviendront.

— Vous dites cela parce que vous êtes écœuré. C'est humain. Mais je peux vous prédire qu'ils feront exactement comme nous quand nous sommes revenus en 1919... Ils seront si fatigués, ils en auront tellement assez qu'ils n'auront plus le courage d'agir.

Une ville des Pyrénées permet à l'ex-commandant de la 2e compagnie de retrouver, dans une petite bicoque leur servant de logement provisoire, trois camarades de jeunesse également démobilisés et qui ont tous appartenu à des armes différentes : il y a là un ex-cavalier, un ex-artilleur et un ex-aviateur.

— Toi ici ? Cela fait plus de douze ans que nous ne nous sommes vus ! Tu te souviens du train que nous reprenions à la gare Saint-Lazare, quand les vacances étaient finies, pour retourner au collège d'Evreux ?

— C'était encore un beau voyage et nous avions le toupet de nous plaindre !

— Qu'est-ce que tu vas faire ?

— D'abord essayer de trouver un costume civil...

— Pas facile en ce moment ! Il y a des centaines de milliers de types comme toi qui ont eu la même pensée... Et ensuite ?

— Reprendre mon métier, si l'on veut encore de moi.

Trois jours plus tard, ils n'étaient plus que quatre civils devisant tranquillement.

— Et toi, l'ancien « biffin » ? demanda l'artilleur. Quelle est ta conclusion de l'aventure que nous venons de vivre ?

— Je n'en ai pas. Quand j'ai été appelé en septembre, je me trouvais sur la Côte d'Azur... Je vais y retourner pour profiter des derniers rayons du soleil d'automne.

Sur la Croisette de Cannes, il y avait beaucoup de monde : un drôle de monde... On aurait presque pu croire qu'il n'y avait pas eu de guerre et que l'on attendait un nouveau festival du cinéma ou le prochain Bal des Petits Lits Blancs... Il y avait surtout le soleil qui dorait les peaux, les roches rouges qui évoquaient les cartes postales, la mer...

La soirée s'annonçait aussi douce que celle qui avait précédé la mobilisation. Les palaces regorgeaient de « repliés » cossus venus de régions occupées où ils ne retourneraient que quand la vie y redeviendrait facile. Le Carlton était inchangé, le bar avait retrouvé ses habitués. C'était à peine si l'on remarquait quelques absences...

— Si nous dînions sur la terrasse ?

A une table voisine, des hommes élégants, en parfaite santé et dont les visages étaient détendus, parlaient fort devant quelques jolies femmes :

— Je vous répète, affirmait l'un de ces messieurs, que l'armée française ne s'est pas battue !

Le garçon brun serrait les dents :

— Maître d'hôtel, demanda-t-il, qui est ce personnage « important » qui parle un peu trop ?

— Un industriel belge, monsieur.

— La France a cependant laissé pas mal de monde dans son pays.

— Oh ! Il ne faut pas vous formaliser, monsieur... Il y a de bons Belges, vous savez...

— Bien sûr.

— Et puis, monsieur, ce n'est pas nouveau : la France a toujours été critiquée par les gens qu'elle accueille. Son tort est de ne pas faire une plus grande discrimination dans son choix. Mon métier m'a fait connaître beaucoup d'étrangers qui sont de vrais amis de notre pays...

— Votre pays ? D'où êtes-vous donc ?

— C'est-à-dire que... Je suis italien, monsieur... Mais de naissance seulement ! Mon cœur est français...

— Je comprends. Vous êtes un Sage.

— De toute façon la France ne peut pas ne pas en sortir ! Evidemment, il faudra du temps.

— Vous avez trouvé le mot juste : du temps...

SANS CONCLUSION

Comment oserait-on donner un épilogue à pareille aventure ? La France s'en est-elle « sortie » ? Quatorze années ont passé depuis la conversation avec le maître d'hôtel du Carlton et celui qui fut l'Officier sans nom se demande toujours si, finalement, nous avons perdu ou gagné la guerre ?

Certes, la France a été « libérée ». Une grande partie du monde libre s'est employée à cette tâche pendant quatre années : les Anglais et les Américains ont voulu réparer l'isolement dans lequel ils avaient laissé notre pays quand il fut seul à supporter le poids de l'attaque allemande le 10 mai 1940. Ces avions, ces chars, cette artillerie motorisée, cet armement moderne qui manquèrent tant aux fantassins français sur l'Ailette et ailleurs firent enfin leur apparition massive dans le camp des alliés et finirent par avoir raison du terrible adversaire en lui rendant au centuple la misère qu'il avait apportée.

Ce règlement de comptes ruineux a eu pour résultat paradoxal que la nation, qui a donné le plus d'elle-même pour sauver sa liberté — l'Angleterre — est sortie appauvrie de la longue aventure alors que l'Allemagne, qui fut vaincue sur tous les fronts et envahie comme aucun peuple ne l'a peut-être jamais été dans l'Histoire, semble aujourd'hui à demi-triomphante. Sa monnaie est devenue la plus solide d'Europe, ses villes sont reconstruites, ses usines travaillent à plein rendement, ses fameuses automobiles Mercédès ont repris la suprématie en gagnant à Reims le Grand Prix de l'A.C.F. comme elles l'avaient déjà fait avant la guerre... De tout cela, les Français restent confondus.

Ceux, tels l'Officier sans nom et ses humbles paysans de l'Ouest, dont le rôle se limita dans le conflit aux quelques mois de la « drôle de guerre » et à la courte campagne de France, ne savent plus si leurs souffrances furent de quelque utilité. Quand on jette un regard d'ensemble sur cette Deuxième Guerre mondiale, on en vient à penser que les nuits d'un Harbusch ou les combats de l'Aisne paraissent infimes en comparaison des batailles gigantesques de Tobrouk, de Stalingrad, de Bataam. En France même, les épopées vécues par la Division Leclerc, par les Marocains du maréchal Juin au Mont-Cassin et par la poussée triomphale de l'armée De Lattre de Tassigny ont balayé dans l'esprit des gens le souvenir des combats glorieux menés par l'armée française de réserve — c'est-à-dire par l'immense majorité du peuple de France — pendant les dix premiers mois de la lutte. Les rencontres de patrouilles dans le *no man's land* et l'écrasement d'un bataillon au bord d'un canal n'entreront jamais dans la légende.

Mais est-il très juste que l'oubli — ce dispensateur d'ingratitude — recouvre déjà les cendres d'un sous-lieutenant de La Villéon, d'un caporal Molière, d'un soldat Jean Sauvage, d'un paysan Contrebœuf, de tant d'autres dont la disparition prématurée a pu sembler inutile ? S'il n'y avait pas eu ces sacrifices individuels qui, ajoutés les uns aux autres, donnent une somme de milliers de vies françaises, s'il n'y avait pas eu les jeunes saint-cyriens et les aspirants faisant le coup de feu qui seul retarda un peu la progression de l'ennemi, s'il n'y avait pas eu l'héroïsme de commandants de compagnie comme un capitaine Kespern, le calme du colonel commandant un 102, la bravoure presque inconsciente de vieux « briscards » de la guerre précédente tels qu'un père Dupied ou le sourire indulgent d'un adjudant Mirbal, s'il n'y avait pas eu la gouaille parisienne d'un caporal Mordret, il est certain que l'Angleterre n'aurait pas eu le temps de préparer son armée ni les Etats-Unis de convertir en machine de guerre leur prodigieuse industrie. Ce ne sera qu'avec le recul du temps que l'on s'apercevra de l'importance du rôle joué par tous ces obscurs.

Si les pages que l'on vient de lire peuvent contribuer un jour à cette mise au point nécessaire, cela signifiera qu'elles ne furent pas écrites en vain. Si, au contraire, elles n'apparaissent au lecteur que comme une suite pittoresque d'anecdotes tour à tour brulesques et tragiques, ce sera la preuve que ce livre aura trouvé enfin sa juste place dans une collection consacrée à l'aventure....

La refonte complète et définitive de cet ouvrage, commencée le 10 janvier 1955, a été terminée le 24 avril de la même année.

TABLE DES MATIERES

J'AI LU

ROMANS-TEXTE INTÉGRAL

ARNOTHY Christine
343** Le jardin noir (mars 1970)

AYCARD et LARGE
253* Les perles de Vénus

BARBUSSE Henri
13** Le feu

BARCLAY Florence L.
287** Le Rosaire

BATAILLE Michel
302** La ville des fous

BEAUMONT Germaine
38* Le déclin du jour

BIBESCO Princesse
77* Katia

BODIN Paul
332* Une jeune femme

BORDEAUX Henry
20* La robe de laine

BORDONOVE Georges
313** Chien de feu.

BORY Jean-Louis
81** Mon village à l'heure allemande

BUCK Pearl
29** Fils de dragon
127** Promesse

BURON Nicole de
248* Sainte Chérie

CARRIÈRE Anne-Marie
291* Dictionnaire des hommes

CARS Guy des
47** La brute
97** Le château de la juive
125** La tricheuse
173** L'impure
229** La corruptrice
246** La demoiselle d'Opéra
265** Les filles de joie
295** La dame du cirque
303** Cette étrange tendresse
322** La cathédrale de haine
331** L'officier sans nom
347** Les 7 femmes (mai 1970)

CARTON Pauline
221* Les théâtres de Carton

CASTILLO Michel del
105* Tanguy

CASTLE J. et HAILEY A.
305* 714 appelle Vancouver

CASTRIES René de
310* Les ténèbres extérieures

CESBRON Gilbert
6** Chiens perdus sans collier
38* La tradition Fontquernie
65** Vous verrez le ciel ouvert
131** Il est plus tard que tu ne penses

CHEREAU Gaston
288** Monseigneur voyage

CLARKE Arthur C.
349** 2001 - l'Odyssée de l'espace (mai 1970)

CLAVEL Bernard
290* Le tonnerre de Dieu
300* Le voyage du père
309** L'Espagnol
324* Malataverne
333** L'hercule sur la place

COLETTE
2* Le blé en herbe
68* La fin de Chéri
106* L'entrave
153* La naissance du jour

COURTELINE Georges
3* Le train de 8 h 47
59* Messieurs les Ronds de cuir
142* Les gaîtés de l'escadron

CURTIS Jean-Louis
312** La parade
320** Cygne sauvage
321** Un jeune couple
348* L'échelle de soie (mai 1970)

DAUDET Alphonse
34* Tartarin de Tarascon

DEKOBRA Maurice
286* Fusillé à l'aube
292* Minuit place Pigalle
307** Le sphinx a parlé
315** Sérénade au bourreau
330** Mon cœur au ralenti
338** Flammes de velours

DHOTEL André
61* Le pays où l'on n'arrive jamais

DUCHÉ Jean
75* Elle et lui

DUTOURD Jean
318** Le déjeuner du lundi

ESCARPIT Robert
293* Le littératron

FAST Howard
101** Spartacus

FLAUBERT Gustave
103** Madame Bovary

FRANCE Claire
169* Les enfants qui s'aiment

FRONDAIE Pierre
297** L'homme à l'Hispano
306* Deux fois vingt ans
314* Béatrice devant le désir

GENEVOIX Maurice
76* La dernière harde
180* Sous Verdun
191* Nuits de guerre

GILBRETH F. et E.
45* Treize à la douzaine

GREENE Graham
4* Un Américain bien tranquille
55** L'agent secret
135* Notre agent à La Havane

GUARESCHI Giovanni
1** Le petit monde de don Camillo
52* Don Camillo et ses ouailles
130* Don Camillo et Peppone

GUTH Paul
236* Jeanne la mince
258* Jeanne la mince à Paris
329** Jeanne la mince et l'amour
339** Jeanne la mince et la jalousie (janvier 1970)

HURST Fanny
261** Back Street

KIRST H. H.
31** 08/15. La révolte du caporal Asch
121** 08/15. Les étranges aventures de guerre de l'adjudant Asch
139** 08/15. Le lieutenant Asch dans la débâcle
188*** La fabrique des officiers
224** La nuit des généraux
304*** Kameraden

KOSINSKI Jerzy
270** L'oiseau bariolé

LENORMAND H.-R.
257* Une fille est une fille

LEVIN Ira
342** Un bébé pour Rosemary (février 1970)

LEVIS MIREPOIX Duc de
43* Montségur, les cathares

L'HOTE Jean
53* La communale
260* Confessions d'un enfant de chœur

ROY Jules
100* La vallée heureuse (mai 1970)

SALISACHS Mercedes
296** Moyenne corniche

SALMINEN Sally
263** Katrina

SHUTE Nevil
316** Décollage interdit

SIMON Pierre-Henri
83* Les raisins verts

SIX PARISIENS ANONYMES
289* Dictionnaire des femmes

SMITH Wilbur A.
326** Le dernier train du Katanga

TROYAT Henri
10* La neige en deuil
La lumière des justes :
272** Les compagnons du coquelicot. T. I
274** La Barynia. T. II
276** La gloire des vaincus. T. III
278** Les dames de Sibérie. T. IV
280** Sophie ou la fin des combats. T. V
323* Le geste d'Eve
344** Les Eygletière — 1 (mars 1970)
345** La faim des lionceaux (Les Eygletière — 2) (avril 1970)
346** La malandre (Les Eygletière — 3) (avril 1970)

URIS Leon
143*** Exodus

VERY Pierre
54* Goupi-Mains Rouges

VIALAR PAUL
57** L'éperon d'argent
299** Le bon Dieu sans confession
337** L'homme de chasse

WALLACE Lew
79** Ben-Hur

WEBB Mary
63** La renarde

ÉDITIONS J'AI LU

35, *rue Mazarine, Paris-VI*e

Exclusivité de vente en librairie :
FLAMMARION

23.747. — Imp. « La Semeuse », Etampes. — C.O.L. 31.1258
Dépôt légal : 4e trimestre 1969
PRINTED IN FRANCE